U0676468

九界文学

汇聚中国原创力量　展现文学璀璨星河

不朽之城

ETERNAL CITY

唐缺幻想小说集

唐缺 著

中国广播影视出版社

坚持的力量

文／凌晨

初见唐缺，他刚从名校的国际贸易专业毕业，供职于一家有国企背景的贸易公司，前途远大，但是唐缺放弃了。世人眼中，他在人生这座高山前的开局不妙，恐怕就很难攀到“成功人士”的山顶了。

直到2016年，根据唐缺的小说《九州·天空城》改编的电视剧播出，担心唐缺生计的人们才发现，离职后的唐缺已经成为知名小说家和编剧，收入不错，有了车子和房子，还养了猫和狗，俨然已是“成功人士”了。

唐缺的成功，是建立在他创作的17部单行本以及至少40部以上的中短篇小说的基础上，由读者用购买力铸就的，一种纯粹的成功。

我觉得“纯粹”这个词特别贴合唐缺创作的状态。对他而言，创作就是创作，不分昼夜，不分春秋，外界的一切诱惑都会被拒之门外。他如一条鲸鱼潜伏深渊，积攒足够的力量后，才会跃出水面，亢奋高歌。这种专注，外人看来是“深宅”，似乎清闲，但有过创作经历的人都知道，“专注”二字最为不易。能专注到唐缺这样除了溜狗，基本不出门程度的，恐怕更是艰难。起码，我自己做不到。

我一直认为，凡事坚持十数年，必会有所成就，例如唐缺。但这个坚持必须是正确的坚持，是在对自己能力的准确认知基础上做出的判断。即要“自知”，然后“自觉”，再经过不断的大量的实践，才能取得成就。唐缺最初选择创作为其终身职业，并非心血来潮，是他审时度势且结合了自身爱好，最终，经过十多年的笔耕不缀，方能笑傲幻想文学江湖，独成一方诸侯。

现在，读者熟悉的唐缺，是“九州”文学的支柱之一，是知乎有名的段子手。那么，在“唐缺文学”的诞生伊始，在他还常用“雨夜屠夫”这个笔名的时候，他的作品是什么样子的呢？那时他的作品多是短篇，犹如暗夜萤火，星星点点，灵感随现，分布在各种不同风格和内容的媒体上。

那时我在《大众软件》杂志“游戏剧场”栏目做编辑，力推游戏小说，即以游戏的设置为背景，加以演绎的小说，有点像游戏同人，但由于允许自己编造游戏，游戏小说就更像是幻想小说的变形，科幻、奇幻、魔幻都可以装入其中——这个理念不是所有作者都认同和理解的，但唐缺很适应，他甚至认为，一个好的幻想小说作家，不需要对幻想类型进行甄选，而应随心所欲，故事中需要用到什么元素，就安排什么元素。

讲好故事，才是作家创作的目的。

在讲故事这件事儿上，唐缺走出了独特的个人风格。如何独特？大家看这本书就知道了。这本书收录了唐缺早期的16部短篇作品。其中有很多篇是在“游戏剧场”发表的，有些是抖机灵的作品，有些则是经过了严肃思考的。还有一些作品发表在《科幻世界》《科学画报》《少年科学绘》等杂志上。这些作品收录在一起，可以让读者看到唐缺幻想文学更全面的风貌，了解唐缺幻想文学的成长过程。

更重要的是，在这些故事背后，藏着一个唐缺，他在“雨夜屠夫”的背后慢慢生长，最终茁壮成长。

目录 CONTENTS

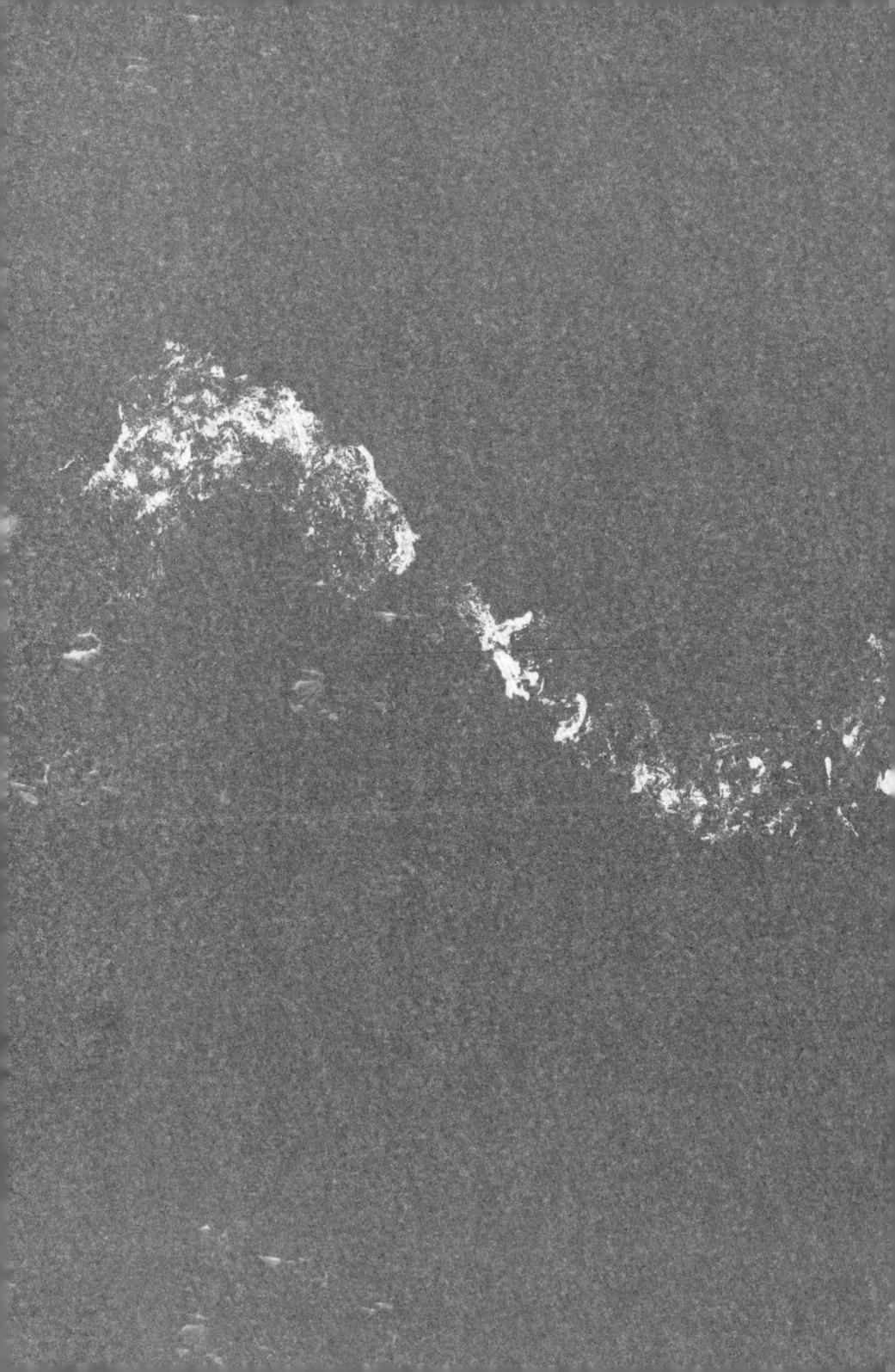

锁妖塔

一

凌风的面前，站立着一只凶悍的大鸟。他从自己的脑海中努力搜索来自降妖谱的记忆，勉强认出这是一只唤夜。“唤夜体内蕴含尸毒，常人中者立毙。”降妖谱里是这么记载的。

凌风深吸一口气，强迫自己镇定下来，手中的长剑指着唤夜，却并不发招。唤夜发出一声尖锐的啼叫，向凌风猛扑过来，凌风将身一闪，在闪躲的一瞬间打出一张天师符，正中唤夜的头部。唤夜悲鸣一声，化作一股轻烟消失了。

“干得不错！”师兄云松从背后拍了拍凌风的肩膀，随即头也不回地钻进了锁妖塔第八层的入口。

凌风长出一口气，感觉握剑的手心已经满是冷汗。入室五年，手里斩杀的妖物也不少了，但不知为何，此刻他心中紧张的感觉却恍如波涛，汹涌地冲击着脆弱的堤岸。

这毕竟是锁妖塔！凌风想着，世间最凶猛的妖，大概都汇集在这座塔中。五年来，他一直盼望着能有机会一窥锁妖塔的奥秘，但当真正置身于塔中时，他才不无忧伤地发现，原来自己的内心深处，还是对这座塔抱有无法消解的恐惧。

凌风打量了一下周围，遍地都是妖的尸骸，当然其中还有许多死去之后便立即化为无形了。锁妖塔一共十层，待在第九层的大多是低等的妖，武力并不甚强，妖法也较弱。但以后的各层，妖的力量会越来越强大，蜀山弟子也许会伤亡惨重。

锁妖塔就像一头洪荒时代的巨兽，而自己正行走在这头巨兽的身体里，凌风脑子里冒出了这个奇怪的念头。说不定什么时候，自己就会被锁妖塔融化、吸收，从此无声无息地在世界上消失。

他摇了摇头，禁止自己再想下去，跟着也下到了第八层。

幻觉中，整座塔都在燃烧，塔中的生灵在奔走呼号。

二

血影不安地看着周围的同类，感受着他们的躁动和惊悸。蜀山派大举攻入锁妖塔，这在锁妖塔千年的历史中也是罕见的。

“许久以前，蜀山派为了追杀一名叛徒，也曾派人进入过锁妖塔。”血影身边的除尘居士回忆道，“但那个时候，进入塔内的也不过是蜀山武功最为高强的十多名弟子而已。而且，由于他们进来之后再没有一人能够出去，据说蜀山派从此之后便严禁门下弟子踏进锁妖塔。”

除尘曾是人间寺庙中的一把普通笤帚，由于吸收了人类的怨气而修炼成妖。锁妖塔建成之初，他就被第一代蜀山剑客擒入塔中。而在四百年前，蜀山派重修被李逍遥毁掉的锁妖塔后，他竟然又被抓了进来。这个法力低微的家伙，历千年而不死，却成了锁妖塔中知识最渊博的老妖。

“再之前，大侠景天曾受蜀山派所托来此取镇妖剑，再之前……”

“那他们这次为什么要进锁妖塔？还是为了捉拿叛徒？”血影打断了他的话。

“应该不是。”除尘回答，“自从锁妖塔重建之后，入口就被法术封印了，只允许妖进入。除非蜀山长老合力解除封印，否则凡人绝不可能进入！”

上层的入口处垂下一根乌黑的蛛丝，一只人形蛛顺着蛛丝爬了下来。

“他们已经攻破了第八层！”人形蛛叫道，“大部分敌人都到了第七层，有些已经下到第六层了。”

妖们听完之后，有的惊慌，有的愤怒，还有的开始往上层跑去，看来是要去支援同类。

“我也去！”血影跳起来说，“你去吗，老家伙？”

老家伙看了他一眼，微笑着说：“我还是留在这里好了。上去是送死，在这里是等死，没什么区别。”

三

凌风没有想到，自己会在第四层看见如此惨烈的厮杀场面。根据锁妖塔的建造图，第四层由若干浮在剧毒血水之上的板块构成，彼此之间有浮桥相连。但他刚刚从入口下来，就发现第四层所有的浮桥都被毁了，蜀山弟子被分割成了无数小群，正在一个个板块上和众妖搏杀。

他放眼望去，地上妖血与人血相互混杂，汩汩流入血池中，妖和蜀山弟子的尸体随处可见。但他无暇去为同门的死亡而悲痛，因为已经有几只狼妖向他冲来。

凌风挥舞着长剑，努力与狼妖的利爪相抗衡。狼妖的利爪和牙齿都含有剧毒，他小心地不让自己的身体被碰到。然而以一敌四，难免落于下风。

激战中，一只狼妖站立而起，向凌风扑过来。凌风抓住狼妖的破绽，一剑刺穿了狼妖的肩头。他心中一喜，却不料狼妖丝毫不顾伤痛，张嘴向凌风咬来。

凌风大惊，准备回剑格挡，剑却嵌在狼妖体内无法拔出。无奈之下，他只好弃剑躲开，退身向后一跃。他左侧的狼妖看准时机，狠狠一头撞去，把凌风撞倒在地。虽然事先用了金刚符护身，凌风仍然感到剧烈的疼痛，仿佛腰都被撞断了。

狼妖们正欲扑上来将凌风撕成碎片，突然间一道电光闪过，隔开了尖牙利爪和人类的脆弱身躯。这是蜀山派的惊雷闪。随即，两名蜀山弟子跃上前阻住了狼妖。

云松扶起惊魂未定的凌风，后者不停地喘着粗气，竟然连道谢都忘记了。在他的眼前，两位师兄配合默契地杀死了狼妖，狼妖发出垂死长嗥，却很快被淹没在充斥于锁妖塔内的喊杀声之中。

“好自为之，我没办法总照顾着你，你去找几名低级弟子一同作战。妖孽狡猾阴狠，多多小心！”说罢，云松一跃而起，轻飘飘地落到一个板块上，加入战团。三名蜀山弟子正被十多只妖围在中间，个个浴血而战，形势岌岌可危。

凌风有些惭愧，学艺五年，却不能保护自己，但他随即又觉得自己还算幸运，毕竟有许多同门连生命都葬送在了锁妖塔之中。

显然，群妖先是把蜀山弟子引诱到板块之上，随即毁灭浮桥，把他们孤立开来。除了为数较少的高级弟子可以通过轻功纵跃或者是御剑飞行自由来往，大多数弟子都不能相互支援，因而被群妖分割包围，战况颇为不顺。

如凌风这样的低级弟子，虽然没有陷入包围圈，却也只能站在血海岸边，眼睁睁地看着同门在困境中挣扎而无力去救援。

凌风听到一声长长的惨呼，知道又有一位同门遇害。他手中紧紧握着剑，浑身开始颤抖起来。他原本以为，在蜀山派的倾力合击下，毫无组织的妖们必然会被杀得落花流水，但同门的鲜血打消了他的这个幻想。

脚下滑滑的，不知道是人血还是妖血，那感觉，就像踩在蜀山故道厚厚的青苔上，随时都有可能失足坠下万丈深渊。

四

血影躺在地上，慢慢地用暖雾治疗着伤口。蜀山弟子所用的剑对妖力有抗拒作用，所以暖雾的治疗能力也被大大地削弱了。

血影开始怨恨自己没有好好修炼。蜀山弟子的法力果然非同小可，自己和血妖一族的同类十个围攻对方三个，还是没能占到什么便宜。蜀山弟子一死两伤，己方却有七个血妖被杀，自己也受伤不轻。

回想起战斗时的情景，血影忍不住不寒而栗。蜀山弟子虽然敌众我寡，但是脚下所踏的五行阵法颇为奇异，相互之间呼应支援，比起一团散沙的群妖，实在高明得多。开始的时候，他还以为这些孱弱的人类不过是给饥饿的妖民送到口边的美食，但看着一只只妖的尸体横陈塔内，他才不得不甩掉这种危险的轻敌情绪。

蜀山派不愧是世代与妖为敌的人类，在与锁妖塔内的群妖作战时，往往能掐准对方的弱项，针对妖的不同属性选择法术。血影刚刚踏上四层的时候，正看到一群火球怪在围攻一名须眉皆白的老道。那老道在横飞的火焰中丝毫不见慌乱，轻描淡写地放出一股白雾，在一瞬间凝结成寒冰，把火球怪冻结在其中。

“那是玄冰咒！”跟在血影身边的炎邪女大惊失色，“三百年前，我就是被玄冰咒冻结了才被抓进锁妖塔的，我……”

血影连忙安慰她，说已经有其他弟兄去和那老道缠斗了，他们可以去找其他对手。说话的时候，血影自己心中也在暗自嘀咕：焉知有没有什么法术是专门克制我的？

而后来的战斗果然证实了血影的猜想。虽然血妖受五行属性影响较轻，防毒的能力却偏弱。而与他们交战的蜀山弟子偏生就使用了带毒暗器。血影不得不拼命喷出伤口附近的鲜血，将毒质冲走，而自己也渐渐支撑不住。

虽然自己身处第二层，但血影仍然隐约嗅到了一股浓重的血腥味，他不知道是不是自己的幻觉，也许是从自己身上传出的。伤口又开始疼起来，他想继续使用暖雾，却发现自己已经耗光了灵力，一时间有些无奈。

老家伙这时却如幽灵一般出现，递给血影一颗药丸："吃了它吧，会好一些的。"

血影问："这是什么？"

除尘神秘一笑："当年蜀山弟子在这里全军覆没的时候，我从他们的尸身上找到的还神丹，可以帮你补充法力。"

血影有些迟疑："这是人类的药？"

老家伙拍拍他的肩膀："都这时候了，你还在乎这点小事？他们已经杀到第三层了！"

"怎么可能呢？"血影很吃惊，"我下来的时候，我们好像很占优势啊！"

"刚才你在疗伤，我没有告诉你。他们的几名长老出手了，我们都不是他们的对手。"除尘说，"自从天妖皇毙命于锁妖塔中，其他的几位大妖怪修炼成魔离开妖界，世上大概已没有妖类可以与蜀山长老的阵法相抗衡。除非，刑天能结束修行，从底层出来。"

说话时，除尘的表情很平静，好像在讲述着一件与自己毫不相干的事情。大概是老家伙活得太久，早就不在乎生死了吧，血影想。

“除非，刑天能结束修行，从底层出来。”除尘还说了这句话。但刑天怎么可能这么巧，就在此刻功行圆满呢？血影想。

五

凌风第一次见到锁妖塔的时候，刚刚在蜀山大殿中行完拜师礼。出来之后，他的眼睛就忍不住四处张望，在围绕着蜀山的茫茫云海中寻觅着什么。跟在身边的师兄长空看出了他的意图，笑道：“跟我来吧，我知道你想看什么。”

于是凌风跟着长空，穿行于蜀山还显得陌生的殿宇楼阁之中。当长空在一处山崖旁停住脚步时，凌风在氤氲的云气中看到了锁妖塔。那座宏伟的高塔直刺云霄，仿佛一根突兀的擎天神柱，屹立于苍穹之下。在塔的面前，凌风甚至觉得整座蜀山都变得渺小了。天边，云卷云舒之间隐约透出的阳光，给锁妖塔抹上了一层妖异之色。

妖异！凌风很惊诧自己会想到这么一个词。锁妖塔是天地之间正义的化身，是人类镇压妖邪之属的至宝——为什么自己会想到妖异？也许，是因为锁妖塔中积聚千年的妖气，连化妖水都无法将其炼化；也许，是因为那无数困于其中的妖孽，用自己的怨念与渴求填满了塔的每一处角落。想到这里，他有些不寒而栗。

“锁妖塔是蜀山的象征。”长空在他身后说。

从此，凌风开始在蜀山修行。蜀山派建于蜀山之顶，多年来不断营建，规模日益扩大，恍如一座飘飞于云端的天空之城，自有一番俯瞰天下的气势。蜀山附近的百姓都说，在蜀山修炼的人，餐风饮露，驾雾腾云，吸收日月之灵气，可与天地同寿。

但在凌风眼中，再也没有什么东西的气势比得过锁妖塔。他甚至认为，在锁妖塔面前，整座蜀山都显得黯淡无光。他时常在夜深之时离开房间，偷偷跑到锁妖塔外，看着仿佛触手可及的星月给塔身涂上银光。夜幕中，若隐若现的塔身更显得整座塔巍峨与坚不可摧，凌风仿佛听到了塔内的妖类在哀号、挣扎，却永远也无法突破厚实的塔壁。

那一刻，凌风感觉有一种厚重的东西填在自己胸中，又好像水银一般流向四肢。

前三年，新入派的弟子都是在师兄的教导下练习蜀山派的基本武艺和技法，但每年师父都会出现几次，指点弟子练功的诀窍，追溯一下蜀山的光荣。

师父苍微向凌风讲述了蜀山派的历史：“神历五万九千四百年，天地之间灵气充沛，适合万物繁衍生息。众多的野兽趁此时机吸取五灵之气，修炼成妖，自此为祸人间，生灵涂炭。为了维护六界的平衡，保证人类不会被妖灭亡，于是天帝设立蜀山一派，在连接天地的盘古之心上建立蜀山，并赋予蜀山辐聚灵力的能力，令人类在此修炼，事半功倍。从此之后，蜀山弟子担负起了在人间降妖除魔的重任，并且世代相传至今。”

凌风这才知道，原来蜀山派的创立，竟然是天帝的意志，一股自豪感不禁在他心中涌起。

苍微又说：“锁妖塔也是天帝赋予蜀山神力才得以修建的。

蜀山弟子在人间降妖，收入锁妖塔中，用化妖水将其炼化，就可以重新转世，再入轮回。”

一名弟子听到这里，禁不住发问：“可是，为什么不直接把妖怪全部杀死呢？”

凌风一愣，先是对他的无礼感到愤怒，随即也想到了这个问题。大约是长期以来对锁妖塔的崇拜，使他的心中早已产生了先入为主的印象：锁妖塔的存在是不需要理由的。但是，真的不需要理由吗？

苍微却不以为忤，耐心解释说：“天地之间，共分六界。先有神界，神不足者为仙，失堕者为魔。神入凡尘，造人补天，开辟人间，万物神化为妖，五界生灵寂灭为鬼。六界之间，相生相灭，互为平衡，缺一不可。锁妖塔的存在，既是为了保护人类，也是为了给妖类生机，避免斩尽杀绝。”

此刻，凌风才真正明白锁妖塔的意义。天地阴阳、六界平衡，原来锁妖塔既属于人，也是为保护妖着想。悠悠天地，并非只为人而存在，他的胸中涌起了一阵感动。

一年之后，凌风第一次跟随师兄云松去往南方降妖。在闽南湿热的夜晚，凌风躺在路边小店硬邦邦的木板床上，烦躁地驱赶着永远驱之不尽的蚊蝇，彻夜难眠。当长夜将尽、东方渐渐出现亮色的时候，他才有了睡意，但就在此刻，窗外传来村民们凄厉的叫声：“妖怪来了！吸血的妖怪又来了！”

凌风从床上跳起，和云松一同冲了出去。灰蒙蒙的血妖一闪而过，钻入村头的小树林，手里还挟着一个女子。两人扬剑追去。

当追上血妖的时候，气喘吁吁的凌风发现那女子已被吸干，化为一堆枯骨。而血妖的皮肤却变得红润，獠牙上有鲜血在滴落。

愤怒的师兄弟一同出手。那血妖功力相当深厚，若只是凌风一人，断然无法抵挡。但毕竟云松经验老到，沉着地指挥凌风走位进击，一番苦战，终于击倒了血妖。

“我们要把他带回锁妖塔吗？”凌风问。

“不，通常的血妖虽然吸人血，却往往能给人留条活路。但这只血妖一直把人活活吸干，太过残忍，不能留他。师弟，你来下手。”云松回答道。

凌风挺剑上前，却有些犹豫，这毕竟是他第一次出手杀死一只妖怪。

血妖略带嘲讽地看着他：“怎么了，不敢下手了？堂堂蜀山弟子，原来也有胆怯的时候啊。”

凌风心中一阵羞愧，觉得自己给师门丢了脸。他一咬牙，手起剑出，刺穿了血妖的咽喉。血妖喉头发出一阵怪响，再也说不出话来，但面上嘲弄的神色却越来越浓，直到最后一点生命之火在眼中熄灭。

往尸体上洒过化妖水，血妖的形体渐渐消失，二人一同回到村里。感恩戴德的村民们絮絮叨叨地诉说着古老传说：三百年前，这村落附近原本有雌雄两只血妖。那时候，血妖还只是吸走一部分血液，而不把人杀死。后来有身背降妖谱的蜀山弟子路过这里，捉走了雌妖，说是要关在什么塔里。雄妖被打下山崖，大家都以为他死了，没想到后来又活了过来，从此下手不留情，直到三百年后，凌风与云松来此消灭了他 。

村民们说，村里曾派人前往蜀山求救，无奈路途遥远，妖孽横行，去者都不知所踪，于是大伙只好断了这个念头，在此等死。

村民们还说，当时祖辈们亲眼所见，那雌妖肚腹隆起，仿佛有孕。

六

锁妖塔内机关密布、道路复杂，初来者往往容易迷失方向，从此在一层到十层之间不停徘徊。好在被关进塔内之后无事可做，就算一直游荡下去也没有关系。

血影第一次迷路的时候，还只有五岁。那时他追逐着一只弱小的千杯不醉，由二层至三层，由三层至四层，到后来踩过了无数机关法阵，也不知道自己到了哪里。最后千杯不醉穿过一道暗门，消失了，血影才发现自己已经忘记了回去的路。

年幼的血妖顾盼四周，意识到自己已经迷失在了这庞大而阴暗的迷宫中。在妖邪的气息中，在化妖水的刺鼻腥臭中，在若有若无的号哭悲鸣中，在一阵阵仿佛不怀好意的低沉笑语中，尖锐的恐惧击中了血影的心。他想要放声大哭，却陡然意识到，哭声会招来强大的妖怪，因为某些愚蠢的妖怪对一个传说笃信不疑：只要吞吃一千只妖，便可以离开锁妖塔。

于是血影找到一处没有光亮的角落，把自己小小的身躯蜷成一团，藏进阴影中。在他的身前，无数妖怪交替着掠过，肥硕的、瘦骨嶙峋的、飞行的、滚动的——好在没有谁注意到他。他不知道自己究竟待了多久，一个时辰？一天？一年？总之，血影第一次感悟到，没有什么比充满绝望的等待更恐怖、更漫长了。

等啊等啊，最后等到了那只被他追杀的千杯不醉，当然他还领来了一大群同伙。当先的一个菜刀婆婆手里拎着几乎和血影的身躯一样大的菜刀，刀锋上闪出幽蓝的光芒，垂涎三尺地打量着血影。

血影终于抑制不住自己的眼泪，他稚嫩的哭声在锁妖塔巨大的空间中回荡，在坚硬的塔壁上撞来撞去，逐渐变得虚弱。菜刀婆婆毫不怜悯，慢慢挪到他身前，高举起刀。就在血影闭上双眼，痛苦地等待着死亡来临的时候，忽然听到一声短促的惨叫，随即感觉到有灼热而腥臭的液体洒到自己身上。他睁开眼，看见菜刀婆婆的头颅正旋转着跌在地上，血珠飞散着溅开，而周围的小妖则在拼命逃窜。

随即，他看到了母亲。母亲一言不发，领着他轻车熟路地回到了第二层。是夜，血影在睡梦中听到母亲低低的哭泣声。他感到母亲的手轻轻抚摸着自己的肩膀，喃喃自语："要是你爹还在的话……"

血影渐渐长大，渐渐熟悉了锁妖塔内的路径。虽然作为血妖，他的功力还很浅，但如菜刀婆婆一类的小妖已经不敢招惹他了。

一百岁之后，血影开始厌倦锁妖塔一成不变的死气沉沉，而母亲也逐渐衰老。母亲说，本来按她的年龄，还远未到死期，但捉他进来的蜀山弟子刺破了她的沉血珠，令她妖气大损，所以她不得不早早堕入轮回。

后来血影便喜欢来到塔的最高层，从出口处仰望上方那一小片八卦形状的天空。锁妖塔的顶层有一处缺口，看上去空空荡荡，却被蜀山最奥妙的法术所封闭，只能进不能出。血影尝试过一次，险些当场丧命，从此不再冒险，只是呆呆地坐在那里，看着故去的母亲向他描述过的日月星辰、浮云微风。偶尔，有一两只不知名的鸟从那与天同高的塔顶掠过，令血影惊奇万分。

除尘笑话血影，说他是坐井观天，但血影并不明白这个成语的含义，听了也并不生气。坐井观天的时候，间或有妖被从外面投入塔中，显然都是为蜀山弟子所擒。被扔进来的妖个个垂头丧气、咬牙切齿，立誓要冲破锁妖塔的禁锢，重返人间。但岁月不断流逝，始终没有哪一只妖可以做到。

除尘意味深长地说，他刚被捉进锁妖塔的时候，几乎每日都有新妖被投入，但最近数百年，这个频率越来越低，有时候一个月都听不见新来者的抱怨声。

有时候，血影的脑子里会生起奇怪的念头。母亲总是固执地说，父亲不会死，父亲会想办法打破锁妖塔——直到她临死的那一刻，仍然执着地念着这几句话。会不会有一天，父亲也被蜀山弟子捉进来？如果他们父子二人在这样的地方相会，彼此会认出对方吗？

这时候，已经很少有谁相信吞吃一千个妖怪就可以出塔的谎言了。在一潭死水中，妖们不甘寂寞，都开始盘算如何才能想办法破塔而出。这个图谋早在锁妖塔建立之初便已存在，虽历经千年，但仍然没有谁能拿出一个主意。这锁妖塔中遍布的化妖水，倒是随着时光的推移威力逐渐减弱，但群妖即便是力量半分未失，只怕也没有能力冲破塔的禁锢。

刑天的出现才改变了这一局面。据和刑天一同被抓进来的小妖说，蜀山派掌门亲自出手，和几位长老布阵合攻，才勉强胜了刑天一招。小妖们说得活灵活现，众妖不由得不信，何况，刑天的相貌本就显得与众不同：他没有头，用双乳做眼睛，肚脐做嘴巴，双手始终紧紧地握着战斧和盾牌。

小妖们还说，刑天本来是天上的天神，因为和天神作战，才被贬入妖界，但他的法力并未完全消失。这也应当是实话，因为只有刑天才能进入锁妖塔底层，而不担心被强烈的化妖水炼化。

刑天轻而易举地取代了昔日天妖皇的地位，独自进入底层，声称要把溶化在化妖水中的妖力提炼出来。他说，如果拥有了化妖水中的妖力，也许就有办法击碎锁妖塔，找到克制蜀山派的方法。

血影对此兴趣不大。他仍然只是孤独地坐在最顶层，手里抱着母亲的骸骨，仰望着头顶的天空。刑天已经在底层待了两百年，却始终未见他出来。

七

凌风来到第二层的时候，长空已经死去。当他用御剑术驱赶开一群吸取尸体精气的报凶之后，在地上发现了长空的尸体。长空面色蜡黄，皮肤隐隐透出败絮一般的灰青色，这是被报凶吸走精元的后果。

凌风看着师兄的尸体，想起初到蜀山之时，他曾带着自己去看锁妖塔，并且自豪地说：“锁妖塔是蜀山的象征。”

如今，长空倒在了象征里。

云松则率领着几名高级弟子和一群三人首缠斗在一起。三人首的三张石质面孔上，分别带着人类的喜、怒、哀 3 种表情，普通弟子无法抵抗那种震慑力。

凌风看了一会儿，只觉得头晕目眩，无形中已经受到三人首的感染，他慌忙默念冰心诀，镇定心神。他把视线移开，仔细观察战局，发现蜀山派已经占得上风。毕竟五位长老修为深厚，率领着众弟子组成大剑阵，将群妖分割成散兵游勇。

此时，整个第二层都弥漫着一股浓重的血腥味，将每一个人都牢牢地笼罩其中。兵器的碰撞声，战斗者的喘息声和呼喝声，以及垂死者的呻吟声交织在一起，令人喘不过气来。

凌风精神一振，为长空报仇的怒火在胸中点燃，持剑杀入战团，和一只血妖激战在一处。那血妖似乎修为未深，并不难对付。

凌风运剑如风，连连攻向血妖的要害。不知何故，那血妖似乎显得真气不纯，有些脚步蹒跚，出招也轻飘飘的，缺乏力度。于是他改变策略，专攻对手下盘，终于一剑刺伤了血妖的右腿，血妖倒在地上。

凌风抢上一步，正准备一剑取了对方性命，却见那血妖坐在地上，并不挣扎，只是静静地看着他。凌风恍然从血妖眼中读出了一种浓浓的嘲讽意味，那眼神似曾相识，心中不由得一震，剑尖竟然送不下去。

八

群妖终于被无可避免地逼到了第二层，再往下，底层的化妖水力量太强，除了刑天，谁都经受不起，只能殊死一战了。

血影和一名蜀山弟子交手，感觉对方的武艺平平，应该不是自己的对手。但不知为何，自己的灵力始终不能发挥，脚步也虚浮无力。一直到被击倒在地，他才明白过来，一定是除尘给他的那颗还神丹。人类的药品，看来还是不能用在妖身上。

竟然就这样自己打败了自己，血影想。他的嘴角不由得浮现出自嘲的笑容，一时间忘了死亡将至。

但奇怪的是，那蜀山弟子却迟迟没有送上最后一击。正在此时，锁妖塔的底层发出一阵奇特的声响，随即，出口被打开，一个身影钻了出来。

群妖循声望去，都欢呼起来："刑天！刑天！"

那是一直在底层修炼的刑天。他手中的战斧一挥，一股强大的气劲形成旋风，卷向五位长老。长老们合力一击，挡住了刑天的进攻。双方都知道了对方的厉害。

只见蜀山长老们迅速发出号令，弟子们暂时退回到第三层，群妖也有了喘息的机会。刑天也不下令追赶。

眼见敌人已经走空，尸堆中却突然站起一名蜀山弟子，摇摇摆摆地向众妖走过来。大家正准备动手，一名蛇女却出言阻止："这是我方才擒获的傀儡，故意让他装死的。可以问问他，蜀山派为什么会打破门规，举派进入锁妖塔。"

那弟子的脸上现出极度痛苦的表情，肌肉扭曲，似乎是在反抗蛇女的控制，但最终，他还是断断续续地说道："我们要……毁……毁了锁妖塔！"

九

"师父，我们为什么要毁了锁妖塔？"凌风终于无法按捺自己的疑问。此刻，蜀山弟子已经伤亡过半，而长空的尸身还在第二层，没有抢回来。现在，锁妖塔的每一层都有蜀山的血。蜀山派付出如此代价，为的却是毁掉蜀山派的骄傲，这让凌风无论如何也想不明白。

苍微看着凌风，过了半晌才回答道："锁妖塔的建立，本是为了维持六界的平衡，使人与妖都有平等生存的机会。而担负起与妖抗争使命的人，正是我蜀山派。

“创派之初，我蜀山弟子以天下为己任，仗剑行游天下，斩妖除魔，当者披靡。那时候，几乎每一天都有新的妖孽被收服，投入锁妖塔中。

“可以说，锁妖塔就是蜀山派的象征。当蜀山弟子站在妖孽面前，报出自己的名号时，胆小的妖孽都会吓得浑身发抖。‘蜀山弟子’这四个字，就是最大的荣光。

“锁妖塔的建立，不光依赖人力，其中还蕴含天帝的神力。因此，凡被投入锁妖塔的妖孽，都无法从塔内脱困而出，而遍布其间的化妖水也会慢慢消减妖的功力，使他们炼化为鬼，重入轮回之中。正因如此，普天之下的妖孽无不对锁妖塔恨之入骨。创派以来，屡屡有凶悍的妖魔来到蜀山，妄图摧毁锁妖塔，但都以失败告终。事实上，锁妖塔的确具备令靠近的妖孽的妖气减弱的能力。所以，时间长了，妖孽渐渐对蜀山避而远之，很少有上门挑衅的了。

“但蜀山弟子却开始对锁妖塔产生依赖。过去，他们总是主动下山，四海云游，搜索着为祸人间的妖物，将他们擒入锁妖塔中囚禁。但慢慢地，弟子们开始满足于蜀山本身的荣耀，在他们眼中，不再是剑客为蜀山争得荣誉，而是蜀山为剑客带来光环。于是，蜀山弟子渐渐变得不思进取，只是守在锁妖塔旁边，以为自己这样就尽到了责任。

“当四百年前锁妖塔被毁之后，蜀山经历了一次艰难的重建。锁妖塔重新屹立起来，蜀山门人四处奔波，捉拿逃走的妖物。那一段时间，蜀山弟子与妖魔的战斗堪称惨烈，在锁妖塔重建之前，也有大批妖邪来到蜀山，意图灭亡我派。

“令人意想不到的是，这场劫难没有坚定蜀山门人降妖的决心，反而使他们更加怀念拥有锁妖塔的时光。此后，当新的锁妖塔建立起来，许多弟子不愿再下山除妖，而只是把自己放在锁妖塔的庇护下。现在，蜀山派已不像四百年前那样充满热血与慈悲之心。与其这样庸碌下去，不如将锁妖塔毁掉，让人们失去无奈的荫庇。

“前段时日，我感觉到锁妖塔内出现了一股异乎寻常的妖气，显然是其中有妖在修炼。若等他炼成之后破塔而出，只怕蜀山上下无一敌手。于是我们几位长老商量之后，决定借此机会入塔，一来消灭妖孽，二来从底层毁掉锁妖塔。”

十

“毁灭锁妖塔？！”

群妖都觉得不可思议。锁妖塔乃蜀山派镇山之宝，蜀山派怎么会想到去毁灭它？

“早知道这样，我们就不和他们打了！”一个冰晶女叫道，“他们是设计锁妖塔的人，自然能找到办法毁灭它，我们不就都可以出去了吗？”

“那样的话，他们的计谋就得逞了。”刑天淡淡地说，从肚脐里传出来的声音难免有些怪异，“这些人类倒也没有蠢到家，看出了我们只有在锁妖塔内才会团结，所以想要摧毁它。我不会让他们如愿的。”

群妖更为诧异，都看向刑天。

刑天说道：“许多年前，我也一直以为锁妖塔禁锢了无数妖民，罪大恶极，理应铲平。我曾经数次联合其他道友前往蜀山，可惜都被击败了。

“上一座锁妖塔被毁灭的时候，我很高兴，以为从此将是妖界大放光彩的时刻，但我错了。此后的近百年中，我见到的是妖族之间的相互杀伐。如果说，在锁妖塔中，我们自相残杀的原因是受到了谎言和欺骗，那么脱离锁妖塔之后，仍然无休止地战斗，则是妖族本性的体现。

“世上的禽兽草木皆可修炼成妖，始终有着弱肉强食的传统。我们妖族，在人类眼中是邪恶的异类，总是与人为敌，但同时又总是与自己人为敌。正因如此，虽然我们有着高强的法力，却总是被人类压制欺凌。

“以我的妖力，原本是不会轻易被蜀山弟子捉入锁妖塔的。但当时我正好和一群妖怪结束对战，能力大损，这才不幸落败。这些年来，我把自己关在锁妖塔最底层，就是想思考我们妖族的命运。

“我发现，在锁妖塔之中，妖族的相互争斗反而减少了许多，大概是因为关在其中的族类都只关心一件事情——如何从塔中脱困。倘若我们都被放出去的话，恐怕很快就会反目成仇，不等蜀山派动手，自己就先把同类杀得差不多了。

“此外，倘若没有锁妖塔的存在，蜀山派在擒拿你们的时候，下手必然不会容情。因此，不管你们愿不愿意承认，你们当中的许多妖能够保全自己的性命，还必须感谢锁妖塔。

“当然，我们迟早是要走出锁妖塔的，不可能在这里无穷无尽地待下去。然而，在我想到一个能够真正团结妖族的计策之前，我们还不能离开这里。现在，只有锁妖塔才能保存我们的实力。等待吧，耐心地等待吧，终有一天，我们会凭借自己的力量离开锁妖塔，摧毁人间。”

十一

苍微看着自己的弟子们，轻叹一声，说道：“下去吧！”

凌风紧紧握住长剑，跟随着师兄们向第二层的入口走去，心中对锁妖塔的美好记忆，仿佛被打上了一个死结。

十二

“他们快来了，”刑天平静地说，“准备迎战吧。”

血影挣扎着站起身来，回头还想要去寻找母亲的尸骨。不过他很快觉得，就算找到了，也没有什么意义了。

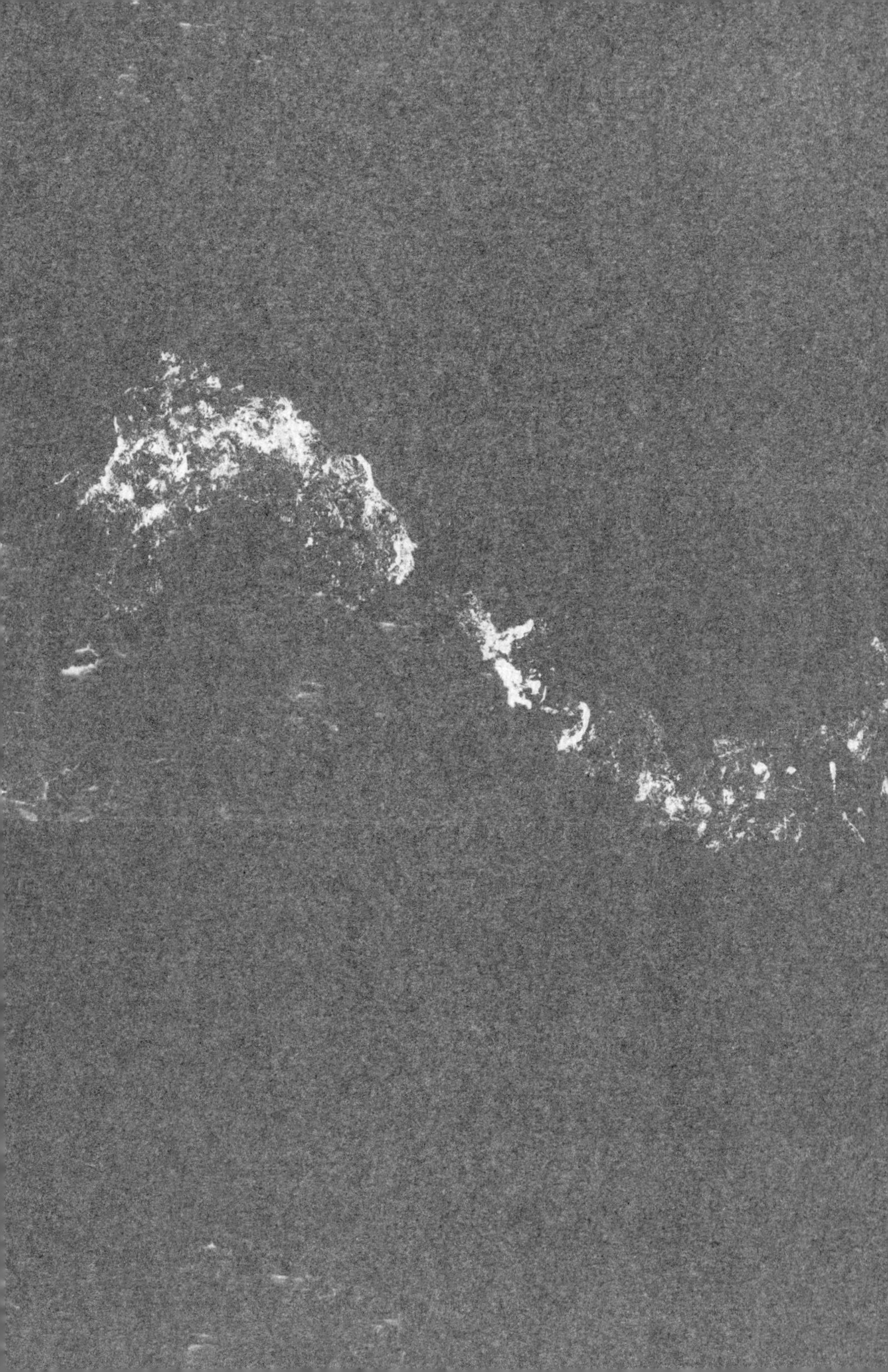

我是兜兜

一个笑话

从前，有一位记者去南极采访，他问遇到的第一只企鹅：“你每天都做些什么呀？”

企鹅回答说：“吃饭、睡觉、打兜兜。”

记者又问第二只企鹅、第三只企鹅……一直问了九十九只企鹅，他都得到了同样的答案。这时，第一百只企鹅出现了。

“你每天都做些什么呀？”他问。

“吃饭，睡觉。”企鹅回答说。

“哦？你为什么不打兜兜呢？”记者很奇怪。

企鹅愤怒地回答说：“我就是兜兜！”

一段对话

编辑：“这个笑话很耳熟啊？”

作者（流汗）：“这个……那个……”

编辑：“貌似很多年前，我姑妈的女儿的男朋友的邻居的同学的小舅子就给我讲过了……”

作者（继续流汗）：“那这一部分别算稿费了……咱们看下面的故事行不？”

下面的故事

下面的故事是关于兜兜的。兜兜是一只南极企鹅，就住在我隔壁。我也是企鹅。早晨的时候，我和朋友们一起结伴去往冰层边缘，然后潜入海中捕鱼。如果这一天的运气不好，没有抓到多少鱼虾，我们会很不高兴地回家，然后敲打兜兜的冰屋。

“兜兜，你出来！”我们喊着。

冰屋的门开了，兜兜出来了。他看了我们几眼，叹一口气，主动转过身，撅起屁股。

“能不能轻点？”他咕哝着，“我今天还没找吃的呢。打得太肿了，走路不方便。”

我们横眉冷对：“少废话！撅高点！”

如果这一天收获不错，我们的心情就会很好，回到家的时候，我们会高声唱歌。兜兜听到了，就会自己开门出来。

他站到我们面前，主动转过身，撅起屁股。

“今天就算啦，”我们很大度地说，“一人踢一脚就算了。”

不要问我为什么我们喜欢打兜兜，这个问题很难得到确切的解释。兜兜有点傻头傻脑，我们玩的时候，他一个人站在一旁发呆，或者窝在屋里看书。兜兜有点莫名其妙，我们觅食的时候，他一个人站在浮冰边缘，看着远方的大海和天空。上帝啊，你见过喜欢读书的企鹅吗？但不管怎么说，这似乎并不足以成为打他的原因。

一个很有逻辑并且富于哲理性的答案是这样的：总要有一只企鹅来挨打，不是吗？

兜兜就是这样一只企鹅，所有人都喜欢他，当然更喜欢打他。我曾经尝试总结过，在如下的一些情况发生时，我们会很想打兜兜，并且立即付诸实践——

A. 我们捉到了很多鱼虾，今晚有好吃的了。

B. 我们没有捉到很多鱼虾，今晚可能会饿肚子。

C. 太阳出来了，今天很暖和。

D. 刮暴风雪了，今天很冷。

E. 我的冰屋出现了裂缝，需要修理。

F. 兜兜的冰屋出现了裂缝，需要修理。

上面是我总结出的一部分原因。最后总结的结果就是：没什么值得总结的。在我们这里，如果你不打兜兜，会被认为是很奇怪的。甚至兜兜自己，如果有一天不被打，也会觉得很奇怪。我们就这样平静地过着在南极的生活，吃饭、睡觉、打兜兜。一直到有一天，我们发现了一个严重的问题。

一个严重的问题

打兜兜打腻了该怎么办？有一天，我们无意中发现了这个严峻的问题。你得知道，我们企鹅是优雅的动物，能想出来的花样总是有限的。而兜兜在每天被我们打之后已经产生了——嗯，我们可以这么说——进化。他的身体变得越来越结实，虽然他总不还手，我们自己都打得手疼了。这可不太妙。

“走，打兜兜去！”有一天下午我提议说。上午的时候，我的表哥，一只来自非洲的大猩猩，穿越了半个地球来看我们，给我们送来了很多美味的热带香蕉，这可是我们从来没见过的。我们饱餐一顿，来了情绪。当我们来情绪的时候，通常只有一种宣泄方式，嗯，不说你也知道。

“我都没兴趣了，”我的一位朋友说，“每次打完之后，我的手都疼得要命。”

“我也没兴趣了，”我的另一位朋友说，“这种玩法真没有新意。”

我的表哥静静地听我们说话，听完后问：“谁是兜兜？为什么要打他？”

于是我给他解释了一遍，虽然他对于我们要打兜兜的原因并不了然，却很慷慨地表示愿意帮助我们解决这个难题。

“花样吗……很容易的，”他说，“在非洲的时候，我们经常在丛林里抓住那些调皮捣蛋的小猴子，然后……唔，我给你们演示一下好了。”

我的表哥从他随身的行李里找出一根又粗又长的木棒。他左顾右盼，看到了一座高高的冰山，走了过去。

“你们说的那只企鹅，叫什么……兜兜？”他说，“把他带过来，我告诉你们什么最好玩。”

于是我们去往兜兜的冰屋，把他从屋子里揪了出来。

“跑那么远干什么？我还要看书呢！”他抱怨道。但兜兜的抱怨通常都会被我们忽略，很快他就被我们带到了冰山下。我的表哥手里拿着木棒，站在下面。

“你们要干什么？”兜兜脸色煞白。

“亲爱的兜兜，他是我的表哥。”我温柔地说，“大猩猩不喜欢吃企鹅，他只是要打你一下而已。”

兜兜低声说：“可是……我也从来没听说过猩猩喜欢打企鹅呀。”

我不再跟他啰唆，硬把他推上了冰山。

“喂，你跳下来！”我表哥在下面大喊大叫。他扭过头对我们说：“你们都散开点，小心被误伤。”

兜兜不明白为什么，但他也顾不上弄明白为什么了。他双眼一闭，从冰山上跳了下来。我们则连忙躲开，只保持着视线的方向。

兜兜大头朝下地掉下来，看那个架势，似乎是要笔直地栽到冰里去。但在他落地前的一刹那，我的表哥高高扬起手中的木棒，狠狠地挥击出去。我们听到“砰”的一声闷响，然后兜兜的身体就倾斜向上高高地飞了出去，一直到我们几乎看不见的高度才开始下坠，在半空中画出一道漂亮的弧线。

我们呆呆地望着这一幕，几乎忘记了鼓掌。等我们想起要鼓掌的时候，表哥发话了。

“都别愣着！”他喊道，“快点找皮尺，量一量这一击的距离。”

我们都回家去找皮尺，可是没有一根皮尺够长，只好把所有人的皮尺都连接起来，一直连到了兜兜身边。他的脑袋紧紧地插入冰层中，正在徒劳地试图把自己拔出来。

我们七手八脚地把兜兜扯出来，然后根据他的脑袋形成的冰窟量了量距离。

“一共是……683.75 米！”我们经过一番计算，把每一根皮尺测量的数据加在一起，向我的表哥汇报道。

表哥的脑袋摇得像拨浪鼓：“真差劲！我还没掌握这只企鹅的最佳横向击打点。”他补充说，“空气阻力也计算得不太精确，出手早了，见高不见远。”

我们都很崇拜地围在表哥身边，听他高谈阔论击打的经验。不得不承认，这种玩法刺激多了，非洲的生物就是比我们有创意，看来过低的温度确实对智力不利。

兜兜这时候才摇摇摆摆地走回来，看上去有点失魂落魄。我问：“兜兜，你没问题吧？”

“还好，”他闷声闷气地回答说，“头在冰里面扎久了，有点运转不过来。”

我的表哥经验非常丰富，他很快指挥我们以冰山下为起点，标出了若干计量点，每两个点之间的距离是 50 米——我们的皮尺的最大长度，这大大方便了我们的测量。

“再来试试，”我表哥豪迈地说，“我会慢慢摸到门道的。”

于是兜兜又爬了上去。他嘴里不知道唧唧咕咕地嘟哝着什么，无可奈何地往下跳。

我表哥大吼道：“看好了！这一棒会远很多的。”

果然，这一次，他的出手没有上一次那么着急。兜兜飞出去的角度要平缓许多，他在半空中持续飞行了许久才开始下坠，而落地之后，身体又被冰面弹起来，连续弹了好几次，才最终慢慢地停下来。

我们欢呼雀跃着扑上去，兴奋地丈量着。

“1137.85 米！”我们高喊着，“真了不起！竟然能打这么远！”

我表哥很谦虚地笑了。这时候兜兜才哼哼唧唧地坐起来，检查自己的肚子。

“再来几次，毛就会被磨坏了。”兜兜喃喃地说。

“放心好了，”我对他说，“我们帮你用海豹皮做个垫子，保证你的肚子没事。”

兜兜呻吟了一声，不再言语。这就是我们喜欢兜兜的原因之一，他很少说废话，只是乖乖地挨着打。

乖乖地挨打

我们掀起了新一轮的打兜兜热潮。这真让人激动！大家排着队，战战兢兢地拿起表哥那根沉重的木棒。

“双手握紧木棒，”我表哥在一旁指挥着，“注意上半身放松！不要太紧张！看准下落的走势！好，来了！挥棒！”

喀嚓一声，兜兜大头朝下，深深地扎进了冰层。我毕竟是第一次做这种高难度的游戏，太紧张了，那一棒抡出去，结果打空了。

我的朋友们的第一次尝试也大抵如此。偶尔有打中的，也没有吃准部位，更重要的是，我们企鹅的力量和大猩猩相差太远，最多打个几十米。

这让我们很沮丧，成绩差得太远，就没什么参与的热情了。当然光是看看也不赖，可只有我表哥一个人打，太没有竞争气氛了。幸好我的表哥是一个天才的社会活动家，他很轻松地解决了这个问题。

“我给我的兄弟们写信了！”他宣布道，“很快他们将从非洲来到南极，参与到这项伟大的运动中来！”

这一天晚上，我不知道为什么睡不着觉，坐起来烤了两条鱼吃，然后决定出门走走。

最近一段时间很奇怪，风虽然大，气温却并不是很低。我走在冰层上，并不感觉冷。抬起头来，天空中的极光绚丽夺目，变化多姿，一会儿像四散弥漫的彩雾，一会儿像摇曳挥舞的彩带，有时候又像是一块正在迅速铺开的宽阔帐幕。

我一边走，一边仰着头欣赏着，突然碰到了什么东西，撞得我差点摔倒在地上。我站住脚，定睛一看，原来是兜兜。这家伙白天被打了一天，居然还不睡觉，半夜三更跑出来做什么啊？

我问：“兜兜，干什么还不睡觉？明天还得接着挨打呢。

再说，我表哥的朋友们也快到了。”

兜兜摇摇头，似乎并不在意我说的这些。他回答我：“我在看极光呢。”

“为了看极光，连觉都不睡了？”我也跟着他摇摇头，“你果然是个奇怪的家伙，难怪大家都喜欢打你。”

兜兜似乎没有听到我的话，只是出神地看着极光。夜幕下，吹过冰原的风高声呼啸着，海水也掀起阵阵涛声。我还是觉得有点凉，也没兴趣再去打兜兜了，就转身回到自己的冰屋。关门的时候，我回头望了一眼，兜兜还站在那里，就好像结成冰了一样。

过了一段时间，真的来了好几只大猩猩，都是万里迢迢从非洲跑来的。他们说，生活真无聊，每天打猴子都打腻了，现在有南极企鹅可以打，还可以领略南极的冰原风光，当然要过来凑凑热闹。他们带来的见面礼还是香蕉。

他们的力气都很大，和我的表哥一样强壮，闲得没事的时候，他们敲打着自己的胸脯，那咚咚咚的敲击声就好像打鼓一样，可以顺着风送出好远。

“那只企鹅呢？”他们叫嚷着，“快点弄出来，让我们来试试身手吧！”

“对啊，把那只企鹅叫出来！”我表哥说，“他叫什么……兜兜？”

于是兜兜又被我们从冰屋里叫了出来。最近一段时间，他似乎只干两件事情，要么把自己紧紧地关在家里，要么莫名其妙地看海和天。我们都有些怀疑，他的脑袋一次次扎在冰里，是不是被冻傻了。

这一次，他什么也没问，什么也没说，看了一眼我表哥和那些与他体貌相似的同类，径直走上了冰山。

大猩猩们都赞叹起来："这企鹅真自觉！"

"这素质，比我们热带丛林里的那些该死的小猴子高多了！"

这些夸奖听得我们美滋滋的，就好像在夸我们自己一样。

兜兜站在冰山顶上，等待着下面的大猩猩发号施令。大猩猩们排着队，摩拳擦掌地准备比谁能打得更远。

谁能打得更远

这是一场事关尊严的较量，猩猩们表面上不动声色，但我们都看得见他们绷紧的肌肉。第一只猩猩挥棒打出去，飞出的角度太高，兜兜直冲冲地插进冰里，只有700多米。

那只猩猩红着脸走开了，后面的猩猩们吸取他的教训，逐渐调整着打法，只听见我们不断地在远处报数。

"952.22米！"

"1096.46米！"

"1201.13米！"

猩猩们干劲十足，我们只看见兜兜一次次地从冰山上跳下来，然后一次次地飞出去，有时候一头钻进了冰层，有时候在冰面上蹦跳、滑行。

"会不会把兜兜直接打进海里去啊？"有人担心地问。

"不会的，不会的。"我表哥回答说，"这里离海边远着呢，打得再远，也进不去。"

兜兜就这样挨着打，有时候不得不靠我们拖着才能回到冰屋。但他从不抱怨，也不反抗。

猩猩们兴致勃勃地打了两三天，渐渐地越来越熟练，彼此之间的差距也越来越小。看来他们深深地爱上了这个游戏，一边打着兜兜，一边热烈讨论，交流着经验。

有一只最聪明的大猩猩，居然在纸上列出了算式，综合重力加速度、空气阻力、风速等因素，认真地计算着所谓的出射角度。最后他得出结论："水平线以上 33.75 度，能够取得最佳效果。"

我们——所有的猩猩和企鹅，都很佩服他，这时候兜兜发话了："你开根号开错了……31.33 才是正确的角度。"

"我曾经听说，人类有一句谚语，"我的表哥很疑惑地对我说，"人家把你卖了，你还替人家数钱。"

显然兜兜就是这样的冤大头。不愧是兜兜啊！

不愧是兜兜啊

有一天，南极狂风大作。在极光的照耀下，似乎空气中都在闪动着电火花。我们企鹅都不想出门，来自热带的猩猩们却兴奋异常。

"那么大的风，会破纪录的！"那只最聪明的猩猩说。

我们也兴奋起来，一起去看破纪录的场景。兜兜自觉地爬上冰山顶峰，在下面，我的表哥第一个出场。

许久之后我还记得那一天发生的事情。兜兜跳下来，我表哥挥棒，标准的 31.33 度。兜兜飞出去，看似一切如常，但接下来……

飞在半空中的兜兜，从裹在肚子上的海豹皮里掏出一样东西，然后扔掉海豹皮，把那个东西高高地举在手里。

“见鬼！”最聪明的猩猩叫了起来，“那是我们带来的香蕉叶子！”

但我们来不及做出反应了。兜兜高举着香蕉叶，在狂风的推动下，飘飘悠悠，跨过大海，向着远方绚烂的极光飞去。

结局之一

“完了，兜兜走了！”我们呆若木鸡，不知所措。

“我们以后打什么？！”我的表哥咆哮着说。

最聪明的那只猩猩环顾四周，平静地说：“这里还有很多企鹅呢。”

“你说得对！”我表哥赞许地说。他转过身，温柔地看着我：“表弟，真对不起，我们已经彻底爱上这个游戏了。”

“我们不回非洲了，就留在这儿了！”猩猩们附和说。

结局之二

过了些日子，这一天，我被一棍子打了出去，七荤八素地在冰面上蹦跶，一只海鸟飞过来，递给我一片香蕉叶子。

我头昏脑涨地爬起来，发现这是一封信，第一行歪歪扭扭地写着“我是兜兜”，接下来的内容是：“我已经在非洲定居了，这里真暖和，感觉不错。

“我正在参加反对人类破坏臭氧层运动……根据我离开前的观察，有一股暖流很快将会到达你们那里，那块浮冰也许会融化。祝你们好运。”

我抛下信，抬起头，猩猩们还在远处大呼小叫着，一只企鹅摇摇摆摆地爬上冰山，准备往下跳。

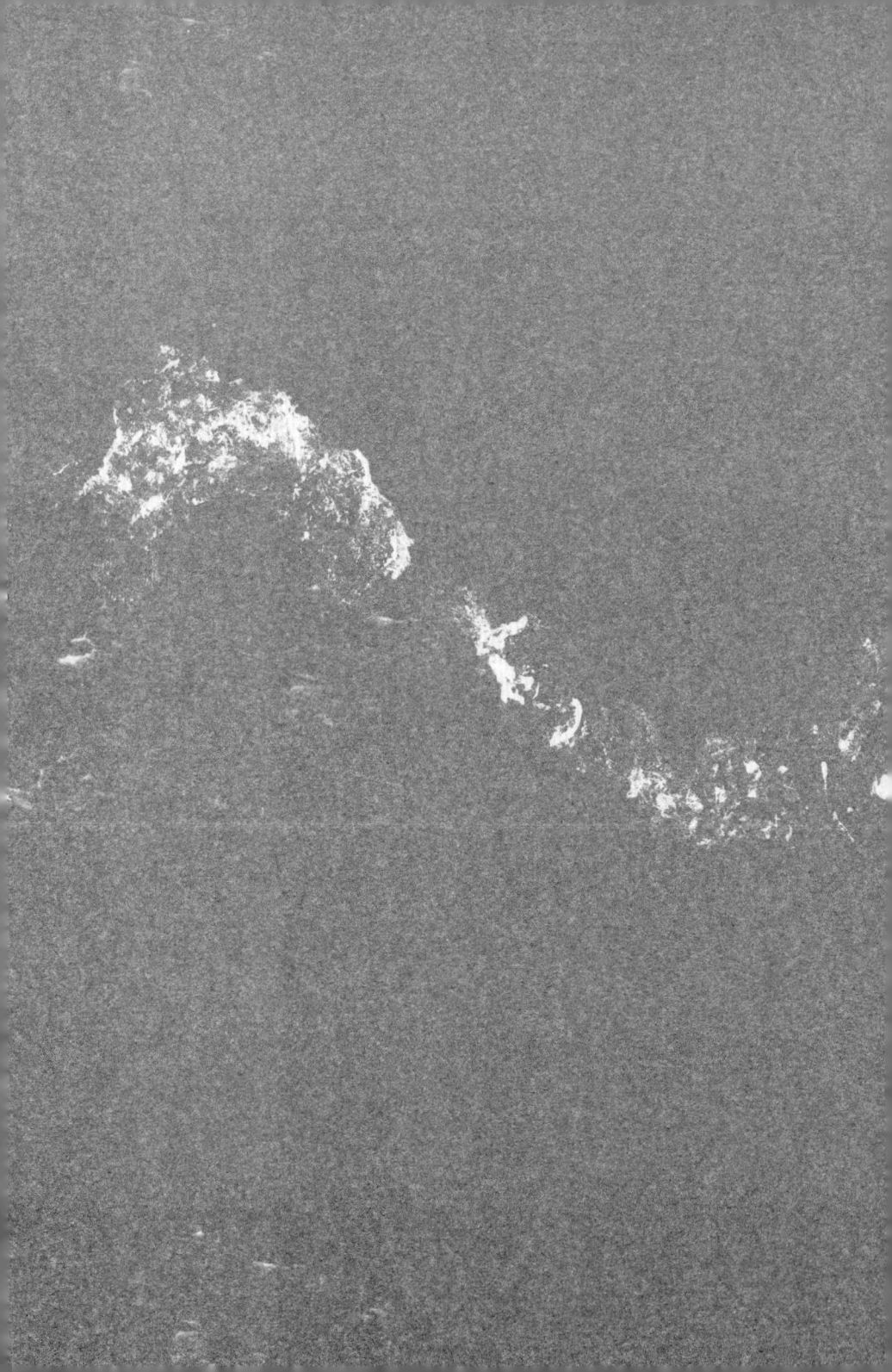

黄金矿工

那天夜里风雨交加，我看着窗外乱纷纷的雨点，估计今晚不会有什么生意了。正当我准备关门时，看到一个人影从远处走来，仿佛是被店里的灯光召唤而来。

这是个年轻人，面色苍白，身材瘦小。他解下雨衣，身体在秋风中轻微颤抖着。

“这么晚了还来买东西，又发现什么新矿了？”我问。这一带的黄金矿工越来越多，每一次探出新的矿区，都会引来哄抢的潮流。

他避而不答：“我跑了四五家店，都没有找到合用的工具。听他们说，你这里有一些外面买不到的好东西，所以就来找你了。”

他的购物清单果然古怪，包括长达百米的大功率抓手、威力惊人的高能爆破炸药、神经毒气等。这些都是违禁物品，但是我有办法搞到。

“这些东西……现在我手里没现货，你得等几天。”我说，“还有，它们的价格很高昂，而现在这一片矿里竞争者众多，你很可能回不了本。”

他摇摇头：“没关系，你只管给我搞到手，我可以先预付一半。”

我盯着他，长出一口气：“小伙子，你是想去南区的那块巨矿吧？”

他没有回答，但脸上的表情承认了一切。

“我劝你还是放弃吧。”我说，“我在这里开了几十年的店，还从来没有人能从那片矿里发财。相反，很多人送命了。”

他的脸怪异地扭曲了一下：“事实上，我父亲许多年前就死在那片矿里。”

年轻人告诉我，二十年前，他父亲作为一个淘金者来到此地，目标就是那座神秘的巨矿。据勘探，那矿层中蕴藏了数量惊人的金矿和宝石，但都埋在地层深处，开采十分艰难，不少人因此丧生。他父亲满怀雄心，花费巨资准备了一些先进的工具，还从矿区请了一位经验丰富的矿工做助手。

“但是他们失败了。”年轻人悲伤地说，“他们经历了许多艰辛，终于深入矿层，可以挖掘了。然而就在那一天夜里，发生了意外爆炸，我父亲他们被埋在地下，活活饿死了。有人隐约听到了呼救声，却没办法救他们。”

我身子轻轻抖了一下，沉吟道：“我听说过那起悲惨的事故。所以……其实你是想找到你父亲的尸体？你还真是个孝顺的人。”

他回答道：“那当然是原因之一。不过，如果能征服它，也算是了却了我父亲的遗愿。”我耸耸肩，不再说什么，接受了他的支票。四天之后，我把他清单上的物品全部准备妥当，他看起来很满意，但等把东西都装上车后，他又折了回来。

“我听说，你是这一带最见多识广的人，”他说，“愿意帮助我吗？报酬随你说。”

我摇摇头：“我老啦，还想多活几年，不想再参与这种事情了。”

他微微一笑：“据我所知，出售违禁采掘物品，是要受到法律重处的！矿区的矿工们有潜在规则要遵守，但我是外来人，不在乎这个，我只关心我要寻求的结果。”

我看着他稚嫩却力图显得凶狠的双眼，叹了口气。

“年轻人太过聪明不是好事。”我说，“我们走吧。”

我们到达矿区的时候，已经是黄昏了，年轻人迫不及待地想要开工。我阻止了他：“这片矿很危险，表层和中层布满了各种岩石和爆炸物，其中穿行的鼹鼠种类比较特殊，对抓手的损伤很大，还是等白天再说吧。”

他看了我一眼："你对它还很了解吗？"

"听得多了。"我说，"几十年来，人们都在讨论它，没去过的人也会知道一点。何况我是工具店老板，矿工们多多少少都会给我讲一些传闻，套套近乎。"

他来了兴趣："你为什么不自己去做矿工呢？那些金子和钻石，难道不比你卖工具更赚钱？"

"你一定听说过许多矿工发财的故事，"我说，"但你也许并不知道，有更多人穷得吃不起饭。许多工具店老板都喜欢说'我也曾经是一个勤劳的矿工'，那是因为他们发现，矿工光勤劳不管用。为了提高效率，抢夺更多的矿源，大家不得不疯狂购置各种道具，以至于连成本都收不回来。但是竞争激烈，又不得不用工具，所以，卖工具才真的是最划算的买卖。"

他看了我一眼，不再说话。第二天，我们进入了矿脉。看守入口的老头瞥了我们一眼，一言不发地收取了手续费。

"知道他在想什么吗？"我说，"又来了两个不要命的。"

这里的地层十分坚硬，我们用普通抓手很快就烧掉了电机。我的雇主看了看快被磨断的抓手头，再看看挖上来的一大堆破烂石块，无奈地说："用你找来的玩意儿吧。"

我给他换上了大功率的抓手，这东西大大提高了掘进速度，也造成了可怕的噪音和污染——因此它是违禁物品。我们慢慢把地层中的大石块清理出来，但往下的一段十分困难。根据勘探，那里有许多碎石和四处穿行的鼹鼠，还有一些早期矿工留下的尸骨。我们试了试，抓手无法辨认，不分青红皂白地全都抓了上来。一般情况下，可以用炸药把这些杂物都炸掉，但是这片矿里杂物数量太多，工作量会十分巨大。我的雇主毫不犹豫地决定使用高能炸药，它可以清理掉很大一片区域内的杂物，但也可能造成地层断裂。

“许多年之前，矿工们甚至连普通炸药都舍不得用。”我回忆道，“他们总是磨练自己的技艺，争取用抓手绕开所有的障碍物，即便不小心抓上来不值钱的石头，也会留着，打磨打磨，还能换点小钱……”

“那已经是过去的时代了，”他毫不客气地打断我，“现在是高科技的时代，不使用工具就没办法在竞争中获胜。不过……老头，你自己不就是靠卖这些东西发财的吗？怎么反而劝起我来了？”

“因为你总算还是个有孝心的年轻人，”我说，“我喜欢有孝心的人。”

我的雇主加大了投资，又让我购进了一批炸药，在两天时间里把那一片区域清理掉了。接下来的矿层，就是藏宝的矿层了。它的深度十分可观，即便是最长的抓手，也没有办法探下去。更何况，即便长度够了，在那种深度下，精确性也无法得到保证。而那些令人垂涎三尺的黄金和宝石，都和数量众多的炸药混杂在一起，稍不小心，就会引爆，而且是连锁反应。

“那样的话，财宝和炸药一起灰飞烟灭，我们就什么也得不到了。”我告诉他。

“那我们应该怎么办？”他有些茫然。

“只有一个办法！”我说，“过去那些大胆的黄金矿工，在挖出一条通道之后，就下到矿层里。他们从这块矿的中部开始往下放抓手，可以大大降低操作难度，只不过……”

“只不过什么？”

“下到地层中，也意味着被危险包围。碎石、炸药、地下生物……都有可能要你的命。以前的那些矿工，往往都是因为一两个偶然因素就送命了。不过，我知道你不会放弃的，那就跟着我吧，别轻举妄动。”

我们终于到达了合适的深度，他开始向下放抓手。显然他不是个熟练的矿工，力量和角度的掌握都不尽如人意。我不断替他校正方向，避免抓手抓到炸药上去。尽管如此，我们这一天还算得上收获颇丰，得到了不少纯度很高的黄金和宝石，但我的雇主看上去一点也不满意。

“知足吧。”我劝说他，“在这个位面采掘几天，你已经能狠狠发一笔财了，何苦要那么贪心呢？”

他摇头道：“这些还不够，据我所知，如果再深一些，金子会非常密集，比现在的收获大多了。我既然投入了那么多，就一定要得到回报。”

他不顾我的劝阻，继续加大深度。这一天中午时分，我正在午睡，他叫醒我，很沮丧地说刚才抓手突然发出咯噔一声，卡在地下不动了。我告诉他，这是因为碰上了高硬度的岩石，现在抓手取不回来了。他想了想，很坚定地说：“那我们顺着钢索下去，把抓手解开。”

我没有办法，只能跟着他下去。但看到抓手的时候，我发现，它并没有被卡住。

“我只不过是拧掉了几颗螺丝，所以它没法动弹了，如此而已。”年轻人冷冷地说，拨弄着手里的手枪。

我扭过头看着他：“你想要做什么？”

他直视着我的眼睛：“我想要弄明白，二十年前我父亲死亡的真相。”

我长长地吐出一口气：“真相？我不明白你在说什么。”

“那我来帮你弄明白！你是在十八年前来到这里的，在此之前从未在矿区出现过。你自称只做生意，不懂采矿，却经常表现出你对这个职业的惊人了解。我专门问过了，两年的时间，足够一个人完成一次完美的整容手术，不露出任何破绽。”

我苦笑一声：“所以，那并不是一场事故，实际上我就是当年那个助手，也是杀害你父亲的人。你是来找我复仇的，对吗？”

他仇恨地瞪视着我，并不回答。我轻声说：“跟我来吧，我带你去当年出事的那个地方。”

那段路十分难走，我凭着二十年前的记忆，把他带到了那里，用抓手开辟了一处通道。通道里有一具尸骨，年轻人的眼泪一瞬间涌了出来。

“事实上，我们那时候的确找到了巨量的矿藏，”我回忆着，“但财富总能激发起人类贪婪的欲望。我们不再满足于平分，而是相互勾心斗角，最后发生了争执。我们相互开枪，引爆了炸药，我很幸运地逃了出来，他却被封在里面，永远出不去了。而我，从此不敢再以真面目出现，那样人们会发现事实的真相。我只能改头换面，隐姓埋名，做一个普通的工具店老板，从此不再做发财梦。”

年轻人一面用枪指着我，一面俯下身检视那具骸骨。他的面色瞬间变得苍白。

“你在耍我，这不是我父亲。”他说，“我父亲的腿年轻时断过。”

“这的确不是你父亲，但我并没有耍你。”我一面说，一面卷起裤腿，那道伤疤显得十分醒目，我当初犹豫了许久，还是保留了这道伤疤。因为我希望有一天还能见到你，并劝说你不要和我一样陷入愚蠢的境地，儿子。”

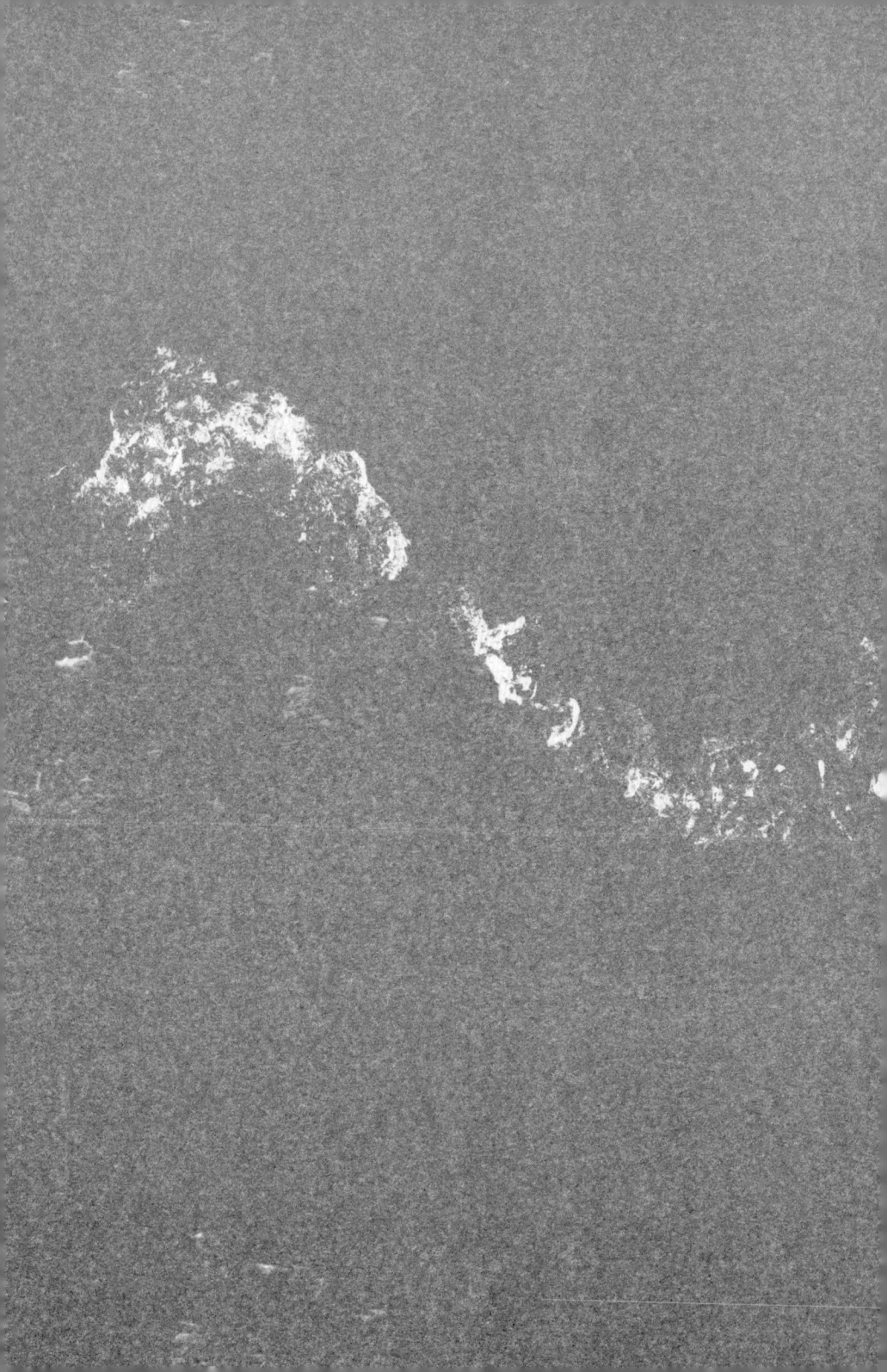

安静的大树

黎明

阿罗是在将近黎明的时候被抓走的。阿刚从惊悸不安的睡梦中醒来，急急地奔到门口，只看到了他渐渐远去的背影。阿罗的双手被反铐在背后，无可奈何地挣扎着，仿佛一只被人捏在指缝间的小虫。一名士兵抬起枪托，狠狠地对着他的脑袋砸了一下。阿刚听到一声沉闷的惨叫，透过塞在阿罗嘴里的不知什么东西，含混地传入自己的耳膜。太阳正在缓缓地升起，把第一道暗红色的光芒投向大地。

“这孩子自作自受啊！”父亲不知什么时候也起来了。他站在阿刚身旁，目光凝视着一行人掀起的飞扬的尘土，脸上的表情平静得像是在看着一只野羊被人牵走。

可那是阿罗，不是野羊。阿刚心里想着，但没有说出声来。他只是愣愣地站在门口，眼看着阿罗的身影沿着崎岖的山路消失在视线之外。在他的面前，亘古不变的群山绵延起伏，一直延伸到天际，在晨光熹微中恍如安眠的巨兽。阳光慢慢地照亮了脚下狰狞的大峡谷，阴影沿着光线的方向迅速地倒退着，展露出干涸了千年的河床。新的一天即将开始。

“不要过多地去想阿罗的事。”父亲很温和地说着，“这没有什么意义，生活不会那么容易改变的。”

的确不大容易，阿刚想。阿罗已经被抓走了，多半会就此丧命。但是生活总要继续，我不是阿罗，我是阿刚。至于父亲，这件事情不见得对他全无触动，因为他已经很久没有说过那么多话了。

阿刚摇了摇头，似乎要把一切乱七八糟的念头都从脑子里清除出去。他来到水桶旁，舀出一勺水，喝掉其中的一半，然后把剩下的都抹在脸上。勺上残余的水珠滴回了水桶中，发出悦耳的滴答声。

远处，阿罗的母亲在绝望地哭泣，那一声低一声高的尖利声响回荡在大峡谷的上空，没有人敢去劝慰她。几个大人在愤怒而惶恐地驱赶着自家的小孩，不许他们追着阿罗一行人去看热闹。

记忆

阿刚在十二岁那个暮秋的中午走出家门，感觉自己仿佛被投入了深不见底的水池中。恐惧从不可知的角落里伸出触须，蔓延开来，将他牢牢地绑住。沉重的弓箭在他瘦削的背上不住地颤抖着，腰间的猎刀将坚硬的冷酷不断刺入他的体内。

阿刚转过头，试图从父亲那里得到一些怜悯，但父亲不知什么时候已经消失了。门紧紧地掩了起来，隔开了门里与门外的世界。木门上的漆早已脱落，留下一个个惨白的斑痕，如同一些不怀好意的眼睛注视着阿刚。

这时，已经是一年中极为萧瑟的季节，落寞的阳光无精打采地飘洒下来，使天空看起来一片阴沉。空气中有一种阴冷的气息，但阿刚却满头大汗。他很想坐在地上委屈地大哭一场，却很清醒地意识到这样做没有任何用处。父亲的目光是如此坚决，如同这百万年的峡谷一般不可动摇。于是他轻轻叹了一口气，迈开少年的脚步，沿着铺满碎石的小路走向未知。

“不想做人，就要做树。”阿刚每一次出猎的时候，都会回想起当年父亲的话语。十二岁时的那个下午，父亲从岩虎的利爪下将阿刚救出来的时候，就是这么说的。父亲坚定地、不容抗拒地把十二岁的儿子硬赶出家门，让他独自面对山间危险的岩虎、树熊、双头蛇、大蜥蜴。

父亲那近乎残忍的态度在阿刚的心中蔓延了十多年。当然，其正确性也逐渐凸显出来。阿刚成了继父亲之后整个部落中最优秀的猎手。父亲培养有方。

“如果你害怕出去被杀死，也可以不出去。”父亲总是这样对阿刚说，“你也可以变成一棵树，选择权在你。我小的时候，亲眼看到自己的父亲变成了一棵树，永远不能移动，不能说话，能不能思考我就不知道了。我不想变成一棵树，所以我挣扎到了现在。不然的话，我就和你爷爷一样了。”

父亲是整个部落的骄傲。当生存环境日益恶化且大家都只能闭目待死的时候，是父亲勇敢地担起重责，率领全部落的人完成了艰难的迁徙，来到了这个野兽与野果都相对丰裕的地方。

当时正值大旱，似乎山石都被阳光灼烧得冒着青烟，干枯的树木很容易就可以自己燃烧起来。父亲带领着男人们寻遍了山间的每一处岩洞、每一个石缝，都难以找到猎物。食物在不断减少，水源也日益枯竭。父亲果断地下达命令，放弃了这个部落生活了上万年的领地，来到了新的居住地。

这件事引发了激烈的争议，因为祖祖辈辈遗留下来的树林也不得不就此抛弃。失去了后人的灌溉，也许祖先们的生命都会因此而消失。但是最终，父亲用他无可辩驳的逻辑说服了反对者：“我们留在这里，是大家一起死，树和人都得死！不如留几个能活下来的。”

谁也无法想象，最后父亲会成为一个妥协的人。

其后的迁徙并没有父亲想象中的那样浩浩荡荡，在死亡的威胁下，仍然有三分之一的成员选择了留下。这些对先辈怀着深切的崇拜与思念的人，宁愿失去人的身躯，宁愿干渴而死，也不肯离开故土。

几个月后，当已经在新的山头安顿下来的人们回到故乡探望的时候，只看到几具早已被饥饿的野兽啃噬得精光的躯体，其他的，全部变成了树。

在那些白森森的尸骨后面，祖先的树林奇迹般地依旧存在。虽然有一部分树木由于缺水而枯死，但仍然有不少坚韧地存活了下来。在干旱与饥馑中，植物保留了更为顽强的生命力。

如今的这片树林被称作祖林，在干旱的季节，每一天都会有人翻山越岭来到这里灌溉它们。这种生命形态的确是令人赞叹的，变成树之后，一点点水分便可以活命。

父亲从此成了部落的首领。五年后，阿刚降生了。

阿刚时常不无激动地回想起父亲狩猎时的情景。那时候自己还年幼，却已经被父亲带着一同狩猎，以便增加胆色。阿刚不知道自己的印象中添加了多少虚构的成分，但他固执地相信，记忆中的一切都是真实发生的。

那时候父亲的身躯健壮有力、肌肉结实，仿佛一块历经日晒雨淋而始终屹立不倒的粗糙岩石。父亲扛着沉重的硬弓，腰上佩着母亲磨得雪亮的猎刀，每一步踏出去，都似乎要在地上踩出一个深深的印记。在他的身后，十多名充满敬畏的成年男子紧紧地跟着，好像生怕被他甩掉似的。

阿刚就骑在父亲的脖子上，感受着父亲每迈出一步所带来的充满杀气的震动。在他幼小的心灵中，油然升起了一种豪迈之情，虽然这其实与他无关。

许多年之后，当阿刚成年而父亲衰老的时候，阿刚只能靠这些回忆来塑造自己心目中父亲的高大形象了。如今的父亲，只能每日佝偻着腰枯坐在屋外，浑浊的双眼凝望着远方，光秃秃的头皮在阳光下反射着无精打采的光。父亲已老，不复当年之勇。

狩猎

每一次游客到来之前，阿刚都会默默地坐在床上，擦拭着自己的猎刀。猎刀一如既往的明亮光洁，刀面上反射出阿刚毫无表情的面孔。

许多年前，父亲把这柄刀交给阿刚的时候，曾经很郑重地说："要让刀永远锋利，就必须让它见血，只有野兽的鲜血才能保证这一点！"

阿刚已经记不清从什么时候开始，这把刀就很少能见到野兽的血了。峡谷中的野生动物已经越来越少了，这是不争的事实。现在阿刚每日所猎杀的，都是政府运来的已经驯服的动物。虽然外貌看上去还是或高大威猛，或丑陋狰狞，但骨子里的野性早已不复存在。

这样的狩猎显然是缺乏趣味的，但这是整个部落的食物来源。别说阿刚，连父亲都早已经压下了心中那份猎人的高傲与自尊。

游客到来的时候，阿刚早已擦干净了刀。按照顺序，今天轮到阿刚去狩猎，不管心中是否情愿，这都是没办法推脱的。灿烂的阳光正透过窗户照射进来，千万的微尘在阳光中肆意地跳跃着。今天的天气不错。

阿刚走出门，招呼上今天要一起狩猎的几个同伴，向着村外走去。阿罗家的门紧闭着，屋内传出低低的饮泣声，那是阿罗家的女人们。阿罗的父亲死得早，阿罗被抓走之后，家里就没有男人了。

阿刚并没有停留，带领着同伴们进入狩猎区。过去，峡谷里是不存在狩猎区和非狩猎区之说的，恶劣的自然环境让动物们四处流窜，甚至经常冒险进入村落寻找食物。但是现在，一来野兽们已经消失，二来必须照顾到游客们的视野，所以专门划分出了狩猎区。

如果站在游客们的位置俯瞰下去，狩猎区是一个扎紧的口袋的形状。在大峡谷的对岸，划出了一片斜坡，倾斜度不算大，坡上生长着一片并不茂密的树林——太过茂密会阻碍游客的视线——树林里便是惊慌不安的猎物们，如同待宰的羔羊一般等着猎手们光顾。

这根本就是小孩子的游戏，阿刚的心中无法压下那种屈辱的感觉。似乎自己还是个八岁的小男孩，父亲把自己驱赶到屋后的羊圈中，要求阿刚在日落之前杀掉那只被岩虎咬伤的驯羊。那一天下午，八岁的男孩战战兢兢地拿起刀，一步一步挨到驯羊的身前，羊漠然地看着他，连躲避的意思都没有。阿刚抬起头，太阳已逐渐西沉，光芒开始隐没，留给他的时间已经不多了。父亲就站在羊圈外，冷冷地注视着男孩与羊。

全部落最好的猎手，却要和当年那个八岁男孩做同样的事情。阿刚很是愤愤不平，但除了愤愤不平，他也没法做别的。

猎手们进入了狩猎区。很快，阿刚锐利的眼神便发现了一头树熊。树熊是大峡谷里并不常见的野兽，速度敏捷、力量十足，而且极富攻击性。父亲一生中也只猎杀过四头树熊，但已经是两百多年以来的最高纪录，因而广受人们崇拜。

但是现在，几乎每一天都有树熊可以猎杀。阿刚知道，政府在用独特的方法制造着树熊，然后把它们投放到狩猎区。可是这些树熊行动迟缓、目光呆滞，发现人的行踪之后竟然不会躲避，只不过是徒有其表罢了。

其他的野兽也是如此，由人类制造、驯养，早已失去了自然的灵力，变得比驯羊还要温顺。猎手们都耻于猎杀这样的动物，但是这是他们唯一可做的工作。

这是为了给游客们看，阿刚心里十分清楚。游客们就在峡谷对面的山顶上，用望远镜看着这一切。在他们的眼中，这是一个顽强而坚韧的古老文明，在大峡谷这样的绝境中挣扎求生，把自己的图腾一代一代传下去。阿刚可以想象，当他们看到自己一箭射中树熊的时候，会发出怎样由衷的赞叹。但他们并不知道，这一切不过是徒有其表的幌子而已，仿佛人老珠黄的女人脸上那厚重的浓妆。当铅华洗尽之后，剩下的只有凹凸不平的沧桑与疲惫。

阿刚的箭没有落空。同伴们一拥而上，放倒了那头倒霉的树熊。他不禁想起了七年前，自己第一次猎杀树熊时的情形。那一天，阿刚孤身一人，身边没有帮手。由于寻找不到猎物，他逐渐远离村庄，来到山林深处。当一头穷凶极恶的树熊突然出现的时候，他几乎吓得魂飞魄散。但他还是凭借着一个优秀猎手的本能，并没有拔刀，而是双手抓住了树熊拍下来的两只利爪，用身体死死地把树熊顶在了一棵小树上。一人一熊就这样僵持了许久，谁也没有办法松开对方。

正当阿刚感到自己全身的肌肉都已僵硬，很快便要支撑不住的时候，只听见咔嚓一声，那棵树承受不住人与熊的重量，折断了。树熊在慌乱中松开了爪子，而阿刚抓住这一刹那的机会，抽出猎刀，用尽最后残余的力量，插入了树熊的身体。垂死挣扎的树熊则在他的右臂留下了永远无法消退的伤痕。

那是阿刚第一次，也是最后一次见到真正的野生树熊。按照传统，那张熊皮被完整地剥了下来，挂在家中的墙上，和父亲的第一张熊皮并列在一起，诉说着这个猎手家庭最后的荣耀。

随后，大家又十分顺利地猎杀了几只动物，包括两只肥硕的岩虎、一只短尾狼和一头人怪。一切都是那么的容易而顺理成章。

他们甚至没闹明白，有岩虎的地方就不会有短尾狼，而人怪从来不会出现在有树的地方，阿刚想，但这对他们来说似乎并不重要。政府并不需要真正的高峡族的生活方式，只要似是而非的生活方式就足够了。

狩猎结束了，此时太阳刚刚移过头顶不久，还有一整个下午的时间可以打发。游客们应该是接着去参观祖先的树林，这甚至比狩猎和参观村落更加令人着迷。在这个世界上，唯有这个大峡谷中的部落，可以把自己的身体变成一棵树木。一棵由人变成的树木，哪怕只是想想，也足够让人兴奋不已了。

树林

阿刚经常会到祖先们的树林去，因为祖父就在那座树林中。许多年前，当父亲带领着大部分的族人离开故乡，寻找新的栖居之所时，祖父——部落里威望显赫的巫医，却执意不肯离去。

“离开这片谷地，就是抛弃我的父母和祖先。”祖父那时候很平静，似乎只是在缓慢地陈述一个事实，“我不能那样做。”

“可是，留下来的话，你们还是只能变成树。如果没人浇水，你们会和祖先们一起干枯而死！”父亲仍然试图劝说祖父。

“如果真是那样的话，就一起死去吧。你就当没我这个爹好了。”

视死如归的祖父令父亲万般无奈，但这位勇于冒险的领导者还是带领着愿意追随自己的族人离去了。在那个所有的山泉都已断流的炎炎夏季，一群嘴唇干裂、满面饥馑之色的人带着简单的行装，行走在崎岖的山路上。在他们的身后，是一排排破败的村舍，祖父就站在村口，望着自己的儿子坚定地远去。

多年之后，回忆起当时的那一幕，父亲总是忍不住要说：“我爹真是个老古板啊！”

从旧的谷地到新的居所，有好几天的路程。旱季的时候，每隔一段日子，村里便会派出一支队伍，赶着驯羊去为祖先们送水。虽然这会耗费很多本可以用于狩猎的人力，但没有谁有怨言，或者说，没有谁敢有怨言。

阿刚也曾多次行走在这样的队伍中。在每一个令人昏昏欲睡的白昼，在阳光凶猛的炙烤下，年轻的男人们踩着满是碎石的山路，无精打采地驱赶着驯羊，走向千辛万苦才离开的故土。祖先们在那里召唤着。

故乡早已废弃。在一座座倒塌或者正在倒塌的房屋中，杂草与藤蔓悄然生长，毫不留情地占据着过去人所占据的位置。蛛丝、尘土混杂在腐朽的气息中，在阳光下熠熠生辉。在那些断墙的背后，还藏着一些人们离开时没能带走的家具，在日晒雨淋中，它们已经彻底朽烂，成为蛀蚁的美食。

这里曾经生机勃勃、人烟密集，阿刚这样想道。这里曾经生存着一个真正坚韧的民族，用自己的双手和大峡谷搏斗，坚强地维系着自己的文明。他们可以选择自己的生活方式，不依靠政府的管理，不用靠别人的施舍。当灾难降临时，他们可以离开去寻找新的契机，而不用被迫去过虚假乏味的生活。

但现在，一切都已不复存在。过去的辉煌已经化为废墟，逐渐湮没于尘土中，而新的机遇，也不过是苟延残喘的劣质外衣而已。

祖林象征着过去的全部，那是时光的洪流冲刷掉一切之后，仅留下的一点痕迹。

祖林就在村庄的背后，那里密密麻麻地生长着数不清的或高大或低矮的树木，全都是寿终正寝的祖先们的最终形态。对于部落的老人们来说，假如不是遭遇意外死亡，那么死后的形态都是凭着自己的意志来进行选择的。一个行将就木的人，如果决定不再延续自己的生命，那他的尸体便会被抛入深邃的大峡谷，任由动物和飞鸟啄食干净。他也可以决定继续活下去，把自己的身躯转变为一棵大树，牢牢地植根于土地之中，但他从此将失去语言和行动的能力。

阿刚知道，千百年来，选择继续生存和选择放弃生命的人的比例，大致是一半对一半。幼时，他曾对此大惑不解，不明白为什么会有那么多人放弃继续活下去的机会，但是现在，他终于对此有所领悟：活着是如此艰辛的一件事情，为什么要把这种艰辛继续下去？

此外，历史上在遇到大的灾荒的时候，为了活命，总有许多人还远远未到衰老的时刻，便选择了做树，以此延续自己的生命。

同样，也有很多人宁肯干净地饿死。

他还知道，即便是部落里最睿智的老人，也无法说清楚变成大树之后，人的思维是否还能够保留。所有的树都不能再说话，甚至无法给出暗示。阿刚曾经无数次地想象，做一棵有思维、有意识乃至于有感觉的树，却永远没有办法说出口，究竟会是怎样一种滋味，但他还是没办法得出结论。

有时候，阿刚会信步走入祖林的深处，随便在一棵树的树干上靠着休息。树干上都钉着刻了名字的金属牌，说明树的前身的身份。有些人阿刚听说过，有些名字对他而言则非常陌生。不管是谁的，阿刚仅仅是喜欢靠在上面，似乎这样便可以聆听来自百年前、千年前的声音。他总是固执地相信，在那一棵棵粗糙的大树体内，包容着人类的灵魂。

祖林很大，有时他甚至会迷路，但他从来不为此感到慌张，只是慢慢地在密林中独自摸索，仿佛坚信祖先们的灵魂会保佑他，帮助他找到出路。事实上，每一次他最终都能离开树林。而每一次离别，对于阿刚而言，竟然有一种恋恋不舍的情绪。

他说不清楚这是为什么。或许，这是一个行将毁灭的民族的后裔对于历史最后的凭吊。

阿刚并不知道，在远远地看着他们给树木浇水的时候，有一名游客曾经感叹地说道：“你们知道吗？看着高峡族人给曾经是自己的祖先的树木浇水，我总是会产生一种古怪的错觉。”

“什么错觉？”

“就好像我们拿着丰盛的酒食来到祖先的墓地，打开他们的棺材，请他们进食一样。”

阿罗

阿罗不是第一个试图改变命运的人，可能也不会是最后一个。他不是第一个被抓走的人，可能也不会是最后一个。

阿刚等人满载着猎物回到村里，开始了分发食物的忙碌工序。男人们把猎到的野兽剥皮，切成块，剩下的任务则交给女人们。阿罗的老婆和老母亲却始终没有露面。

阿刚想了想，割下一条肥壮的羊腿，放到了阿罗家门前。屋内的哭泣声早已消失，一片死寂。他在门上轻轻叩了两下，不见有人应答，便转身离开了。

阿刚是在一个狂风呼啸的冬日认识阿罗的。那时满天的雪片席卷而来，似乎要把所有的猎手都卷进峡谷的谷底。阿刚声嘶力竭地把所有人招呼到自己身边，防止他们因为走失而被活活冻死，或者一不小心滚落到谷底。

“现在我们怎么办？回去吗？”长于箭术的小青在他的耳边拼命叫嚷着，以便压倒风的咆哮。小青的目力非常好，但是此刻，他扯破了嗓子告诉阿刚，十步以外的东西，他就已经看不清楚了，视线里只剩下白茫茫的一片。

“不行，太远了！”阿刚这个时候非常羡慕那些有着尖锐的嘹亮嗓音的女人，在这种场合下，那种嗓子会派上大用场的，“我们要是往回走，一定会被冻死的！我们需要在这附近找一个可以避风的地方。”

但是此时，天地万物都只剩下了刺眼的白色，阿刚自己都无法辨认方向了。正在焦急的时候，一个人拉了拉他的衣袖。阿刚回过头，看到阿罗被雪弄得须眉皆白的脸。

“跟我来吧！”阿罗大张着嘴，声音从风雪的怒吼声中模模糊糊地钻进阿刚的耳朵。阿刚无法思考，只能招呼起所有人，跟随着阿罗一起前进。假如这个人认错了路，我们就只能一起死掉了，阿刚这么想着。

阿罗一马当先地走在最前面，其他人深一脚浅一脚地紧紧跟随着。在一片银白色中，没有人能够分辨出方向，只能孤注一掷地跟随着阿罗前进。看起来，阿罗对于道路似乎也并不熟悉，他已经连续转过了好几个弯，每多走一步路，大家的心似乎就凉了一截。

最后，红亮的火燃了起来，驱走了大家的寒意与恐惧。这个从外面看起来狭窄不堪以至于洞口都被积雪完全堵住的山洞，内部竟会如此宽敞，实在是出乎大家的意料。

阿刚这时才顾得上打量一下身边的阿罗。这个人看上去很瘦削，却显得精力充沛，此刻他只是默默地坐在火堆旁，并没有因为居功而高谈阔论。阿刚在一瞬间就对他产生了好感。

“你是怎么找到这个山洞的？”阿刚问道，“我们绝大多数人都没来过这么远的地方。”

阿罗回答道：“我也是许多年前还是一个小孩子的时候，无意中来到这里，并且发现了这个洞。那不过是一个孩子的幼稚冒险而已，还得到了我父亲一顿巴掌和挨饿一天的奖励。我母亲已经顾不上奖励我了，因为她焦急地等待了五六天，病倒在床，等我身上的肿全消后才醒来。”

在众人的笑声中，阿罗接着说：“幸运的是，虽然过了许多年，我还能大致记得这个山洞的位置。但我以前的确没有想到，有一天我在狩猎的时候会来到这里。这里距离我们的村落是那么遥远，我们的先辈，一定没有翻山越岭花上那么多天去寻找猎物。”

大家有些沉默，阿罗这句话触动了猎手们的心。在这个严冬到来之前，村里竟然连过冬的口粮都还没能预备好，这才不得不冒着可能被突降的大雪吞没的危险，走了许多天山路，寻找可能存在的猎物。如果不是阿罗，也许他们已经全军覆没了。

这就是阿罗被抓走的原因。阿刚不无忧伤地想到，他想得太多了，而想得太多是有罪的。如果说，在食物匮乏的那几年，他对于离开的渴望还是可以理解的话，当政府已经带来了新生活，他却仍然固执己见，就未免有些说不过去了。更可怕的是，持这种看法的并非阿罗一人。阿刚早已隐隐觉察到，有一种危险的思潮开始在部落内泛滥开来。

“你们为什么总想打破这样的生活呢？”有一天，阿刚这样问道，“不管怎么样，政府给了我们充足的食物来源，我们的男人、女人、老人和孩子都可以衣食无忧地活下去，直到变成树的那一天。”

阿罗摇摇头反问他：“这样的衣食无忧，你甘心吗？每天在游客的注视之下，像宰杀驯羊那样去猎杀那些动物，博得一片赞美之声，你喜欢这样？”

阿刚叹息着，一时不知该说些什么。他想了想，最后说道：“那你想要怎么样？你总是说着要改变我们的生活，可你能怎么改变？我们的人口虽然减少了一些，但是峡谷里的猎物更是越来越少。这样下去，我们整个种族，要么饿死，要么都只能变成树。”

阿罗的回答让阿刚几乎跳起来，他说：“放弃这里，我们全部离开大峡谷，到别的地方去生活。”

那一瞬间，阿刚以为阿罗发疯了！他想起了祖先的树林，想起了大峡谷底部那些累累的白骨。一代又一代的先祖，在这个险恶的大峡谷中艰难求生，把文明的火种不断接续下去。是的，父亲曾经违背了祖父的意愿，率领着族人离开了祖祖辈辈生活的故土，但那并没有改变他们的生活方式。大家仍然居住在这万古不变的大峡谷，仍然过着与以往一样的生活，可是眼下，阿罗，还有阿罗的同道们，却想要抛弃这来之不易的传统，废掉自己独有的文明。

“你怎么能这么想！”阿刚的脸色迅速变成了紫红色，一股怒火升腾起来，“我们的文明、我们的传统，就这样轻易地抛弃了吗？”

“你知道那些游客是怎样评价我们的吗？他们说，我们的种族是造物主的杰作与人类智慧、勇气的完美结合。他们说，大峡谷是这个世界上最后的没有被‘玷污’的净土，我们是最后一个没有被现代科技‘玷污’的文明！”

那一天，天上下着微微的细雨，一阵阵秋风卷起萧瑟的凉意。那位身份特殊且得到了特许的贵宾冒雨亲自走入祖林，望着眼前这一片生命的奇迹，眼中噙满了激动的泪水：“我们已经失去了无数的传统，有数不清的灿烂文明在历史的车轮下烟消云散。如果不是亲眼所见，我真的无法相信还有这样伟大的奇迹存在。你们是全人类的骄傲！”

阿刚就陪在他的身边，不知不觉中，泪水也充盈了他的眼眶。他未曾料到，高峡族人普普通通的日常生活，竟然包含着如此重大的意义。在这之后，每一次参与毫无挑战可言的狩猎之后，他都会用那位贵宾的话来驱散自己心头的屈辱感。

“我们在保留一份珍贵的文明的种子，我们是全人类的骄傲！”阿刚对自己说。

阿罗静静地看着阿刚，并没有急于说话。阿刚仔细分辨着阿罗的眼神，那里面混合着愤怒、悲哀、怜悯等复杂的情感。

过了许久，阿罗长叹一声，开口说道：“阿刚，我们祖祖辈辈都生活在这个峡谷中，打猎、饲养家畜、栽种简单的农作物，一代一代就这样过下去。但我们并不知道峡谷之外的世界是什么样的，峡谷外的人是怎么过的。我们就这样浑浑噩噩地在这个大峡谷中生存着，以为这就是宇宙的全部。

“还记得我告诉过你的吗？我小的时候曾经进行过一次孩子气的冒险，去到离村庄很远的地方。那一次其实我在那里迷路了，差点就要饿死在野外，却被一个人救了。

“那个人通过翻译机告诉我，他是来自峡谷之外的世界。我相信，那大概是有史以来第一次，我们和外面的世界有了接触。我和他在一起足足待了大半天，我向他讲述了我们的一切，虽然一个十岁的小孩可能讲不太清楚，而他也给我讲述了峡谷之外的世界。

“从那一次起，我才知道峡谷不是世界的全部，而仅仅是一个对于外人而言还没来得及开发的渺小角落。后来，政府的人和我们有了接触，我便抓住一切机会去阅读他们的书籍，了解外界的文明。

“阿刚，我们和外面的世界相差实在是太远了！他们的文明，远比我们先进得多。他们不用像我们这样追逐猎物来得到食物，他们不需要像我们这样劈柴生火，他们的水会自己从铁管子里流出来……他们的生活比我们先进上百倍！”

“所以你就看不起自己的民族了？你就想要鼓动大家放弃这一切，去享受你那从铁管子里流出来的水？”阿刚难以抑制自己的愤怒，“你的祖先用生命筑成的树林，还比不上那一根铁管子？你真是个畜牲！”

“你错了，阿刚，大错特错了！”阿罗并没有因为阿刚的恶语相向而感到生气，他忧郁地看着阿刚，“我们有义务守护祖先的传统，但我们也有权利选择自己的生活方式。传统是用来继承的，不是用来屈从的。你知道吗？峡谷之外，生活着成百上千的不同的民族，我们不过是世界的成百上千分之一。别人都享受着现代文明带来的进步，我们却只能待在这干旱险恶的峡谷之中受苦。你不明白，那些……”他忽然摆了摆手，不再说下去了。

一直到几个月后，阿罗被抓走了，阿刚才醒悟过来，阿罗是为了保护他，才没有多说什么的。

父亲

阿罗被抓走之后，村里的人并没有特别的骚动。在阿罗之前，还有人被抓走过，大家似乎都有些习以为常了。生活仍然在平静地继续。

小道消息传来，说阿罗被处决了，据说是电死的，那是峡谷之外的人才掌握的技术。谁也不知道他的明确罪名是什么，虽然心里都很清楚。

和阿罗交谈过之后，阿刚开始试图思考文明的意义，但是他实在没读过什么书，在这方面头脑一片空白。我们有权选择自己的生活方式吗？我们仅仅是在屈从吗？

待到阿罗被抓走之后，他才发现，其实自己有很多问题想要问问阿罗，现在却没有机会了。

父亲每天还是沉静地自己待着，很少和他人说话。每一天，当太阳晒到墙根下的时候，父亲便会端着自己古旧的椅子，来到屋外晒太阳。那把椅子还是从曾祖父那一代传下来的，祖父还没来得及享用几天，就只好化身为树了。现在，轮到父亲来用它了。

阿刚端详着父亲被晒得黑红黑红的苍老面庞，总是禁不住猜想父亲为什么会变成这样。三十多年前，率领着族人离开已成死地的故乡时，父亲是那样朝气蓬勃，充满勇气与智慧，充满开拓者的雄心壮志。十多年前，把自己年幼的儿子赶出家门独自狩猎时，父亲是那样的坚毅而果敢，体现出了一个男人的高瞻远瞩。

但后来父亲突然变了。在一次例行的为祖林灌溉的远行之后，父亲仿佛在一夜之间老了二十岁。之后，父亲辞去了族长的职位，把打猎养家的重任交给了阿刚，从此只是在墙根下晒太阳发呆，把自己变成了一个无所事事的秃顶大胖子。

不只是阿刚，几乎所有人都在好奇，为什么他会产生如此大的变化。许多人试图刨根问底，父亲却总是避而不答。时间长了，大家也渐渐失去了好奇心，只是偶尔感叹一句一个大有作为的族长就这样被废掉了，可惜！

阿刚却不仅仅感觉可惜而已。毕竟这是他的父亲，而不仅是一个令人惋惜的族长。然而，父亲自幼给他施加的威严，令阿刚始终无法鼓起勇气去质问父亲，哪怕他早已失去了当年的风采，不过是个靠在墙根下把自己的脸颊晒得滚烫的糟老头子。

阿罗被处决之后，阿刚明显感觉到父亲在加速衰老。他变得更加沉默，每日如雕塑一般在墙下坐着，在温暖的日光下沉静如林。但是偶尔，在进出家门时，阿刚也会听到父亲低沉的喃喃自语：“第六个……第六个……已经是第六个了……”

阿刚始终不明白父亲在念叨什么“第六个”，直到这一天傍晚，当阿罗的老婆猛然从悬崖边飞身跳下时，他才反应过来父亲说的究竟是什么。

阿罗是第六个被抓走并处决的人。原来看上去浑浑噩噩的父亲，一直都把这些事情记在心中。

此时太阳已经渐渐西沉，最后的暗淡光芒也被群山遮挡了。人们乱糟糟地围拢在悬崖边，徒劳地向下张望。阿罗的老婆不会有一丝一毫的生还机会，她会像一块岩石一样重重地砸到谷底，而等到人群都散尽了，她摔下的回声才会传回到悬崖上。女人们在哭泣，夹杂着男人们的几声怒骂和孩子们乱纷纷的喊叫。

当全村人的注意力都被阿罗老婆吸引过去时，阿刚却只是关注着父亲。在一片喧嚣之中，只有父亲镇定自若地坐在椅子上，看着眼前发生的一切，仿佛一个人俯视着地上四处奔走的蚂蚁。

但阿刚还是从父亲的眼神中看出了些什么。事实上，父亲本应在日落的那一刻便站起身来，扛起椅子摇摇晃晃地回屋的。但是今天，他一直坐在屋外，远远地观望着，虽然仅仅只是观望而已。

在一种冲动的驱使下，阿刚来到父亲的面前，在几乎已看不清楚人脸的昏暗光线下，阿刚说：“告诉我吧！告诉我您所知道的一切！”

父亲的嘴角不易察觉地抽动了一下，他默默地注视着阿刚的脸，眼睛里闪动着奇异的光芒，似乎等待了无穷无尽的时间。但是最终，父亲点头了。

“我们进屋去说吧！”阿刚兴奋地伸手去扶父亲。

父亲却摇摇头："不用了，就在这儿吧，我想看着这大峡谷。"

阿刚顺从地站在父亲身边。父亲仍然坐在椅子上，眼看着天边的红光完全消逝，几颗寂寞的星星升上夜空，不停地闪烁着。

"你听过阿罗讲述的故事吗？据说他小时候曾经因为贪玩，去到过很远的地方，因此遇上了峡谷外的人。"父亲问道。

"是的，我听他说过。他说他大概是第一个和外界接触的族人。"阿刚小心翼翼地回答着，并不明白父亲的用意。

"其实阿罗并不是第一个遇到外人的，你祖父才是第一个，而我是第二个。"父亲很平淡地说，但这句话却让阿刚感受到了前所未有的震动。他目瞪口呆地盯着父亲，半个字也说不出来。

父亲接着讲述道："其实在四十年前，你祖父身体还很强健的时候，他就已经遇见过峡谷之外的人了。

"那时他仅仅是为了追逐一只受伤的岩虎，一路跟踪了好几天。那段时间岩虎群频频闯进村里伤人，你祖父为了铲除虎患，一直跟踪着领头的那头最凶猛的黑色岩虎。

"他追逐着那只老虎走了很远，最后就遇到了来自峡谷外的人。他们帮助你祖父杀死了那只老虎，但那些人似乎并不愿意和他多接触，只是告诉他，他们来自峡谷外，然后就离开了。你祖父后来说，他们使用了一种神奇的可以飞的工具，自己根本没办法追上。

"你祖父只能郁郁地回来了，他知道，别人很有可能不相信他的奇遇，只当他是胡言乱语，所以他始终没有告诉过任何人。直到饥荒发生的那一年，你祖父不愿意放弃祖林跟随我一同迁居，这才把这件事情告诉了我。

"那一次碰面还有一个意外收获，那就是那些人离开得太匆忙，忘记带走翻译器了——当然，也可能是他们故意为之，谁知道呢。

“你可以想象，这个消息是怎样地震撼了我。当我们顺利找到这个地方并且定居下来之后，我一直都在试图寻找那些峡谷之外的人。那时的我，其实和阿罗一样，始终都在思考着我们的前途问题。

“大峡谷留给我们的生存空间实在是太窄了，我们在这里挣扎了千百年，稍微有一些气候异常，都有可能带来灭族之祸。然而，峡谷的山势又太险峻，我们根本没办法翻山越岭到外面去。

“那些外人的存在令我燃起了希望。我知道，许多人包括现在的你在内，并不愿意舍弃现在的这种生活，因为你们觉得这是祖祖辈辈留下来的生活方式，你们不愿意去打破，可是我始终都希望能够改变这种生存状况。如果我们也可以像鸟儿那样飞出大峡谷的话，为什么我们还要在这崎岖的山路上痛苦地行走？”

阿刚安静地听着父亲的诉说。他实在没有想到，父亲原来也和阿罗一样，希望抛弃传统，改变生活。但是，以父亲的智慧和魄力，最后为什么没有成功，反而把自己弄得这么消沉呢？他隐约意识到，父亲改变的原因，和那些峡谷外的人类有关。

父亲接着说下去：“从此我开始想尽一切办法寻找那些人，当然，是暗中进行的，我暂时还不想暴露我真实的想法——毕竟很难被大家接受。

“寻找的过程是艰辛的，因为那么宽阔的大峡谷，那么多的山，我根本不知道他们究竟在哪里。我不知道他们是偶尔来一次就走呢，还是会经常待在这里。我虽然经常去到距离村子很远的地方，搜寻着我认为可疑的地方，但我心里很清楚，我这样做是毫无目的性的，好像一个瞎子在森林里盲目地摸索。

“有时候我也忍不住怀疑，我的父亲、你的祖父究竟有没有真的遇见他们？他那活灵活现的生动叙述，会不会只是一个梦境、一场幻觉？也许世界真的只有我们这个峡谷，我们是唯一的人类和文明。有时候我想劝说自己，也许真的只是父亲的梦呓，不要再空耗时光了。可是，这终究是我的一丝希望，哪怕只是一根脆弱的稻草，我也不想舍弃。”

阿刚忍不住插嘴道：“所以后来，您找到了……就在那次返回祖林的时候，是吗？”

父亲点点头：“是的，完全是偶然的巧遇。我追寻了那么多年，并没有得到一点收获，反倒是无意之中，让我看到了事情的真相。

“那一天晚上，我们找了几间相对结实一点的旧房屋，在里面睡觉，但我翻来覆去睡不着，于是就起身一个人走到祖林里去。那一天的月亮很好。”

那一天的月亮很好。父亲在清冷的月光中走入祖林。他凭着记忆找到了祖父的那棵树，树虽然只生长了不到二十年，却已经显得十分粗壮了。祖父的生命力再度勃发出来，这让父亲很欣慰。

父亲站在祖父的身边，正在感怀着一些什么，就在那个时候，他发现了外人。凭借着一个优秀猎手的敏锐直觉，他听到了一阵细微的脚步声，在本能与直觉的引导下，他迅速躲藏了起来。

外人出现了——两个人。他们的相貌和族人并没有什么区别，只是衣着很古怪而已。当年祖父变成树的时候，出人意料地没有把自己栽种在祖林的外围，而是钻到树林深处找到了一个空位，以至于后来父亲第一次寻找的时候足足花了一天的工夫。在这样一个深夜，外人进入祖林深处，显然根本不会料到里面有人。

父亲把翻译器的耳塞塞进耳朵里，满手都是汗水。他突然决定不贸然走上前去，而是先听听他们说些什么。

“难以置信，真的难以置信！虽然已经来过很多次了，但是每一次走进这片人的森林，我还是只有这种感觉。”第一个人说。

“我倒是生怕这些树突然活过来，变成僵尸。我不是开玩笑，这个民族真是太怪异了。”

“我们不也是在漫长的岁月里对他们的存在一无所知吗？谁能猜得到，大峡谷里竟然也能繁衍出人类的分支。”第一个人说。

“我感觉他们就好像是被时间遗忘的一个民族。当我们都在飞速进化的时候，他们却被困在这险峻的峡谷中，与世隔绝。”

“的确如此，他们是目前所找到的唯一一个与现代科技还没有结缘的民族了。不过我很奇怪，我们已经观察好多年了，为什么还不动手援助他们？他们的生活极其不稳定，经常挨饿，有时候连饮用水都不足。”

第二个人沉默了一会儿才说道：“不能，我们不能这么做，也不会被允许这么做。”

“为什么？”

“这样的文明是世界上绝无仅有的！我们必须维持他们这样的生存状态，这种文明才能延续下去。如果贸然介入，会毁掉这种独一无二的原始状态，那我们就是罪人了。”

“可是，这样做是否有违人道呢？眼看着他们处于饥馑和疾病的威胁中，许多人甚至还很年轻就不得不变成一棵树来求得生存，我们也可以坐视不管？”

又是一段沉默。

“伙计，你必须得换个方式来思考问题。一切的文明，都是从原始一步步走向现代。随着各个种族的大融合，我们在这颗星球上几乎已经找不到任何古老文明的残片了。我们太享受科学进步带来的便利，以至于被轻而易举地更改了我们的社会与文化，直到我们的眼中看不见过去的影子了才开始后悔。

“所以对于我们而言，这个陈旧而又崭新的民族，是文明的活化石，是无价之宝。从文化的角度而言，全世界的专家都会为此着迷，如果他们想要研究，就必须向我们付费购买资料；从旅游的角度而言，更是会有无数疯狂的游客跑到这里来，不惜付出高昂的代价，只为了用望远镜看上一眼他们的生活，看一眼这片古老的树林。”

他的同伴不禁问道：“为什么要远远地看，而不能让他们干脆去近距离交流？”

“那样他们有可能会禁不住诱惑的。一个民族总是有很多人愿意固守自己的传统，但也有很多人愿意为了更美好的新生活而放弃传统。你看看他们现在的生活吧，你认为有多少人能够经得起现代生活的诱惑？一旦高峡族人全部转化成了真正的现代人，他们的文明的精髓就不复存在了。”

“但是，他们要继续生存下去，也是十分困难的。根据我们的观察，峡谷里的野生动物越来越少，很快将无法维持他们的狩猎生活。到那个时候，他们就算不饿死，也要转化为树的形态，人口数量会锐减的。”同伴说道。

“所以会有行动的，一方面要保证他们的文明继续下去，另一方面也不会让他们饿死。快了，不久之后，就会有相关人士正式来接触他们。我们会给他们划定狩猎区，提供充足的动物供他们猎杀，干旱时期还可以人工降雨——但是，绝不能让他们离开峡谷，一个人也不能！千里之堤，溃于蚁穴。思想的传染力是最可怕的，绝不能让‘外面的生活更好’这样的想法流传开来。”

“这样未免太残忍了吧？为了保存一种落后的文明，就要把那么多人关在现代文明的大门之外。”

“想开点吧，我的老伙计。毕竟保护古老文明是一件好事——只要不把我们自己陷进去就好了。”

父亲在第二天白天死去了。清晨的时候，他依旧摇摇晃晃地坐到了墙根下，眯着眼睛沐浴阳光，影子在他的脚下时而长时而短。

这天中午父亲没有吃午饭，但他经常不吃，所以没有人在意。父亲就像一块岩石，在那里坐了整整一天，直到日落。天黑之后，阿刚发现他没有动弹，走上前去一看，父亲的身躯早已冰凉。

一直到死，父亲都没有表露出要改变形态的任何意愿，所以阿刚并不知道，父亲是遭遇了一次幸福的猝死，还是一直在平静地等待生命的终结。

父亲的尸体被抛入大峡谷的瞬间，阿刚的脑子里一片空白。母亲在身边哀哀地哭泣，但他觉得一点也不重要了。

当天晚上，阿刚离开了家，开始在山道上行走。几天之后，他到达祖林。祖林仍然是郁郁葱葱，生长得愈发茂盛。一阵风吹过，树叶开始簌簌作响，似乎是来自祖先们的召唤。

阿刚走入祖林，凭着记忆找到了祖父的树。但是在祖父身边已经找不到合适的空位了，他只能遗憾地摇摇头，走到了祖林边缘。

其实在哪里都是无所谓的，阿刚想。他在地上掘出坑，把自己的双脚埋了下去。根须逐渐从脚底钻了出来，钻入泥土里，开始向着地下延伸。这时阿刚才想起自己忘了准备铭牌，不过他并不在意。

在意识开始慢慢放松、慢慢模糊的时候，阿刚抬起头来，从祖林的边缘最后一次仰望天空。阳光很耀眼，阿刚有些睁不开眼睛，索性把眼睛闭上了。

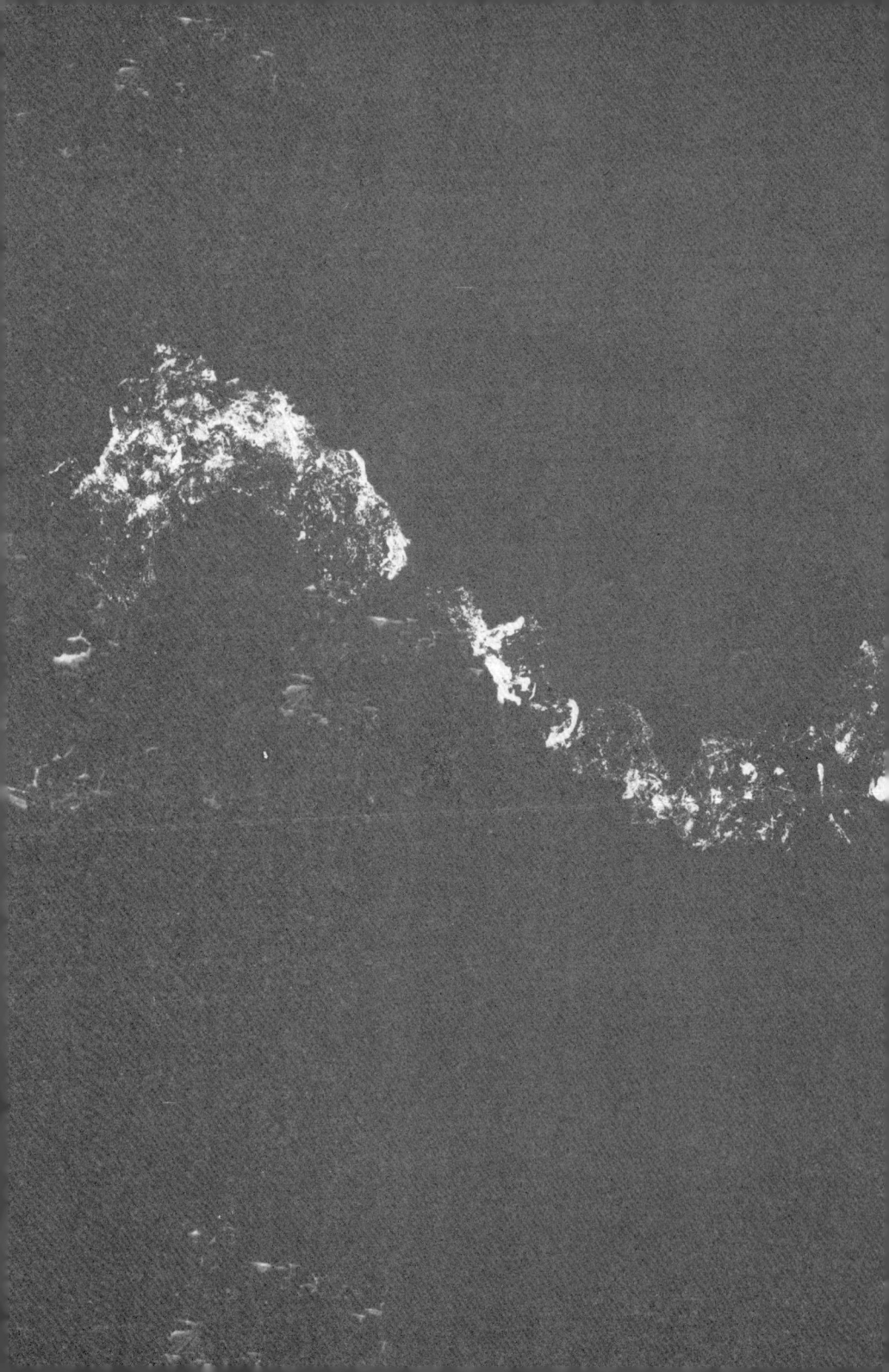

作战

下班铃响起的时候，小茨早已收拾好了公文包。铃声一响，他便迫不及待地扑向门边，敏捷地打了卡，随即消失在电梯之中。

小茨站在电梯中，仔细打量着镜中的自己。镜子里是一个矮小瘦削的三十岁男子，由于疲于奔命地工作而显得面色苍白。这是一张多么平凡而没有个性的脸，这样的男人，每一天在街上都能看到成百上千个，所以，倒霉的一定不会是我。小茨心想。

小茨从大楼走出来的时候，发现街上的人格外少。天色很阴沉，落日也显得模糊而无精打采，那软绵绵的红光只能让人从心底泛起深深的寒意。一阵风吹过，他下意识地捂紧了自己灰色的大衣，把黑色公文包紧紧地夹在腋下。大衣是在前年冬季的某一场折扣抢购中买来的，虽然已经穿了两个冬天，但还是相当保暖。

他站在公车站台上，默默等着12路车的到来。12路车总是很挤，在每一天的黄昏时分，上面塞满了和小茨一样落寞的男男女女，从一个车站去往下一个车站。但是，最近一段日子以来，12路车上的人已经日渐稀少，人们害怕着所发生的一切，想尽一切办法待在家里。

当然，对于小茨来说，不出门工作，自己和老婆就得挨饿，所以心中再无奈，也只能在每天清晨坐上12路车来到公司，再在下班的时候坐车回家。这期间可能发生的什么事情，谁也无法预料。

车到站了，小茨下了车，还有大约十分钟的路程要走。在傍晚最后的一点光亮中，小茨摇摇晃晃地走过路面已经破裂的小巷，来到家门口。本来是有路灯的，但不知道什么时候被小孩用石头砸碎了，也没有人来维修。

走近家门的时候，小茨觉得自己的心情越来越紧张，嘴里也开始不由自主地呼呼喘着粗气。他看着自己熟悉的房屋，犹豫着不敢走过去，但最后他还是鼓足勇气来到门前，掏出钥匙，用颤抖的手把钥匙插进匙孔。随着门把手的转动，阿游不安的声音在门里响起："谁？"

"是我，阿游！"小茨推开房门，走了进去。阿游已经把屋里所有的灯都点亮了，仿佛要以此来照亮小茨那张毫无个性的脸。

"是……是你吗？"阿游吞吞吐吐地问道。

"是我，就是我。可是……你……你是真的吗？"小茨回答道，然后反问。

"今天早上离家的时候，我在你的公文包里夹了什么？"

"一截断了的线头而已，黑色的，质地一般。我留了什么在枕头下面？如果你早上整理了房间一定会发现。"

"一枚纽扣，也许是你在什么地方捡的，因为我没有发现你任何一件衬衣上面缺少了纽扣。"

两个人持续了几句这样的对话，随即是一阵无法抑制的沉默。无论怎样，都是没有用的，系统会以每小时一次的速度储存所有人的记忆，所有的问话，其实都并不能证明什么，但是，那总能让人在自我欺骗中得到一点点安慰。

也许这一个夜晚，不会再有一个小茨从外面下班回来，也不会再有一个阿游提着菜篮子推门进来。在这一个夜晚，世界上还是只有一个小茨，一个阿游。

这一夜，两个人还是无法安睡。虽然大家都睡在同一个屋顶下，但是第二天，天明之后，新的恐惧又会降临。

“我们如果是在真实的世界里，该有多好啊！”阿游喃喃地说道，“那样的话，就不会有那么多的拷贝存在了。”

小茨没有说话。真实的世界不过是一场遥远的梦境，早已不复存在。这颗星球早就无法容纳那么多的血肉之躯，所以一切的存在，都只剩下了思想而已。这是一个虚拟的世界。

事实上，如果没有拷贝的话，这个世界本身也不坏。它和真实的世界一样，在本质上没有什么两样。每一天，都会有日月星辰在天空中轮转，人们脚踏在坚实的土地上，做着自己的工作。如果世界仅仅是为了人的感觉而存在的话，那么真实与虚拟之间，也就没有差别了。更何况，主控系统会在每一天的每一个小时为每一个人的记忆做备份，这样的话，人类的寿命也被大大延长了，直到法定删除数据的日子。

可是拷贝偏偏出现了！最初，当人们发现有人多了一个一模一样的分身的时候，经过最初的诧异后，大家都以为那是系统的偶然失误。可是，随着同样的事件发生得越来越多，也越来越频繁，大家才意识到，这不是偶尔出现的失误，而是系统的一个严重错误或者——一种有意的安排。

谁也不知道系统为什么会这样，因为系统本身是孤立于人的操控之外的。在无法检测也无法控制的情况下，系统开始莫名其妙地制造许多人的复制品——这种复制品被称为拷贝。

“真无聊啊，完全一模一样，没有任何区别。”小茨在心中想道。拷贝的出现，对于社会是个很大的麻烦。最开始，在可以分辨清楚谁是真人谁是拷贝的时候，还可以采取销毁拷贝的方式来解决问题。但是渐渐地，系统开始把每天备份的记忆输入到拷贝体内，真假之间就完全无法区分了。当两个一模一样的人争相辩称自己才是真的的时候，旁人是没有能力做出判断的。

清晨，小茨从迷迷糊糊的睡梦中醒来。自从拷贝大面积流行开来之后，他的睡眠总是很糟糕。阿游已经做好了早餐，但他并不是很有胃口吃。

早晨的报纸仍然是千篇一律的报道，层出不穷的拷贝让一个个家庭变得乱七八糟。一个妻子同时拥有了两个丈夫，一个儿子同时拥有了两个父亲，这样的事例不胜枚举。由于人们无法抗拒系统对记忆的备份，所以，这些人都拥有一模一样的记忆，即便是最亲近的人也没有办法区分。由此引发出的无数事端，警方根本无力解决。

这样的报道让小茨看了无比心烦，几乎让他吃不下饭。但他仍然坚持着翻完了报纸，似乎这是一件不得不完成的工作。

出门之前，他很疲倦地对阿游说："算了，你别往我包里放什么东西了，系统要复制还不跟玩似的……算了，听天由命吧。我刚在报纸上看到的，有一个男人每隔半小时就往家里打一次电话，确认一下暗号，结果回家的时候还是发现饭桌旁坐了一个自己的拷贝……咱们别白费劲了，一切都要看运气。听天由命好了。"

阿游看着小茨，默默点了点头，把手心里捏着的不知什么东西随手扔掉了。她的眼中充满了哀伤，但似乎又有一种听天由命的淡然。

"嗯，你走吧。"阿游最后说道。

“那我走了。你在家小心。”这是一句绝对的废话，小茨对自己说。怎么小心？要是小心就能管用，那就什么都不必害怕了。

唯一有用的办法，只能是两个人或者一家人二十四小时都待在一起。当然了，这样做也会有风险——那就是饿死，尤其是对于小茨来说。

最近报纸上见不到关于政府发放生活补贴的建议了，小茨一面走向公车站，一面这样想。刚开始的时候，还有很多人提出建议，要求政府全面停止全国的工作，给每一户人发放生活补贴，以便尽量减少大家出门的次数。但是经过所谓的专家论证，这样的做法并不可取，因为整个社会生产会立即处于停滞状态，很快，所有人都将没有饭吃。

其实一切都是虚拟的，有什么关系呢？难道程序不可以无限制地生产出黄油面包吗？为什么非要自己去生产？

当然了，据说这样做是为了保持人类社会的真实性，不过小茨并没有看出这样做的必要性。他透过肮脏的车窗玻璃，看着外面灰蒙蒙的空气和灰蒙蒙的行人。每一个人的脸上都充满了忧虑和不安，但这种情绪一点也无助于消除拷贝。事实上，政府也已经无能为力了，因为系统早已完全凌驾于政府之上，谁也无法控制它。

这一天的工作时间，小茨一直都感到自己恍恍惚惚的，似乎不知道做了些什么。小茨的公司是专给人做广告设计的，现在的生意却是一塌糊涂。事实上，一切的行当都处于一塌糊涂的状态中。整个社会都处在动荡中，谁也不愿意出门上街，什么广告都没有意义了，不管是街头的还是报纸上的、电视里的。

小茨坐在电脑前，盯着屏幕上五彩斑斓的图案。图案存在于电脑中，而小茨和阿游也存在于一个更大的电脑中。他可以复制粘贴一幅图片，系统也可以复制粘贴一个人。不知道什么时候，这个世界上就会多出一个小茨，或者多出一个阿游，让人无从分辨。

一直坐在小茨邻桌的胖雷没有来，不知道发生了什么事。胖雷的体形让所有的女人都望而却步，所以他虽然年龄比小茨大一岁，但到现在还是独身。小茨看着胖雷坐的加大号软椅上的那个深陷的坑，心里想着胖雷这家伙干什么去了呢？

中午的时候小茨睡了个午觉。他的心情很糟糕，觉也睡得极不踏实，短短一小时做了好几个乱七八糟的噩梦，最后一个梦，他梦见自己走在街上，一个和自己一模一样的声音在背后叫道："小茨，是我呀小茨。"他登时魂不附体，死也不敢回过头去，仿佛用这种方法就可以逃避。

最后醒过来的时候，小茨发现真的有人在叫他。管人事的老徐一脸奇怪的表情，不知道是在悲痛还是在幸灾乐祸："小茨，胖雷出事了！"

小茨浑身一激灵，立刻没了睡意："拷贝？"

老徐的头似乎都快要点断了："还能是什么！惨啊，拷贝可能是昨晚下班之前进入他家的，胖雷那火爆脾气哪儿能忍得住？打起来了。后来其中一个拿刀刺穿了另一个的肺，当场就没命了！"

小茨一把抓住老徐的手："谁死了？谁活下来了？"

老徐奇怪地看了小茨一眼："你睡糊涂了吧？谁能分得清楚啊？活下来的那一个坚决说自己是真的，死了的是拷贝，但警察还是把他关起来了，不知道什么时候才能出结果。”

小茨呆呆地看着老徐肌肉颤动的大脸，一时间不知道该说些什么好。老徐忽然说了一句：“其实反正就剩下一个了，就当成真的呗，有什么区别呢？”

小茨听到这句话，第一反应是想打扁老徐的鼻子，但随即他心头一震，发现自己找不出反驳的理由。到目前为止，所有的拷贝确确实实都拥有与本体完全一致的生理特征和心理记忆。当本体和拷贝同时存在的时候，杀死一个，留下另一个，无论谁死谁活，最后都没有区别。

这就像是电脑里的文件，小茨想，拷贝和原文件之间，除了创建时间不同，根本就没有区别。最后使用的时候，有拷贝也就够了，谁还管原文件什么样啊？

之后，没有人再提胖雷的事情了，胖雷仿佛是一个气泡，在漠然的空气中悄然炸裂。老板宣布提前下班，小茨无精打采地离开办公室，开始往车站走。今天运气不错，还没有走到站台，就看见一辆12路车喘着气驶了过来，小茨一路小跑着跳上了车。

他一路摇晃着回到家，由于车辆稀少，交通也很顺畅。走进家门的时候，比往常提前了大约半小时。推开门之后，他从阿游的表情可以判断出，家里并没有多出来一个小茨，看起来，又一天平安无事了。得过且过，小茨的脑子里闪出这四个字。

“我们提前下班了，没什么活可干。”小茨解释说。

阿游看着小茨，看得出来她心里还有许多怀疑。但她也应该清楚，无论做什么都无法证明小茨的身份。既然无法证明，只好心惊胆战地接受。

阿游说：“你先休息一会儿，我做饭去。你昨天不是说想吃拍黄瓜吗？我出去买了几根新鲜的黄瓜回来，咱们晚上吃。”

小茨“嗯”了一声，倒在沙发上，把自己埋进了烟雾中。厨房里传出菜刀与菜板的“砰砰”碰撞声。其实在出了胖雷的事情之后，小茨已经失去了胃口。他现在满脑子想的都是那把刀，刺穿了某一个胖雷的肺部的刀。现在关押的胖雷是真还是假？他会不会被放出来，继续自己的生活？

小茨正在想着，门上忽然响起了钥匙在锁孔里转动的声音。在这一瞬间，小茨的血液几乎凝固了。他大叫一声“阿游”，从沙发上一跃而起，顺手抄起烟灰缸，烟头和烟灰扑簌簌地掉了一地。

你来吧，我要拍死你，我要证明世界上只有一个小茨，我才是真正的小茨！我不能容忍拷贝出现，我不能让你破坏我的生活！

门开了。小茨手里的烟灰缸正要砸下去，却硬生生停住了。

他看到了阿游的脸。阿游手里拎着一个塑料袋，里面有几根鲜嫩的黄瓜。她看见小茨凶恶的脸，大惊失色，黄瓜全掉到了地上。

听到小茨的喊叫，厨房里的另一个阿游也走了出来。在黄昏微弱的光线中，两个阿游相互对视着，眼里跳跃着奇异的光芒，仿佛天上的星星和水里的星星。

小茨茫然地低下头，不知道该往哪边看，于是索性不看了。能逃避一秒钟，就是一秒钟。他的视线扫过地上的黄瓜，心里想着，真的，好久没有吃过拍黄瓜了呢。

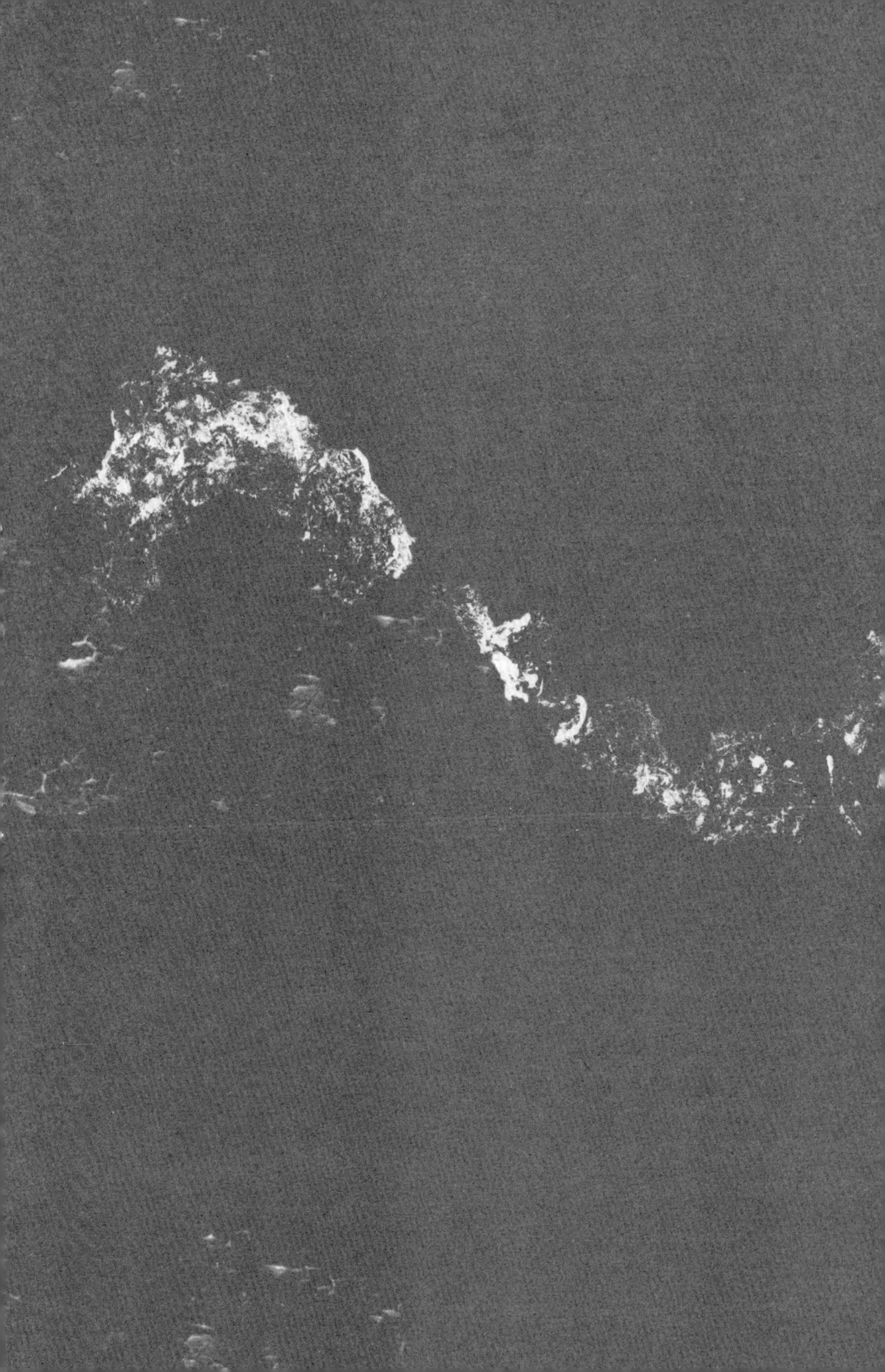

孩子他爹

一

我爹死去的时候，我正在街边打理我的臭豆腐摊。那一天，天气很好，生意蛮不错，我坐在椅子上眉开眼笑地数着钱，几乎忘记了我爹还躺在床上哼哼唧唧地等死。那时候，我是多么真心实意地盼望着我爹晚点死，至少也要等到太阳下山。可惜收摊之前的一个多小时，邻居小三就跑来，告诉我，我爹快不行了。于是我只能无奈地长叹一声，收拾好摊子匆匆赶回家。一路上我边走边想：爹啊，爹啊，你都快死了，还要给我带来一小时生意的损失，还不如昨天晚上你就死了算了呢。

踏进家门后，我发现我爹已经死了。我爹躺在床上，瘦得仿佛只剩下一个骨架，手上的青筋清晰可见，深陷的眼窝里隐隐能看到一点眼白，令人不寒而栗。我走近床边，闻到了一股浓烈的臭味，我以为，这种臭味比起臭豆腐的味道真是差远了。

我爹做了一辈子的臭豆腐，并因此获得了二级技术职称，到了死去的时候却只能散发出这样的恶臭，当真是晚节不保。

我媳妇坐在一旁，抽抽搭搭地哭着，让我好不心烦。我说：“好啦，别哭啦，死都死了，你还能把他哭活过来不成？快点给他擦擦身子，把衣服换好，早点埋了拉倒。”

话音刚落，我爹就以实际行动证明了我的错误。他已经死去的手突然活了过来，一把扭住我的手指，同时眼睛也睁开了，直愣愣地盯着我，登时吓得我魂不附体。

我爹张开嘴，呼呼喘着气，从喉咙里发出浑浊而痛苦的声音，显然是想说话。我忍不住大叫起来：“爹啊，你死了就死透吧，干吗还要活过来吓我啊？”

我爹又发出一阵毫无意义的咕隆声，但仍然说不出话。他黯淡无神的眼睛里放射出最后一点执着的光芒，手也从我身上松开，伸出一个指头指向我媳妇。我明白了他的意思，很不耐烦地把他的手按了下去。

“好了好了。”我说，“我知道你的意思了，我会考虑的。”

我爹呼哧呼哧向外出着气，干枯的身体死命努力着向上支撑，看样子想坐起来抽我一耳光，但又气力不济。自从生病卧床之后，每次谈到这个话题，我爹都是这种反应，也不知给了我多少次触及灵魂的打击，但这最后一次，他不行了。我爹马上就要死去了。

我爹徒劳地挣扎着，连盖在下半身的被单也滑落到了地上。我看着他断腿处骇人的伤疤，突然觉得一阵阵心酸。过去二十多年的画面仿佛电影一样在眼前流过，我发现我爹对我其实也不能算太坏。虽然他当年也曾被他爹也就是我爷爷逼迫，然后到了死的时候又来逼迫我，但我发现我没法忍心去拒绝他最后的要求。我想，忤逆了二十多年，到爹死的时候，还是做一把孝子吧。

“好了好了。”我说，“我答应你，爹，办完你的后事，我就去弄一个孩子。你快安心地死吧。”

我爹满意地呼出最后一口气，合上了眼睛。他的身体不再动弹，胸部轻微的起伏也逐渐消失。我把手放在他的鼻孔下，感觉不到任何气体的流动。我爹这次是真的死了。

二

许多年之前，我爹答应我爷爷，前去为我的出生申请指标。我爹坐在轮椅上，慢慢地摇过深秋寂静的街道，在遍地的落叶上碾出两条清晰的轨迹。他身上散发出强烈的臭豆腐的气味，随着秋风向四周散播，令偶尔经过的路人忍不住皱眉掩鼻。

年轻的时候，我爹的长相算得上英俊，脸和上半身都没有什么大的缺陷，智力也基本正常，可惜双腿出生时就粘连在一起，看起来好像一条大尾巴。我爷爷那时很穷，上不起大医院，去我们镇上的医疗所给我爹动了手术，结果创口感染，不得不截肢。从此以后，我爹就没有离开过拐杖和轮椅。

我爹喘着粗气摇进了人口局在我们镇上的办事处，这里通常被我们称为人口办。他掏出手绢擦掉脸上和手上的汗水，然后把申请材料递了进去。我家的臭豆腐手艺是祖传的，在灾难发生之前曾经获得过世界级食品博览会的金奖。现在虽然只能维持手工作坊的规模，但获得二级技术职称还是没有什么问题的。事实上，我爹在他二十一岁那一年就已经拿到了这项职称，也得到了申请出生指标的资格。但他一直没有动作，等到我爷爷死的时候，才最终下定决心去申请指标。

二十多年后，当我走过同样的道路，前往人口办递交申请的时候，我禁不住开始想象我爹当时的心境。他也像我这样心有不甘？他也是满腔怨愤却又无可奈何？他也是盼望着百分之一的可能性，申请会被驳回？他也是满怀着深深的不安与恐惧，不知道最后会得到怎样一个畸形的孩子？这些都已经不可能再知道了。我爹死之前，我始终避讳与他谈到这方面的话题，现在，我只能踏着他曾经走过的路无法回头。

我爹的那份申请材料很快通过了审查，两个月之后，我妈到省城医院接受了人工授精。又过了大半年，我出生了。我是早产儿，生下来之后差点死掉。幸好我爹吸取了我爷爷的惨痛教训，通过臭豆腐生意攒了一笔钱，在大医院里救活了我。虽然我俩偻的背已经无法再纠正了，但至少比终身坐在轮椅上的我爹要强得多。而幸运的是，同我爹、我爷爷以及前几代的先祖一样，我的智力水平也属于正常，这使得我们家族的臭豆腐生意可以继续开展下去。我爷爷的愿望最终实现了。

我妈死之前曾告诉我，从我出生之后，我爹就开始渐渐变得古怪。他时常看着我弯曲的脊柱叹息不已，神色间充满了歉疚。有时候他却莫名其妙地大发雷霆，甚至追打我。当然了，我的腿脚比他灵便得多，除非我故意让他打，否则我爹肯定追不上我。我们就在追与逃之间慢慢地过了二十多年，直到我妈死了，不久之后我爹也跟着死了。

我爹追我的时候，吭哧吭哧摇着轮椅，从特地去掉了门槛的门里怒气冲冲地杀出来，然后茫然四望："这小王八蛋躲哪儿去了？你给我滚出来！"

后一句话运足了丹田之气，震得屋旁的老树直掉叶子，震醒了正在午睡的邻居家的恶犬。该恶犬于迷迷瞪瞪中陡然立起，不分青红皂白，循着我爹身上的臭豆腐气味便窜了过来，吓得我爹战战兢兢，惨叫连连："小王八蛋你还不快点过来，狗要咬你爹了！"

于是我从屋旁的草垛后面站起来，捡起一块石头冲着狗一比画，它就乖乖退兵了。这时候我把石头一扔，笑嘻嘻地对我爹说："你看，爹啊，打死了我，谁来救你呢？"

后来我爹慢慢不再追赶我了。再后来他就病了。在我爹还没病到说不出话的时候，他总是很执着地让我赶快要个孩子。而我对此表现得毫无兴趣，这让我爹很恼火。那时候他病歪歪地躺在床上，喋喋不休地向我讲述延续家族事业的重要性，听得我一阵阵烦躁。他的火气也越来越大，一不高兴便要抽我耳光。有一天我爹又开始给我讲述我家做的臭豆腐当年是如何出名，如何在世界博览会上力挫群芳，赢得金牌，而战争之后的几位家族先辈又是如何惨淡经营，把这门绝不外传的手艺一代代传到他手中，要是这臭豆腐从此在他儿子的手中断绝了，他死后有何面目去面对列祖列宗云云。

那天下午我刚赌输了钱，心情相当差，忍不住又和我爹对上了嘴。

后来我爹故技重施，啪地给了我一记耳光，打得我满脸热辣辣的，好似有五条虫子在爬。我终于憋不住怒气，从床边跳起来，破口大骂：“老头子，这臭豆腐关我鸟事啊？你不是你爹生的，我也不是你生的，我就算生了儿子也不是你的孙子，还传个屁啊……”

这几句话仿佛一股氢气，我爹就像气球一般涨了起来，脸色变得比臭豆腐还要黑，嘴唇拼命颤动着，却说不出一句话来。倘若腿没有断，他恐怕要从床上扑下来，当场废了我。我索性破罐破摔，把脸凑过去，听凭他处置。但我爹的手抬起来又放下，放下又举起，最后从胸腔深处发出一声哀鸣，颓然倒在床上。这之后我爹迅速迈向了死亡，而一直到死去的那一天，我爹都没有跟我提过这件事，但是到了他临死的那一刻，还是没能忍住。在他的生命之火即将熄灭的一刹那，他还是成功地把这个背负了一生的包袱又扔到了我的背上。而我已经是驼背了，这一压，估计更没办法直起来了。

三

清晨的时候，我从家里出发，去申请出生指标。这时太阳还没升起来，天色相当阴暗，天边隐隐可见几点星光。一阵风刮过，我禁不住打了个寒战，于是我伸手拢了拢衣服。我的手碰到了一包硬硬的东西，那是我事先准备好的申请材料。在此之前，我先办完了丧事。我爹的丧事办得很冷清，因为做臭豆腐的人身上总有一股怪味，没人愿意接近，这倒省了我不少麻烦。等把我爹的尸体烧掉之后，我就准备好材料去申请出生指标。

出生指标这玩意儿是这么回事，必须要达到特定等级的人才能去申请。等级的衡量包括多方面，比方说家庭中男女双方至少一方必须达到某种职称指标，女方的畸形程度也必须在国家标准等级之下。我凭着做臭豆腐的手艺得到了二级技术职称，而我媳妇的身体并没有什么畸形，只是智力偏低一点。测智商的时候我给医生偷偷塞了个红包，结果她的智商测出了八十五的不错成绩，超过了国家规定的八十的底线。

坐在门口排队等号的时候，我惊奇地发现排队的人是那样多，我幸运地赶上了最后几个座位，在我后面来的就都得站着了。最近一直有谣言，说精子库有可能快要枯竭，所以那些想要孩子的人不管自己条件是否合格，都拥过来碰运气了。放眼望去，还真是琳琅满目，环肥燕瘦无奇不有，双腿扭曲在一起不能分开的，手上没有手指而只能见到一个肉团的，脸上只有一只眼睛的，和我一样脊柱变形的……至于那些隐藏在体内的心脏畸形、高血压、聋哑或者精神分裂我就没法看出来了。经常在市集上被人欺负的傻子小欠甚至也坐在前面，嘴角挂着亮晶晶的口水，痴痴地笑着。他们的脸上或渴望，或忐忑，或兴奋，或恐慌，仿佛在等待着世界末日的审判。

我想，假如不需要由国家来配给精子，而是由男人自己来向女人提供，那么这个世界就会是另外一种样子。事实上，根据历史记载，在灾变发生之前，所有的男人都是有生育功能的。也就是说，每一个男人都能自己制造精子，并以此制造出自己的孩子，真正属于自己的孩子。而且那时候还有严格的法律禁止近亲婚配，所以畸形与低智的比率是比较低的，绝大多数人的形态也都很正常。

后来的战争虽然摧毁了世界，但还是留下了小部分地方勉强可以适合居住。战争之后，残余的人类聚集在这最后的几块未被摧毁的土地上，开始重建家园。那时候人们怀着朴素的乐观主义精神，坚信我们这个顽强的种族一定能劫后重生，从头再来。

后来的事情证明，盲目乐观是要不得的。仅仅几个月之后，人们就发现了问题，所有的女人都不能怀孕了。于是所有残留下来的科技手段都用上了，各种民间偏方也应运而生，但不管怎么努力，局面都始终无法得到改善。鉴于战争卷入了全球所有有科技实力的国家，所以谁也闹不明白这个断子绝孙的武器是哪国的天才发明的，又或者这种反应根本就是意外的惊喜，连他的设计者事先都没能想到自己有如此通天彻地之能。唯一能够确定的是，此事与女性无关，而是男性的精子都失去了活力，再也无法挽救了。此后的几百年中，医学家们换了一代又一代，在改善天生低智儿的智力和外科整形方面取得了一定的成就，但是谁也没能解决最要命的那个问题。

我时常无限神往地在心中怀想着那个时候发生的事情，现代人的一生可没有那么多机会体会如此的大悲大喜、大起大落。当人们意识到自己的种族即将从这个世界上消失时，心中会是怎样的惊惧与绝望啊！而当人们突然想起还有三艘战争之前发射的、一直飘游在宇宙中的载人飞船没有回来的时候，他们又将体会到怎样的绝处逢生的喜悦啊！可惜的是，人们还没有来得及把新的地面通信设施搭建好，第一艘飞船就迫不及待地回到了地球，然后迫不及待地一头栽到了辐射区，带着飞船上十四名精壮的男性和无数的精子壮烈地牺牲了。

此后，第二艘飞船由于技术问题，刚进入大气层就解体了，那些宝贵的生命种子也在半空中转瞬化为灰烬。

后来人们又等了四年，在灭族的恐惧中度日如年地等待了四年。这四年间，地球上只见死人，不见出生，所有人的心弦都绷得紧紧的。大家等啊等啊，终于等回了第三艘飞船。这艘飞船在宇宙中足足飞行了十四年，偏偏冷冻舱发射不久就坏掉了，结果一男一女两名宇航员不甘寂寞，再回到地球的时候还携带了四名年龄不等的孩子——幸运的是，他们竟然都是男性。

四

我小的时候，在工作间里看我爹制作臭豆腐。那里狭窄而昏暗，总是充斥着浓烈的臭气。这股臭气自从我第一位开始制作臭豆腐的先祖开始，就一直缠绕着我的家族。我爹摇着轮椅满屋子乱窜，手里一面忙活，一面告诉我，要如何选豆子、如何磨制、如何点浆，发酵水应当如何制作，油炸的时候要注意什么事项。那时候我弓着背，被扑面而来的臭气熏得晕晕乎乎，只恨自己不能一刀把鼻子割下来——我爹不许我捏鼻子，说是做臭豆腐的人怎能怕臭。

屋外的阳光很灿烂，我希望能出去玩。

我爹说起我的时候总是恨铁不成钢：“这小王八蛋，把祖宗的德都丧尽了啊！”

我对此表示质疑。在我看来，强迫自己的子孙后代成天和这些臭不可闻的东西打交道，并且因此在身上染上一生都洗不净去不掉的气味，未见得就不是老王八蛋。再者说了，严格算起来，他们根本就不是我的老祖宗，我要丧德，也不过是丧那几个为了全人类而奉献到精尽人亡的宇航员的德。我爹听了我的话气得全身乱颤，立刻转过轮椅想要打我，结果用力过猛，啪的一声把自己摔到了地上，半天坐不起来。我不过去扶他，他也不开口求我，我们就在臭气缭绕的工作间里对峙着。油锅里的豆腐噼里啪啦作响，眼看就要炸煳了，窗外，孩子们追赶傻子小欠的欢呼声此起彼伏。我和我爹仇恨地对视着。

十多年之后，当我坐在人口办的门口，等待着递交出生指标的申请时，我的脑海中总是挥不去当时的那一幕。我静静地坐着，慢慢地顺着椅子往前移动，眼前闪动着我爹的影子。我突然想到，如果真的申请成功了，不知道我媳妇最后会生下怎样一个孩子来。显然，孩子不是我的，像我这样脊柱变形的概率不会很大。但是孩子会遗传我媳妇的，我媳妇的智商作了弊也不过八十五，她生下来的孩子会不会……如果真的智商有问题，那我甭提教会他学做臭豆腐了，恐怕连“臭豆腐”三个字咋写都教不会。

我扭过头，看见了马上就要排到的傻小欠。他仍然是一副不知所谓的痴呆神态，仿佛自己来到这里所要进行的，仅仅是坐在椅子上流口水而已。我们都不知道小欠的名字——即使知道也会很快忘记，从小时候起大家就一直叫他欠揍的傻瓜，后来慢慢简称成了小欠。我每次不幸被我爹触及灵魂之后，总会开始想念傻小欠，然后我就跑到村头大叫：“傻瓜！快滚出来！”

虽然村里当得上这项荣誉的还有不少，但每次总是只有小欠很自觉地出现在我面前，乐呵呵地说：“你又来找……找我玩了？”

我说：“是啊，傻瓜，我又来陪你玩了。”

不久之后我的其他玩伴也都出来了，大家一起友好地陪傻小欠玩，想尽各种花样和他玩，直到他的盲人老爹暴跳如雷地冲出来，漫无目的地挥舞着他的拐杖，嘴里大吼大叫着：“你们这些心肝被狗叼了的！”

我们迅速跑开，笑嘻嘻地看着傻小欠的盲人老爹跌跌撞撞地奔跑，对着空气拼命撒气。后来他摸到了傻小欠，不发火了，开始呜呜咽咽地哭，嘴里说着：“孩子啊，都是爹不好啊，爹根本就不应该要你的啊……”

小欠的老爹虽然又丑又盲，但是会吹笛子，有一级文艺职称，但傻小欠只会把笛子放进嘴里，在上面咬出一排排的牙印，好似在啃玉米棒。小欠很不满意，说：“爹啊，我们玩……玩得好好的，你……你一来他们都……都吓……吓跑啦！”

小欠的老爹哭得更响亮了，一面哭一面捶着自己的胸口，眼泪鼻涕糊了一脸，我们开始看得乐不可支，后来慢慢觉得没意思，就都散了。但等到下一次，我们仍然会找傻小欠玩。

现在傻小欠居然也来申请要孩子，我看着他，开始想，我的孩子也会像他那么傻吗？我日后会不会也一边捶自己的胸口一边痛哭失声？慢慢地我觉得有一种恐惧一点点地渗入我的骨髓，又慢慢扩散开来。我几乎想要站起来转身就走，但想到我爹临死前的目光，最终我还是坐着没动。

不知从什么时候开始，我身前身后的椅子都空了，靠得近一点的人也都用各种各样的工具捂住自己的鼻子。做臭豆腐的人就是那么有实力，连排队的时候都能捞到点好处。

这种情形我早就习惯了。做我们这行的人连讨媳妇都很不容易，因为时间长了之后，身上染上的那种气味怎么也洗不掉，没有多少女人愿意枕着这种臭味过一辈子。所以我从小就跟我爹犟着干，不愿意入这一行，可是到了最后，我还是屈服了。我妈总喜欢说，这就是命，说她嫁给臭烘烘的我爹是命，说我媳妇跟着臭烘烘的我也是命。我表面上不吭声，心里不停地骂：狗屁的命！有这么一个倔得跟驴似的爹，我有什么办法呢？

我有时候忍不住想，那几个倒霉的宇航员，我们在遗传意义上的可怜的父亲，在为了种族的伟大延续而奉献终身之时，会不会也在心里咒骂着该死的命运呢？想想看他们一回到地球，立刻被用最好的条件供养起来，每日严格按照最科学、最营养的方式进行调养，一滴也不浪费地为人类生产着生命之源，好似一群被圈养起来的幸福的“种猪”，真是思之令人不胜唏嘘。当然命运最可笑之处就在于第一批用他们的精子受精并成功生下的孩子，到了一定年龄后进行检查，发现他们的精子还是没有活力，显然这与母体的因素有关。所以，尽管这父子五人鞠躬尽瘁，死而后已，仍然只能短暂地维持人类的苟延残喘罢了。等他们留下的宝贵资源全部耗尽之后，地球上将不会再有新的婴儿出生，然后过上几十年，这个物种将会彻底消失，如同在人类之前的成千上万种其他物种一样。

五

递交完申请表之后，我出了门。我发现时间已经不知不觉接近中午了，脚下的影子缩成了几乎只有一小团。我开始往家走，后来我突然觉得这会儿不想回家，于是我开始闲逛。

风又开始刮了起来，带着沙粒打在我的脸上，有点疼。随着人口不断减少，负责种植防护林的人也越来越少，所以风沙在不断增长。当然了，多点沙漠其实也没有什么关系，反正人越来越少，用不着那么大的地盘。

现在街上能看到的大多是老人，那是因为出生率逐年降低的缘故，而出生率降低是因为政府每年批准的出生指标越来越少了。人们禁不住开始猜测，这大概是库存的精子快要用光的缘故。所以我爹才会那么着急地让我赶快弄个孩子，不然他死不瞑目，所以人口办才会每天都有那么多人排队申请，害得我从清晨等到了中午。

其实原本应该是有办法的。据说战争之前有一种技术，叫作克隆，可以不用精子也能繁衍人类。这种方法似乎是从人身上取出一个细胞，分离出基因，然后再把这些基因放入一个卵子里，使它发育成一个胚胎，此后把这个胚胎移入母体，就能够发育成为一个胎儿。这种技术的特点在于所有的遗传基因都来自提供细胞的本体，所以相当于生产了一个完全相同的复制人。

这种技术是多么好啊！倘若有了它，我们就不必发愁繁衍的问题了。我爹要是希望有个热爱做臭豆腐的儿子，完全可以照这个法子复制一个自己，成天坐在轮椅上满怀激情地与臭豆腐作伴。至于我，就根本没必要被生下来，也就不会像今天这样，佝偻着背，郁闷地努力着完成我爹的遗愿。可惜的是，这种技术在战争之前就被全面禁止了，因为人们认为用它来复制人违反了伦理。当然，用在动物身上倒不会违反什么伦理，但总有科学家忍不住要在人身上试验。后来，当地下克隆人开始泛滥成灾的时候，政府终于全面封禁了这项技术。等到战争把世界搞得一团糟之后，人们想要克隆，也找不到相关资料和有研究能力的科学家了。据我所知，对克隆的重新研究其实一直都没有停止过，可是一来资料稀缺，二来有足够智力理解生物学的人一代比一代少，所以直到现在也没弄出什么名堂来。

扯淡！我想，什么狗屁伦理。像现在这副德行，全世界的人都有着亲密的血缘关系，很有可能我和我爹事实上应该是亲兄弟，又有可能我的辈分比我爷爷还要更高点，这才真是妙不可言的伦理啊！从战争之后的第一代新人开始，所有的人都继承了那父子五位宇航员的基因，然后大家相互通婚，把所谓的伦理抛到了九霄云外。从第二代人开始，畸形和低智就开始大规模泛滥——在此之前，还有许多得了遗传病的婴儿很早就死了，把那些宝贵的精子生生浪费掉了。不管怎么想办法改进，先天的缺陷总是难以弥补，像我这种畸形程度轻微的，实在应该谢天谢地才对。

扯淡！我边走边忍不住这么想。如果灭绝的确是不可避免的事情，多繁衍一两代奇形怪状、痴痴呆呆的后代又有什么狗屁意义呢？我爹要我把臭豆腐的手艺传下去，即便我真的运气那么好，能够弄下一个出生指标，而且我媳妇也能生出一个脑子好使、两手好用的孩子，我也能够在我死掉之前教会他做臭豆腐的十二道工序，而他也能像我这样，再培养出一个有二级技术职称的臭豆腐专家——就算这些都做到了，到那时世界上没有别人存在，臭豆腐做给谁吃呢？地球上最后一个人坐在空无一人的街边，向着全世界深情地呐喊：“祖——传——臭——豆——腐——咧——”

但回答他的只有来自远方的空旷的回音，风呼啸着从他身边掠过，把刀尖一般的沙子留在他寂寞的脸上。这是多么滑稽的一幅场景啊！

六

我走到防护林带的边缘的时候，脚下的影子已经缩成了一小团。若干年来，营造防护林的人已经越来越少，我看到许多老树已经枯萎，一些稀稀疏疏新栽种的树苗在风沙中瑟瑟发抖，只怕是命不久矣，而远方的大沙漠则在一步步逼近。我突然有一种感觉，觉得自己正站在一条生与死的分界线上。界线之外，放眼望去全是奇形怪状的沙堆，正在缓慢却一刻不停地向着这边进发；界线之内，一个穷途末路的文明正在苟延残喘，为了自己能多延续十年、二十年而绞尽脑汁。

关于绞尽脑汁这个词汇，我算得上是体会颇深。在我很小的时候，我就对自己的驼背非常憎恶，一直想尽办法试图去纠正它。有一天，我把我的玩伴召集起来，要求他们集思广益，提出一个具备可行性的方案来。为了听取最广泛的民意，我甚至连傻小欠都叫过来了。

于是大家各出机杼，纷纷为我献计献策。有的说，我可以趴在地上，在我的背上绑一块木板，然后其他人站上去压，兴许就直了，这个创意来自我们用厚书夹平被弄卷的画片。有的说，在手上脚上都捆上绳子，然后从两头拉，慢慢就可以拉直，这个点子的出处大概是古时的车裂。有的说，骨头是硬的，这么愣干容易掰折，应该先用火烤，烤一烤就会变软，然后就很容易弄直了——据我所知，该谋士的老爹是个铁匠。

这些花样百出的方案充分体现出了群众的智慧是无穷的这

一真理，我坐在圈子中间只听得汗毛倒竖，感觉有嗖嗖阴风从脑门上刮过。我仿佛成了一团柔软而极具可塑性的面团，任由他们捏来捏去。

这时候傻小欠竟然张口要说话，这令我们大为诧异。他显然很难有机会在大家面前开口发表意见，此时他张开了嘴，却吭哧吭哧说不出话来，最后他终于历尽艰辛地抖出了几句话：“医……医……医生……”

这叫什么屁话？小三第一个骂出声来。他从地上跳起来，试图狠狠地踢小欠一脚，可惜那双罗圈腿实在是不好控制，结果他一屁股摔到了地上，扬起一阵呛人的尘土。

我眯着眼，皱着眉，挥手赶开扑面而来的尘土。我也很想踢傻小欠一脚，因为在所有的意见当中，他这句话恐怕是最正确的。我幼小的心灵中充满了悲哀与恐惧，生怕以后就带着这样的山包似的驼背过完一辈子。

那一天，午后的阳光穿过树叶的缝隙，在我们的身上涂抹出无数的亮点，在亮点的包围圈中，一个八岁的孩子绝望得想哭。

幼年的往事令我唏嘘不已，但很快我的思路就被打断了。不需要回头，我就能听出背后渐渐靠近的沉重的脚步声来自傻小欠。自从十多年前我们教会了他用脚后跟踏地走路才能显得很威风之后，他便始终用这种自豪的步伐在村里和镇上走来走去。随着年龄的增长与体重的飞跃，这种“梆梆梆”的脚步声也成了他的招牌。

“傻瓜，还不赶快回家，在外面瞎逛什么呢？一会儿你媳妇又要出来找你了。”我不耐烦地喝道。成年之后，虽然从心理上对于自己当年的举动略有歉疚，我仍然无法彻底抹去对傻小欠的轻视。

“我……我不敢回去……回去我爹……骂我。”

“骂你？为什么要骂你？哦，对了，今天早上你也去申请人口指标了，我看到你进去之后很快就出来了，是被赶出来了吧？”

“我……我忘了带申……申……表了。那个嘴巴涂得红……红红的女人让……让我重写，我说不会，她就……就……”

小欠后面说的什么，我也没听进去。可怜的小欠老爹，千辛万苦地把儿子养到这么大，又想尽办法给他讨了个媳妇，却怎么也无法摆脱小欠把笛子当作玉米棒来啃的噩梦。小欠生下来就是智力障碍者，这一点到他死去也不能改变，正如他的老爹生下来就是盲人，我生下来就是驼背一样。

傻小欠的媳妇倒是一点也不傻，模样长得也不坏，可惜先天又聋又哑，只好嫁到了小欠家。小欠经常出门游荡之后找不到回家的路，他媳妇就拿着自个儿画的小欠的画像到处找人问丈夫的下落，那画倒也惟妙惟肖，极富小欠的傻态。我们时常说，要是小欠媳妇能好好学画画，没准真能拿到技术职称，帮助她的盲人公公圆了抱孙子的梦。不过现在说这些话已经晚了，小欠连申请表都没递上去就被人口办轰了出来，他那可怜的盲人老爹只能把祖传的笛子带进棺材里自娱自乐了。

我摇摇头，对小欠说：“快回家去吧，别老在外面待着了。你爹眼睛不是看不见吗？他打你，你就跑呗。”

小欠登时满脸喜色，连声夸我，还是你聪明。

“回去吧，回去吧，以后别去人口办了。那里的人坏着呢，没准把你杀了，然后抢你媳妇。”

“那……那可不行！我再也不……不去了。”

七

递交了申请之后，我没有别的事做，除了每天出门做生意，就是在家里发呆。有时候我还真是想念我爹，他活着的时候，至少还有人陪我吵吵嘴，让生活显得不那么乏味。即便是偶尔扇扇我耳光，现在回想起来也算不得什么大事，至少那时候我爹每次打完之后都要瞪圆了眼，说："这算是轻的！想当年，你爷爷都是抡起棍子就抽！"

如今，我爷爷和我爹两个人的照片每天都亲亲热热地并排挨在一起，也不知道我爹还会不会挨打。一想到我爷爷为我报仇雪恨，我心里就觉得很痛快，有时候我会弄点酒陪他一块喝。

"最近生意还不错，爹。别看你老打我骂我，你心里也一定觉得我的手艺很好吧？哈哈，看来我还真是一辈子做臭豆腐的命啊，你这老浑蛋现在一定得意得不行吧？

"爹啊，最近村里又死了两个人。小欠的老爹，一星期之前死了。记得吗？就是那个成天抱着笛子吹，说自己是艺术世家的那个倔老头，比你还倔的老头。小欠被他逼着去申请孩子，结果当场被赶回来了。开什么玩笑？自己的家在哪儿都找不到，经常要让媳妇领回家的傻瓜，怎么可能得到批准？老头子也是想传宗接代想疯了，这一下心里想不开，当天晚上就犯了脑溢血，第二天就死啦。听说他临死之前还歪着嘴不停嘟哝，可惜没人听得明白他到底念叨了些什么。

"你几十年的老朋友，村西头的罗矮子，站起来只能到我裤腰带那个，昨天自杀了。他的儿子去年得到了批准，前几个月媳妇终于生了，就在你死之后没几天，但是生下来之后是两个连体的，一家人都傻了。这几个月罗矮子四处筹钱，把家里的田地都卖了，能借钱的人都借遍了，我还借给了他一笔呢，看在你的面子上没要他利息。前几天他好不容易把钱凑足了，到省城的大医院去做了手术。手术本身还挺顺利的，创口什么的都没出问题，身体也顺利分离了，可是没想到那两个婴儿都有先天的心室瓣膜缺陷，这么一开刀，都受不了，手术后不久就死了。罗矮子气昏了头，昨天不知道怎么搞的，居然点火把家都烧了。火烧得那个大呀，全村的人都跑过去救火，还是把他的房子烧得干干净净。后来大家在烧完的灰堆里找到了罗矮子的骨头，都快被烧没了。唉，这么一烧，我借给他的钱不知道啥时候才能收回来了。

“还有啊，爹，我也去申请了，等了好长时间回音，能不能批准就看运气了。听说最近精子库的库存快要用完了，也不知道是真是假。如果是真的，那我的二级职称恐怕就不够资格了，那就不是我的错了啊爹，你知道我不想弄个小的，我心里一点也不想的。

“爹啊，我不痛快。你一闭眼一踹腿就完事了，我以后怎么办？要是生出个好用的孩子，我也得像你那样逼着他去学做臭豆腐，不学就打？要是生出个笨蛋，我还得养他一辈子？你知不知道精子库就快要干了，所有人都这么说。我们就快要绝种了，以后世界上不会有人了，你弄出个孩子又能怎么样？爹啊爹啊，你可真是个浑蛋……”

除了我爹，我还真是找不到什么人可以说说话。我媳妇虽然比傻小欠聪明不少，但智力终归在平均线之下，每一天除了收拾家务，和我并没有太多的话可以讲。只有一件事情能让她非常快乐，那就是孩子。我去申请的那一天，我告诉她，咱们很快就可以生个孩子了，她的眼睛立刻就亮了。

“我喜欢孩子，我想要个孩子。”我媳妇在嘴里喃喃地说着，“我想要生个孩子。”

我递交申请的那一天，把申请书给了人口办之后，一直在外面百无聊赖地游荡，回家非常晚。我开始以为我媳妇已经睡了，但回家之后，发现她还在等着我。若是在往常，她一定会对我说：“吃晚饭了没有？我还给你留了饭菜，去给你热一热吧。”但是那天晚上，我媳妇见我进了家门，第一句话说的就是：“孩子要到了吗？”

那时夜色已深，四周一片寂静，连邻居家精力旺盛的狗都不再作声。月光从窗外照进来，把我媳妇的脸映得很亮，我发现这张脸上充满了期待。她并不知道自己期待的究竟是什么，但是出于本能，她仍然在深深地期待着。

八

我十岁的时候，我爹第一次带我去省城。我们坐在一辆拥挤不堪的长途客车上，沿着尘土飞扬的公路一路颠簸。对此我感到很快乐，并不是因为可以去省城这件事情本身，而是因为可以有好几天离开恶臭熏人的豆腐作坊，不用学艺了。

公路两侧都是一望无垠的沙漠，单调乏味，令人昏昏欲睡。除了各处居民定居点，这个国家的绝大部分领土都是沙漠，其中有相当一部分至今仍然充满了辐射的危害。国家根本无力对这些沙漠进行改造，因为没有足够的人手去做这件事情。

倒退十多年，我仍然能够清晰地记起我爹当时的模样。他的头发已经掉了一小半，两眼带着深深的眼袋，因为长时间睡不好觉。他的额头上布满了汗水，鼻尖上也全是汗珠，双手牢牢地抓住自己的轮椅扶手，忍受着旁人对他的不满——他的轮椅实在是太占地方了，而身上的气味更是让人掩鼻欲呕。那时，我爹的病还仅仅是早期，所以还能自己上省城去求医。在这之后，他又去过两次，一次比一次行动艰难，再往后，直到他死去，都再也没有去过省城。

我爹首先去了医院，我把他推进去之后，坐在医院门口看着街道与行人。省城比我想象中要破落一些，几乎和我们的市集一样肮脏，建筑也都并不高大，不过据说即便是首都也好不了哪儿去。建筑工人、环卫工人、政府雇员的数目都越来越少，所以城市在一天天衰落下去。

省城的市民倒是外貌正常一些，畸形的数量比我们那里要少得多。这也要归功于政府的政策，尽量把相貌正常、智力较高的人集中在城市。我想着自己的驼背，忍不住自惭形秽。

后来我爹就出来了。他的脸色很难看，似乎是受了什么刺激。后来我才知道，他的病已经没有办法根治了，只能想办法延缓病情的加剧，减轻症状危害，如此而已。当时医生认为，我爹还能活五六年，结果我爹大大超过了医生的预期，也算得上是个不大不小的奇迹。

我爹摇着轮椅出了医院，用一种奇特的眼神看着我，令我不寒而栗。他让我推着轮椅跟他走，自己则摊开地图指路。我们沿着阴霾的街道一路前行，在我的感觉里，简直就是把整座城市都绕了一遍，但我爹固执地不愿坐车，我也没办法。最后，我们汗流浃背地停了下来。

我们的前方有一座小山，我看见山腰上有一座灰扑扑的低矮建筑，似乎并不怎么起眼，但是外面的防卫非常森严，我还从来没有见过那么多外形完全健康的人聚集在一起，手里拿着武器。而在我们跟前，有一块警戒牌：军事重地，严禁入内。

“想知道这是什么地方吗？”我爹对我说。

我点点头。

“这就是这个国家最重要的地方——全人类的精子库。我们这个世界上所有的活人，都来自这里，你也不例外。”

那一天，我爹给我讲述了关于精子库和人类的一切。我这才知道我并不是我爹的儿子，而我爹也不是我爷爷的儿子。这个世界上所有的人，都来源于同一个爹或者爷爷，真是乱得一塌糊涂啊。

“这么说，到最后精子全部用完，我们就会绝种喽？”我小心翼翼地提问。这个问题甚至盖过了我对自身血缘关系的关心程度。

我爹突然闭上口不说话了。过了好半天，他才说：“如果到了那个时候，我们还没办法自己生孩子的话。”

“可是，既然不是自己的孩子，你们为什么还要生呢？”这时我才反应过来这么一个问题。也许我不应该问，但最后我还是开口了。

“天不早了，我们回去吧。”我爹说。一直到最后他死在床上，他都没有回答我那天提出的问题。而到了现在，我自己也忍不住想要问自己为什么。

以后每一次再去省城，我都忍不住要走上老远，去看看精子库，并且猜测一下它到底会在什么时候干涸。当我爹要求我也申请一个孩子之后，我甚至开始盼望着那里的精子早日告罄。

对于我来说，人类的命运与我无关，况且，满眼看到的都是畸形和低智的人，这样的物种，存活下去也没有太大的意义。

遗憾的是，虽然精子库干涸的谣言已经传了几十年，但一直到我申请的那一刻，它都还没有用完。不然的话，我倒是可以名正言顺地抛掉我爹压给我的重担了。

九

日子慢慢在等待中过去，我自己也渐渐有点麻木了。直到有一天，我以为我的申请已经不可能被通过的时候，我的批准书与人工授精通知书从省城寄过来了。当时我正坐在我的摊子边，那一天的生意不是很好，我有些百无聊赖。

罗矮子的儿子，是我们这里唯一的邮递员，用他的两条小短腿飞快地蹬着自行车，来到我的摊前。他本来是搞文艺创作的，不然也不容易得到批准。但前几个月，他要筹钱给自己的连体儿子做手术，恰好那时村里的老邮递员摔断了腿退休了，他便接下了这个活。小罗矮子刹住车，从邮袋里找出我的信，啪的一声扔到我怀里，然后一言不发地继续骑车离开了。信封是醒目的蓝白相间的颜色，上面清清楚楚地印着“国家人口管理局”的字样。一年多之前，他自己也收到过这样的邮件。我想这对他是一种刺激，他心里肯定会想起自己夭折的儿子和化为焦炭的老爹。

等待的时间太久了，我反而没有了感觉，无论激动还是失望，都无法出现在我的头脑中。我先应付了一个嘴唇裂开的女主顾，然后漫不经心地撕开信封，里面有两张纸，一张是生育任务批件，表明国家已经批准我的请求，允许我的家庭生育后代；另一张是体检通知书，要求我的配偶于下月二十五日到省城医院进行体检。体检合格后，就可以进行人工授精了。也就是说，如果我媳妇能够通过体检，那么下个月底，她就能接受人工授精了。

回家之后，我把这个消息告诉了我媳妇，她立刻满脸喜色，乐得笑出了声。然后我告诉她，没那么简单，到了省城还得查身体呢，又要考智商了。她的喜悦又在一瞬间化为愁云，让我有点后悔，应该让她多高兴一会儿。

我媳妇站着发了几分钟呆，转身进了屋，我听到一阵翻箱倒柜的声音。等我走进去的时候，发现她已经把锁在柜子里的《如何应对智商测试》《轻轻松松测智商》《国家智商测试全真模拟题》等参考书都找了出来。看着我媳妇坚毅的神情，我一阵没来由的心酸。

这天夜里，我从烦躁不安的睡梦中醒来，发现我媳妇并没有躺在身边。我轻轻起床，来到门边，发现我媳妇正在灯光下认真做题，她的影子投射在墙上，留下巨大的黑影。她显得很苦闷，似乎是那些题目太难，令她疲于思考，但她用手狠狠敲了敲脑袋，还是继续开始看题。我几乎都可以想象到她现在那种近乎恶狠狠的表情和无法阻挡的执着。

我一直走到她的背后，她才扭过头来发现了我。那一刹那，她显得很不好意思，脸红红地对我说："题太难了，对不起。我一定要努力学习，我要给你生个孩子。"

我看到她的手里有一根针，手上有两个还带着血迹的针孔，显然她正在用这种方法来驱赶困倦，强迫自己做题。

伸手抱住我媳妇的时候，我终于忍不住流下了眼泪。我媳妇不知道我为什么要哭，在我的怀里不安地挣扎着，嘴里说道："对不起，我……我太笨了。我一定加油，你别哭啦，是我不好，赖我……”

我一面放肆地抽泣着，一面在心里想道：这是个什么世道。

一个多月之后，我把我媳妇带到了省城。这是她第一次到省城，她却顾不上观赏省城的风貌，恨不得走路的时候都在做题。最后她的智商测出来竟然是九十，实在出乎我的意料。

这一夜我们住在省城，等着第二天去领体检结果。晚上，我们坐在旅店外的草坪上，看着夜空中的星星忽明忽暗。

“明天我们就可以有孩子了，真好，真好。”我媳妇显得很开心，“我们的孩子生下来，一定会和星星一样漂亮。”

我还真没想到我媳妇嘴里能说出这样的话来，但我只是随口应承着：“是啊是啊，一定会的。”而我心里想的是，谁知道最后会生出怎样的怪物来。如果像我爹一样两腿粘连，像我一样驼背，像我媳妇，不，像傻小欠那么傻，我又应该怎么办呢……

“以后孩子长大了，我们还让他跟你学做臭豆腐。”我媳妇说。这句话差点把我吓死，我一时以为她被我爹的灵魂附体了。

“你身上那股臭豆腐的味道，还真是挺好闻的。”我媳妇又说。对此我只能苦笑两声。

第二天上午，我们去医院拿通知。只要智商测试过了关，我媳妇的身体还是没有任何问题的，她通过了体检，和同一批通过体检的其他六十多名妇女一起，在医院里等待运送精子的冷藏车。然后，她们将会接受人工授精，等待着十个月之后生下一名天知道会有什么状况的婴儿。

“冷藏车？从什么地方把精子运过来呀？”我媳妇好奇地

问我。在我们的周围，坐着其他通过体检的女人和她们的丈夫。他们都和我们一样，在兴奋而焦急地等待着播下生命种子的那一刻。

“精子库。”我很简单地对我媳妇说。

“精子库？那是个什么样的地方呢？”

“那是……”

我正准备开始解说，忽然听到远方传来隐约的轰鸣声，似乎是什么地方发生了爆炸。这时我听到窗外传来撕心裂肺的惨叫声：“精子库！精子库！”

我一跃而起，冲到窗前，但窗外正巧有一棵大树挡住了我的视线。我顾不上跟我媳妇解释什么，一口气冲下楼去，来到医院楼外的空旷地带。我看到远处的天空升腾起一道浓黑的烟柱，那正是精子库所在的方向。

我媳妇也跟着跑了下来，虽然她的脑子反应慢点，但是旁人七嘴八舌的议论还是让她明白了究竟发生了什么事情。她小心翼翼地站到我身边，问我：“那，我们的孩子，是不是没了？”

我木然地点点头，然后听到我媳妇绝望的哭泣声，但是很奇怪，我的心里竟感到一阵阵轻松。我终于可以彻底扔掉我爹压在我身上的包袱了，以后也用不着用棍子驱赶一个孩子，逼着他在臭气熏天的作坊里学着做臭豆腐了。重复的命运是最没有意思的，所以不重复也罢。虽然这么想有点对不起我爹，但我也无能为力。

我看着人们纷纷乱乱地往外跑，每个人的脸上都写满了对世界末日的恐惧。大树上，被爆炸声惊起的鸟儿四散飞了一阵之后，又回到了自己的巢穴。对它们而言，什么都没有发生。

我们回到村里，晚上在村长家看电视。五官端正的解说员——但据说下半身是畸形，不过藏在桌子下我们看不到——一脸沉痛地宣告："由于精子库遭到恐怖分子精心策划的袭击，所有库存的精子都在爆炸中被毁灭，从此以后，人类将不得不面对灭绝的命运。由于袭击者在爆炸中当场身亡，所以目前尚不清楚这是极端恐怖组织所为还是没有能够获得批准的申请者的报复行为。"

我的周围是一片嘈杂的议论声，有人破口大骂，有人痛哭流涕。我媳妇自从离开医院之后就始终神情呆滞，寡言少语。此时她静静地坐在我身边，一言不发，我知道她在为自己做不成母亲而悲痛。至于人类是否因此而绝种，我想她并不会放在心上。

我在心里想着，我可怜的爹啊，只怕你在地下也不能好好安生了。这个世界注定要走向毁灭，一个曾经占据霸主地位的物种将从这颗星球上消失，但我的心里，只想着我死去的老爹。

解说员还在继续喋喋不休："政府已经紧急调拨所有财政款项，力争在最短时间内完成对克隆技术的研究，并将其转化为实用技术……"村长家渐渐哭声一片。我看着解说员不断颤动的漂亮嘴唇，心里突然想，不早了，明天还得卖臭豆腐呢。

于是我站起来，对身边哭得稀里哗啦的媳妇说："走吧，咱们回家去。"

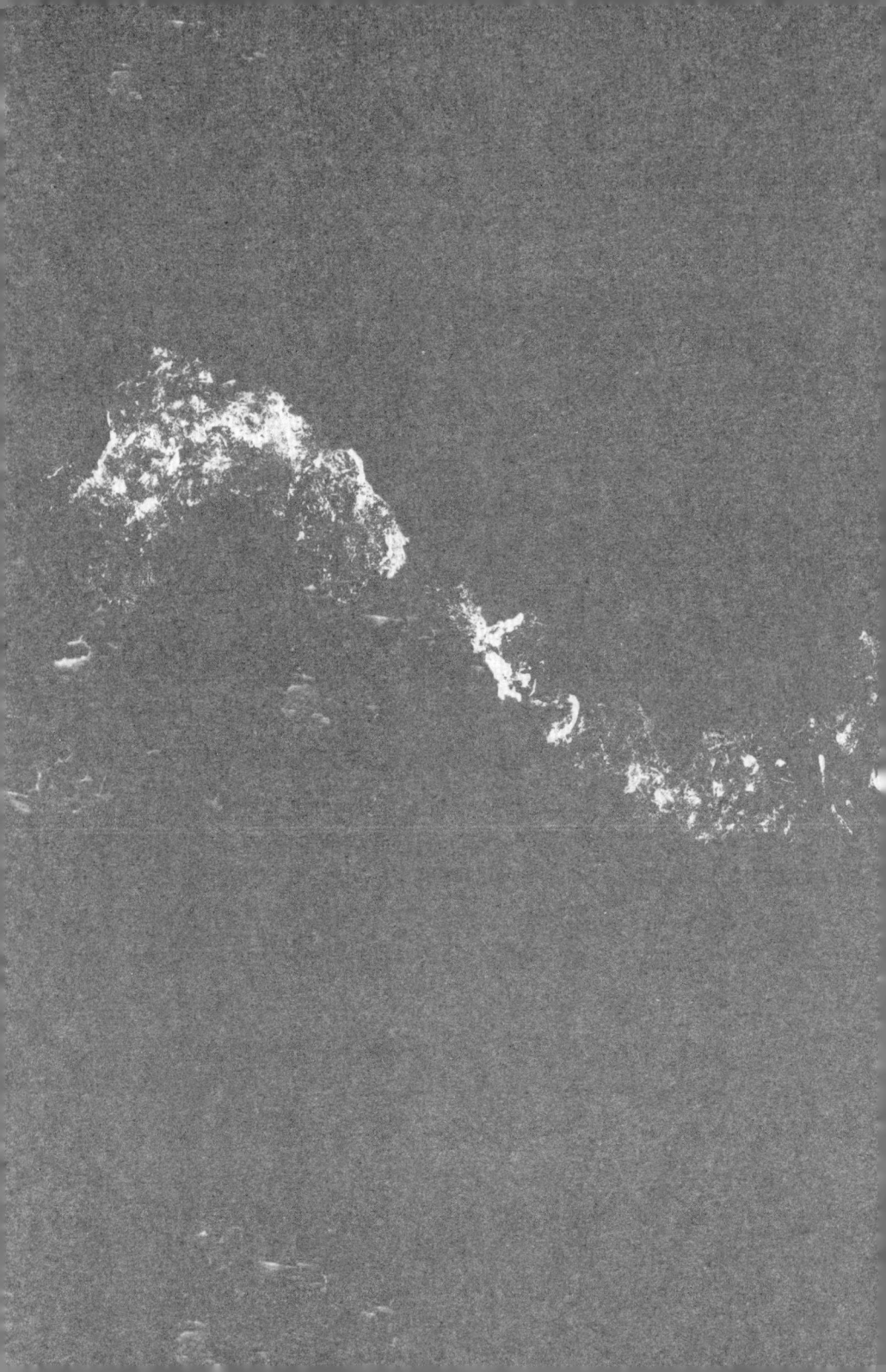

遇见

与人们的日常印象正好相反，吸血鬼也需要温暖。这座城市的冬季足以把死人都冻醒，令吸血鬼都感到难以忍受，于是一到冬天最冷的那一个半月，吸血鬼们大都会聚集在位于市区南郊的吸血鬼俱乐部，在那里过冬。

这一年冬天，来自北方的寒流按惯例席卷了整个城市。在被呼啸的风雪吞噬之前，吸血鬼们纷纷离开了自己的居所，躲进炉火熊熊的俱乐部中。大家舒服地靠在软椅上，面色在火光的映照下泛出难得的红光。

吸血鬼们平时都是独自行动，只有在这种时候，才难得聚在一起。我坐在自己惯常的老位置上，舒适地抽着烟，和几位老朋友随意闲谈着。

这时候，我注意到俱乐部里出现了一个陌生人。在此之前，我从来没有在哪一个冬天见过他。他的面色比其他任何一个吸血鬼都更加苍白，但是相貌很英俊，流露出一种雍容的气度，让人一见之下便很难忘记。这个新来的吸血鬼看外貌三十多岁，但实际年龄谁也无法判定。

接下来我才注意到，他的身边还有一个年轻的女人，一脸温顺地躲在他的身后，仿佛是一只听话的小猫。这两个新人不由得让我很感兴趣。

接下来的几天，我开始观察这两位新来的客人。他们似乎总是形影不离，带有一种奇特的默契。吸血鬼间并非没有爱情，但是的确很少，大多数的吸血鬼都会选择独自一人生活。至少在这个俱乐部内，这还是出现的第一对吸血鬼情侣。

这一天的傍晚，我们一起围坐在壁炉旁，交流着大家几百年来所经历或者听说过的种种离奇故事。当克劳德讲完吸血鬼赏金猎人覆亡的故事、巴拉克叙述了南部地区吸血鬼和人狼的激战之后，我们一齐邀请艾伯特先生——我们新来的客人为大家讲一段故事。艾伯特先生欣然同意。

他的双眼凝视着跳动的火苗，缓缓开口说道："我来讲述一个被诅咒的吸血鬼的故事吧。为了叙述方便，我想可以把故事的主人公称为'A'。"

A醒来的时候，严冬已经过去，曾经覆盖了整个大地的冰雪已经消融，化为滋润万物的春水，空气中虽然还是泛着寒意，但初春的阳光已经能够给人带来温暖的感觉。

春天总是令人心情愉快的，但对于A而言，春天却有着更为特殊的意义。

"三十天，又一个三十天……"A听着布谷鸟的鸣叫，嘴里喃喃地念着。

已经有三百多年的时间了，A在每一年中只能苏醒一个月，余下的十一个月，他都不得不陷入长眠之中。他总是在春暖花开的时节醒来，随着最后一团雪融化为水，A也从自己的墓穴里坐起来。而他苏醒的时间只有一个月，当这一个月过去，A便无法再继续保持神志清醒，只能回到墓地中，等待下一次复苏。

"这是一种邪恶的诅咒，是一个痛恨吸血鬼的女巫施加在A身上的。"艾伯特先生说道，"从此之后，在漫长的三百多年的时光中，A所清醒的日子，只有三百多个月而已。"

"那么，这种诅咒，难道就没有破解的方法吗？"卡尔松先生忍不住问道，"女巫的诅咒，应该都是可以找到破解的方法的。"

艾伯特先生的眼睛里放出奇异的光芒：“有，当然有，但是……”

A在中了诅咒之后，一直四处寻找破解的方法。向他施加诅咒的女巫阿布卢卡早被他在愤怒中吸干了血液，于是，解咒的方法就只能自己去寻找了。

在最初的十年中，A抓紧每一次的一个月的机会，游荡于这片大陆上，寻找着世间所有关于巫术的知识。终于，他在一本残破的古老书籍上发现了解除诅咒的办法，可惜的是，只剩下了一半，另外一半已经随着残破的书页永远消失了。

这一半的书页只告诉他：在这一个月当中，寻找到一个真心爱着这个人的异性，而且一定得是人类。但是找到之后应该怎么做，A就没办法知道了，因为书页已经残缺。不过不管怎么说，这至少为A指明了一个方向。

于是，在剩下的三百年中，A开始了寻找爱人的痛苦旅程。应该承认，A虽然是吸血鬼，但长相十分英俊，即便对人类也不乏吸引力。只不过，一个月的时间实在是太短暂了，每一次，他精心编造出一个人类的身份，想方设法在人类社会中存活下去的时候，已经把这一个月的时间消耗掉了一大半。

因此，在一开始的七年当中，每当A刚刚开始在人类社会中立足，一个月的期限便已经到了。他不得不放弃所营造的一切，赶快寻找一个绝对隐秘的墓穴，把自己隐藏进去。然后，在墓穴中度过整整十一个月的时光，等待着下一次醒来的机会。

“你的意思是说——第十八年，第十八年的时候，A找到了他的爱人？”我已经被这个可怜的吸血鬼的悲惨遭遇吸引了，忍不住打断了艾伯特的话。

艾伯特点点头，回答道：“不错，第十八年的时候，A 找到了他的第一位爱人。那是一位拥有贵族血统的美丽小姐，深深地厌倦着腐朽而毫无生趣的贵族生活，渴望一份真正的浪漫爱情。”

A 是在一次充满虚情假意的贵族聚会上见到他的第一位情人的。他想办法为自己安排了上流社会的身份，就是为了有机会进入这样的场合。在他的判断中，这里的女人大多十分轻浮，也不大容易经得住诱惑。事实证明，他的这个选择倒是一点没有错。因为很快，他的第一位情人就情不自禁地爱上了他。

A 很兴奋，因为经过十七年的折磨之后，他终于有机会把自己从这无边无际的黑暗中释放出来了，所以，他很高兴地接受了这位小姐的爱情。但是，当三十天的期限即将到来的时候，他却感到一阵茫然。因为，他并没有感觉到自己的身体产生什么变化，所以也完全没有把握自己是不是真的摆脱掉了这个诅咒。

出于这个原因，在最后一天即将结束的时候，A 借故离开了多情的爱人，忐忑不安地来到早已准备好的墓穴之中。他封好墓穴的出口，躺进棺材里，把棺材盖上，心中开始默默祈求着成功。

“可是他还是失败了，对吗？最后他还是继续沉睡了，是吧？”女吸血鬼多尔维小姐发问道。

“那是当然了。不然的话，早在三百年前，他的诅咒就已经不复存在了。”艾伯特的神情略带一点忧伤。坐在他身旁的他的妻子，此刻脸上也流露出悲哀的神色，似乎是在深深同情着这位不幸的吸血鬼。

“在午夜的钟声敲响之前，A静静地躺在棺材里，但怎么也无法抑制内心的烦躁不安和恐慌。他渴望着能够战胜诅咒，然而，当午夜来临的那一瞬间……”

午夜到来的时候，A突然间失去了知觉。等他再次醒过来，伸手推开棺材盖，发现墓穴里已经遍布灰尘和蜘蛛网。他不得不痛苦地承认，自己失败了。诅咒并没有解除，在他身遭不幸后的第十八年，他再次陷入了不由自主的长眠之中。

A看着四周阴暗而压抑的墓穴，骤然爆发出一声痛苦的哀号。但是除了他自己，没有人能够听到这撕心裂肺的惨叫声。

无奈的A只能离开墓穴，在一个新的春天到来之际，继续去寻找一个可以帮他解除诅咒的女人。他没有时间去自怜自伤，因为他清醒的时间只有一个月，在这一个月中，他要竭尽全力地为了自己的命运而挣扎。

他回到城市中，发现自己去年的情人已经另有新欢。这是显而易见的——他没有权利要求一个女人莫名其妙地等待一个失踪的人且足足等待一年。谁也没有权利责怪她。所以A只能重新开始。他来到另外一座城市，继续寻找着能把爱情奉献给自己的人类女子。

这一年，他失败了。时间太过紧迫，他根本没能来得及打动一个女子的芳心，一个月的时间就已经到了。在接下来的一百年内，A有时候能成功地得到情人，有时候则失败，然而，即便是找到了情人，A还是完全不明白自己应该做什么，只能任由机会白白丧失。一次又一次的三十天期限，一次又一次的沉睡，一次又一次愤懑地醒来，A 的内心充满了痛苦与忧伤。

“后来 A 想到了这样一个问题，那就是他长期以来，不过是在追寻一个爱上自己的女人，但是自己却并没有付出感情。也许，这样的女人，并不能算作他的情人？

“于是 A 开始下定决心，不仅要去寻找一个爱上自己的人类女子，而且要让自己也爱上她。”

听到这里，我们都禁不住发出低低的惊叹声。按照吸血鬼的传统观念，吸血鬼都是贵族，人类的身份要比吸血鬼低贱得多，要让一个吸血鬼爱上人类，恐怕是一件十分艰难的事情。但是，为了让自己的身体获得自由，A 不得不那么做。

我开始想象着 A 的矛盾心态。一方面，高贵的他本应该对人类的女子没有什么兴趣；另一方面，为了拯救自己不幸的命运，他又不得不做出挑战。一年只有一个月能够获得清醒，而在这一个月中还要努力去做违背自己本性的事情，A 的确是个值得同情的家伙。

于是，吸血鬼 A 又开始追寻起自己所爱的女人，出于吸血鬼天生的贵族情结，要让 A“屈尊”爱上一个人类女子，实在是很不容易，但是 A 努力完成着这一目标。在接下来的十年中，A 并没有急于寻找情人，而是想方设法地增多与人类的接触，希望能够培养起自己对人类的感情。

这种行为在现在倒是不怎么奇怪了，吸血鬼的生存空间已经越来越狭窄，许多同类都不得不逐渐习惯和人类杂居。虽然和人类通婚仍然很让人感到别扭，但是现在这至少不会引发吸血鬼的仇恨和歧视。可惜当时，吸血鬼们对人类的排斥还很严重，以至于 A 经常遭到同类的侮辱乃至于攻击。

A 强行忍耐着，一方面应付着来自同类的压力，另一方面努力克服自己心中的迷惑。终于，在第二百二十三年到来的时候，A 真正地爱上了一个人类女子。他狂热地追求着她，一方面是出于对爱情的渴求；另一方面是出于拯救自己的信念，他终于获得了她的爱情。

“你的意思是说，即便是两情相悦，还是没有能够帮助到 A？”多尔维小姐接着问道。

“的确如此。当三十天的期限最后到来的时候，A 再次回到墓穴中。他原本以为这次他会成功，可是现实仍然和他开了一个残酷的玩笑。

“一切和过去的两百多年都没有任何区别。昏睡了，又醒来了，发现自己仍然深陷诅咒之中无法自拔。而他曾经爱过的那名女子，也在经历了几个月无望的等待之后，投入了他人的怀抱。”

近乎绝望的 A 陷入消沉之中，他不知道该如何是好。以后的一百年中，A 近乎自暴自弃地生活着，在每一年醒来的一个月里疯狂地吸血，以发泄自己无穷无尽的怒火。偶尔，他会想起尝试一下去破解诅咒，不过怎么样都是白费力气。即便是找到了情人，他也不知道应该怎样做才能消除诅咒，一切的挣扎都是徒劳。

然而，转机却在这个时候悄无声息地来到了。意志消沉的 A 无意中在这座城市中邂逅了一位温柔而善良的年轻女性，她看出了 A 心中隐藏的巨大痛苦，虽然并不清楚这痛苦的根源，她还是竭尽所能地帮助他。

最终，A 再次久违地爱上了一名人类女子，但他的内心同时充满了感伤，因为过不了几天，他又会躺回冰冷的墓穴之中，从此斩断这段脆弱的感情。

回到墓穴之前，A 突然产生了一种冲动，想要把事实的真相全部告诉对方，但是最后，他还是忍住了。对人类的承受能力而言，和吸血鬼发生恋情，也许会让她崩溃。

“但是 A 对这位善良的女子怎么也无法忘怀。”艾伯特说。他的神情现出一种迷醉，令我们微微吃惊，“他从来没有遇到过一颗如此温柔而包容的心灵。在他再次陷入无边的长眠之前，他感到一种无法抑制的遗憾与悲哀。”

我们看着艾伯特那副深深沉迷的表情，都隐隐约约猜到了点什么。

艾伯特接着讲述：“十一个月再次过去之后，A 从墓穴中出来，发现自己还在怀念着上一个春天的那位恋人。他忽然失去了再次寻找新人的动力，三百年来，这是第一次。

“于是 A 再次回到了那座城市，内心一片茫然。无意之中，他信步走到了那位恋人的居所。虽然他清楚，她的身边，也许早已有了另外一个男人，但是一种冲动还是促使他来到了她的窗外，像小偷一样向屋内窥视。

“他几乎不敢相信自己的眼睛。他看到自己的照片被摆在恋人的桌上，那是去年的那一个月，他被硬拉着去拍的。”

吸血鬼一般是不愿意照相的，但是 A 竟然照了，可以想象他对她的感情。

“他接着看到了自己的情人，她就坐在床边，盯着那张照片发呆。他再也无法克制自己，于是便跳了进去。

“可以想象两个人的见面有多么悲喜交加。她告诉A，自己在这一年中，一直没有停止过寻找他，但是始终没有他的消息。她还说，如果这一年找不到，她将继续寻找下去。

“A感到自己心中的激情无法抑制。他突然决定，无论后果会怎样，他都要把自己的身份、自己的遭遇毫无保留地告诉她。”

我听到这里，连忙问道：“你是说——A泄露了自己吸血鬼的身份？”

艾伯特点点头：“是的，他坦陈了关于他所有的一切。”

“那么，结果是……”

“A本来已经做好了被唾弃的准备，但他得到的回答却是‘无论是吸血鬼还是人类，我都会一样爱你’。无比感激的A在那一瞬间做出了一个更为惊人的决定——他要把她变成一个吸血鬼，这样两个人就可以超越人类短暂的寿命，长相厮守了。哪怕一年只有一个月，他们也无怨无悔。”

我们都惊呆了：“真的吗？A真的把自己的血液注入了她的体内？”

我们无法相信，竟然会有人类甘愿变成吸血鬼。然而，艾伯特点头的动作说明了一切：“是的，A吸了她的血，然后把自己的血液注入了她的身体。

“但是A万万没有想到，正是这一个举动，彻底改变了他的一生。”艾伯特紧接着说，“原来，解除诅咒的唯一方法，就是和自己的爱人交换血液，把对方变成吸血鬼。可是，A每一次找到一个人类情人的时候都已经足够诚惶诚恐了，哪里会想到要把她变成吸血鬼呢？结果，在完全不经意之间，A 拯救了自己，也拯救了自己的爱人。”

我们听艾伯特讲完这个故事，都对结局表示惊叹。我禁不住喃喃自语:“把人类变成吸血鬼,结果反而拯救了吸血鬼……真是太不可思议了……艾伯特先生，您说的这个故事是真的吗？”

艾伯特微笑着说：“你看，现在已经是寒冬了，但是幸福的 A 仍然可以坐在壁炉前，讲述他的故事。”

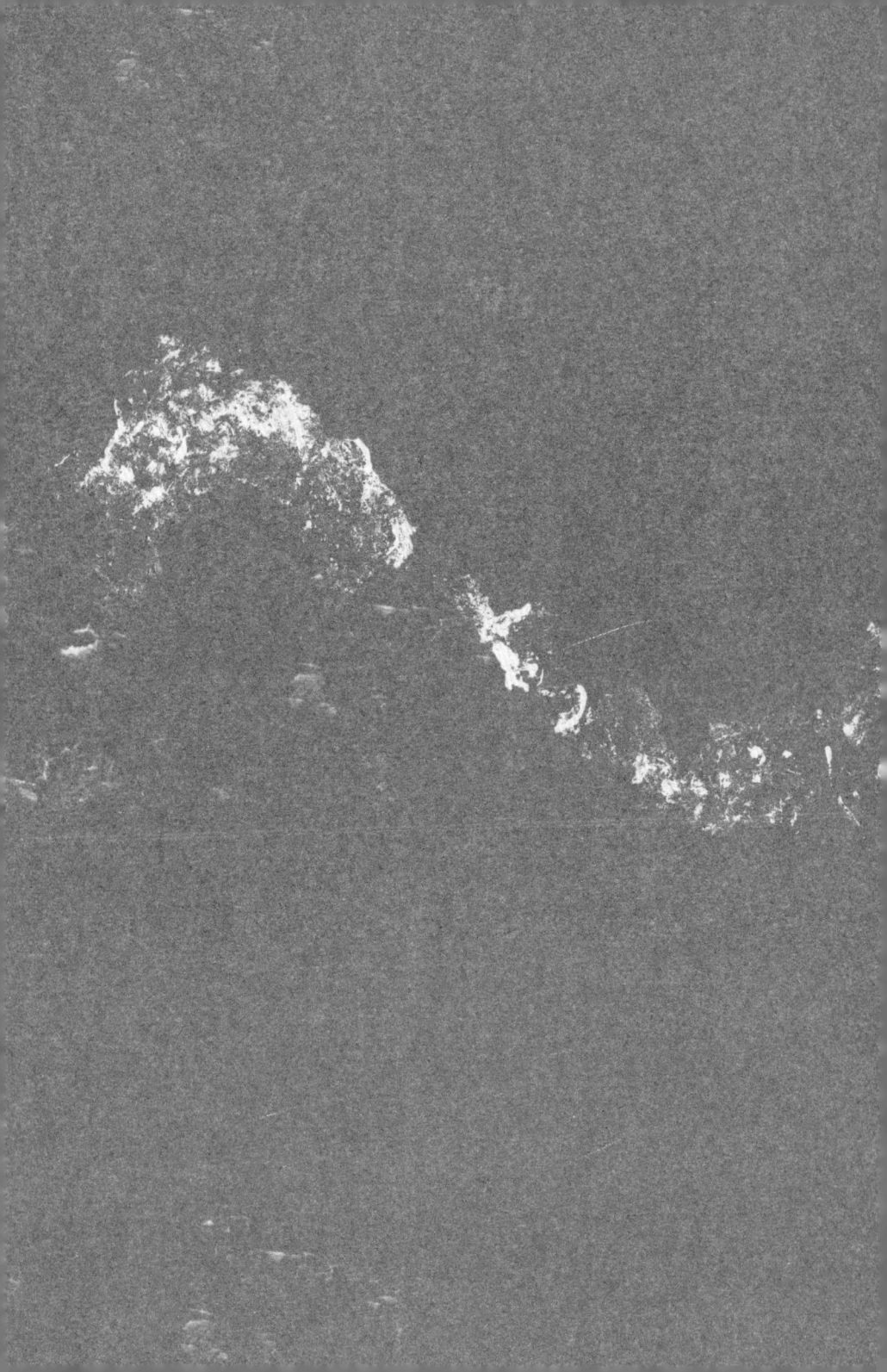

是男人就下一百层

那则广告的开头是这样的："请你抬起头，以纯洁的 45 度角仰望天空，你看到了什么？"

杨平扔下报纸，抬起头，看到了黑乎乎的天花板。他想，扯淡，一开窗都是辐射和毒气，我还仰望天空呢，还纯洁的 45 度角呢。

他举起报纸继续看，那则广告接着写道："怎么样，只能看到天花板吧？你是不是在骂这做广告的真扯淡？"

杨平无声地笑了，这做广告的还蛮风趣的，于是他决定把这则广告看完。看完之后，扔开报纸，他躺到床上，开始发愣。

房间里弥漫着一股方便食品的气息，还夹杂着发馊的酸黄瓜的味道。头顶的换气装置发出低沉的轰鸣声，渐渐抽走臭味，把干净的空气换进来。昏暗的灯泡照出这个房间的全貌——凌乱、肮脏、布满灰尘。唯一没有灰尘的是床，那上面只有陈年的油腻。

床上的男人百无聊赖，又想起了那则广告。"在这样一个悲剧的时代，在这样一个人类只能在高楼大厦里苟延残喘的时代，你是否觉得空虚无聊呢？你是否想给自己比速食面还乏味的生命增添一点亮色呢？"

这种措辞的广告在这年头一点也不新鲜，唯一新鲜的是，别人的广告都在谈"生活"，这一则却在谈"生命"。这种王道的口气让杨平产生了一点兴趣。他想，明天找人打听打听好了，兴许这玩意儿真的有意思。

"听说过'是男人就下一百层'吗？"杨平问。说话的时候，他正站在郭威的房间里，这是一个比他的房间更像垃圾场的屋子，屋里的人也比杨平更脏更懒。

"听说过。"郭威懒洋洋地说，连脑袋都没动一下，"交上一大笔钱，然后哄你去跳楼……就那么简单。当然，是在楼里面跳。他们不知道有什么能耐，竟然搞到了一栋废弃的大楼，然后在里面布置了循环上升的金属板。你要从最高处开始，一块板子一块板子地往下跳，直到最底层，听说有一百层呢。”

“有很多人都去试过吗？”杨平知道，郭威虽然懒，倒是个出色的包打听，鬼知道他的消息来源是什么。

“有很多，这世上无聊的人多的是。”郭威说，“不过活着回来的似乎没几个。”

杨平心中一颤：“这玩意儿那么厉害？”

郭威说：“是啊，反正现在人命也不值钱，活着也是瞎活着。在这堆棺材里憋死也是死，从一百层跳下去摔死也是死，一个活得久点，一个临死前好好刺激一把，看你选什么了。”

看你选什么了！郭威如是说。杨平想：选什么呢？郭威说得很妙，现在我们就是住在一堆棺材里。外界的环境极度恶化，不能外出，不能晒太阳，连下雨都全是酸雨。封闭的房间，人工净化的空气，狗屎一样的合成食品，无聊无趣的日日夜夜。偏偏还有那么多的人，据说足以超越历史综合的人口……在这个世界里简直寸步难行。

这一夜，杨平睡得很不踏实，通风装置出了问题，噪音很大，好不容易睡着，又开始做梦。他竟然梦见了“是男人就下一百层”。

他看见一个无比幽深的洞穴，洞穴底部隐隐发出诱人的红光，一块块金属板在机关的操纵下轰隆隆地往上升。杨平感觉自己轻盈如小鸟，踩着这些板子迅速向下跳跃，耳中听着风的呼啸，体会到了一种难以言说的快意。他灵巧地闪躲着每一处陷阱，眼见终点就在向他招手……

这时梦醒了。他却依然闭着眼睛不想睁开，还在回味着那无拘无束的感觉。一睁眼，他就只能看见火柴盒一般的房间，和窗外阴沉的大气，那巨大的反差令他有些喘不过气来。

发了一会儿呆，杨平想，好歹我可以去看一看，仅仅是看一看。

走在密闭的城市通道中，杨平抬眼从防护罩内望出去。那一座座高耸入云的高楼大厦，把城市变成了钢铁的森林。而无论哪一座大楼，其内部都密密麻麻地填满了数以万计的小房间，人们就像一只只肉虫一样，被塞在那些房间里，慢慢腐烂，等待最终的死亡。

最后他来到了禁地科技公司大楼的入口。“禁地”这个名字很诡异，不过杨平想，这大概就是某种哗众取宠、吸引眼球的把戏而已。如郭威所言，这是一座低矮的大楼，行将废弃，估计只有一百二十层左右的高度，通道将他直接带到了顶层。

接待员很热情，杨平却有些拘束，慌慌张张地说：“我想先参观一下，可以吗？”

接待员微笑着说：“当然可以，请跟我来。”

片刻之后，杨平站在了一个巨大的空洞之上。从上往下看去，可以见到许多悬停的金属板。他努力往深处望，但视线被金属板阻挡，看不到底。他注意到这些金属板都被涂成不同的颜色，有的上面还有一些寒光凛冽的尖刺，看得他心里发毛。

“挑战开始的时候，所有的挡板将往上升，”接待员解释说，“您将穿上反重力衣，从顶层开始往下跳，躲过所有的机关障碍。当您下降到一定层级时，挡板的速度将会加快。”

“具体都有些什么机关呢？”杨平问。

“有些板子上有弹簧，可以把人弹开；有些，您已经看到了，上面有钢钉；有些钢板上装有活门，您踩在上面可能会踏空掉下去；有些有活动的履带，会影响您的平衡……”接待员细细地解说着，好像在介绍菜谱。

“那……会有人送命吗？”

“凡是参加挑战的顾客，都会签订合约，列明一切伤亡本公司概不负责。”接待员答非所问。“不过，挑战成功后的奖励是非常高的，即便失败了……人身保险费用也相当可观。”

杨平默然，道谢后离开了。接待员不失时机地送上一张优惠卡，可以打八折。

兰叶打电话过来的时候，杨平正在琢磨着优惠卡上标明的各项价目。收费的确高昂，不过还在他的承受范围内，何况假如真的完成了一百层的任务，奖金比收费要高很多，但真要去报名，杨平还是下不了决心。生活虽然无聊，但要用生命作为代价来换取刺激，未免有点不够划算……杨平记得郭威最喜欢说，好死不如赖活着。在棺材里活着，终究也是活着。

杨平自嘲地笑笑，正欲把卡片扔开，兰叶的电话过来了。兰叶说：“一起出去旅游一趟吧！”

杨平一愣：“旅游？现在地球上哪儿还有旅游的地方？”

“虚拟旅行啊！”兰叶兴奋地说，可视屏幕上她的脸泛着红光，“最近新开的娱乐项目，你没听说过吗？”

杨平听说过。用虚拟技术模拟出来的景点，都是根据世界毁灭前的资料忠实还原出来的，有金字塔、长城、东非大裂谷等，甚至还有那些已经消失的古老的城市：纽约、巴黎、东京……

“那有什么意思？”杨平说，“都是假的，你的人还不是关在这些盒子里。”

兰叶脸色一沉，看起来有些不高兴：“假的总比没有强！每次约会，不是吃饭，就是看那些陈年的电影，这又有什么意思？除了在你的乌龟壳里烂掉，你还有什么情趣？”

杨平叹气，看着兰叶说：“如果不能享受真实的东西，我宁可在乌龟壳里烂掉。”

兰叶骤然发起火来：“除了这句话，你还能说出什么来？没见过你这么没劲的男人！叫你陪我去海滩，你也要说‘假的，不过是个小水坑，加上人造布景，加上蚂蚁一样的人群’，我受够了！你一个人躺在床上梦想你的真实吧！”

她的头像怒气冲冲地消失了，只剩下杨平苦笑不已。

那一天之后，兰叶一直没再打电话过来，杨平几次想主动联系她，手在按钮上提起又放下，最终还是没能鼓起勇气。日子变得愈发无聊，就像泡久了的速食面，嚼在嘴里都软绵绵的没有生气。

这段时间的社会风潮倒是发生了一些改变，“是男人就下一百层”慢慢流行开来，虽然死亡率颇高，但年轻人却趋之若鹜，用生命做代价换取冒险的刺激。电视台也闻风而动，推出了直播节目，收视率极高。杨平看过电视台的访谈节目，一个干干瘦瘦的小伙子在一个月内三次挑战成功，立刻成了大众偶像。一个精明的厂家看准时机，推出了“真男人”系列服饰、化妆品、食品，好好地赚了一把。访谈节目披露了最新的广告片断，那个瘦得像只鸭子的家伙对着镜头展示着他满脸的青春痘，声嘶力竭地喊道：“你是真男人吗？是男人就下一百层！”

但这个真男人最后还是在第四次挑战的时候死掉了，原因是禁地科技公司推出了新的项目——两人竞赛下一百层。自信满满的瘦子遇上了一个狡诈的对手，没下几层，他就假装身体失去平衡，一下子把瘦子撞出了金属板的运行轨道。当时收看电视直播的人们都听到了那一声从第九十二层一直绵延到一层的惨叫。

尽管如此，“是男人就下一百层”反而更加受欢迎了。双人竞赛的刺激，让人们更加狂热地参与其中，到后来，两人间的相互推挤也被默认为符合规范。当然也有许多人反对，甚至向相关机构抗议这种“拿生命当儿戏”的“疯狂行为”，但他们的态度始终暧昧不清。杨平有时想，也难怪，生意那么红火的公司，能缴纳多少税金啊！要去打击限制，只怕还舍不得呢。

而且多死点人，还能减轻人口压力呢。他这样想。

和兰叶争吵一个月之后，杨平终于忍不住了，开始给她打电话，但兰叶却总是不接他的电话。杨平锲而不舍地拨了一个星期，但心里已经隐隐约约预感到了什么。果然，一个星期后，兰叶第一次接了他的电话，屏幕上却出现了两个人。

杨平盯着那个胖乎乎的、头顶半秃的家伙，总觉得有点面熟，半晌才问：“他是谁？”

兰叶冷漠地说：“你已经看到了，还问什么？”

杨平刹那间觉得嘴里发干发苦，心里却开始泛着酸水。他明白发生了什么事情，那个男人正在示威似的看着他。兰叶说：“你不能给我的，他都能给我。而且……”她有意停顿了一下，说，“和你比起来，他才是个真正的男人。所以，我们之间没什么可说的了，再见！”

屏幕重新变得漆黑，男人和女人的影像都消失了。杨平许久没有回过神来，仿佛刚才发生的一切都只是幻觉，然后，他的耳边开始反反复复响起兰叶最后说的话：“和你比起来，他才是个真正的男人。”

这句话提醒了他什么。他手忙脚乱地翻出前些日子的旧报纸，在一片油渍的背后发现了那个男人的照片。那个一个月内三次挑战成功的“真男人”，就是死在这家伙手里的。难怪刚才觉得他眼熟呢。真男人，真男人！杨平不自禁地升起一股自卑感，但更多的，是一种被抛弃后的愤怒和怨怼。他甚至无比软弱地掉下了眼泪，虽然极力试图控制，但这种不男人的生理反应还是无法阻止地发生了。就如同兰叶的离开无法阻止，眼泪也无法阻止。

杨平把门外自动售货机里的啤酒一扫而空，然后把自己关在屋子里。三天后的清晨，他看着满地的啤酒罐，叹了口气，决定找郭威去聊聊。没想到还没把自己收拾停当，郭威竟然自己找上门来了。

郭威不认识似的看着杨平，问：“你怎么开始做酒鬼了？瞧你那眼睛，比兔子还兔子。”

杨平却更为诧异地看着郭威：“你怎么出门了？今天空气净化了？天啊，还打扮得那么人模狗样！”

郭威哈哈大笑：“我把那家伙给做掉了！”

“哪个家伙？”

“还有哪个？把我害成这样的那个！”

郭威过去本不是这样的。他也曾经西装革履、风度翩翩，经营着一个颇具规模的娱乐公司，但后来被人陷害做假账，公司就此被查封，人也变成了现在这副不死不活的鬼样子。尽管如此，但他过去的关系并没有丢掉，而且始终牢牢记得那个陷害他的人。

“你杀人了？”杨平很紧张。

“我杀了，但你放心，不会有事的。我打听到他参加了那个游戏，于是想办法和他分在同一组，把他挤了下去。”

不用问，杨平就知道他说的是“是男人就下一百层”。眼下的郭威神采奕奕，不复昔日的惫懒模样，显然情绪相当高昂。

“你也去试试吧，哈哈，这的确是调整心情的良方啊！”郭威声音响亮地说，“我要开始新的生活了！”

郭威走后，杨平的脑子里乱糟糟的，总在想着某些事情。“杀了他，杀了他”，这个声音始终在诱惑着他。

晚间无聊的时候，他打开电视，正看见那杀死“真男人”的胖子在其中露面。胖子声如洪钟，向观众宣布，他随时恭候挑战者。主持人在一旁不停聒噪：“你是男人吗？你有足够的勇气吗？来向真正的男人挑战吧！请拨打屏幕下方的电话报名……”

杨平静静地坐了一会儿，然后拿起了电话。

真正开始从第一百层往下跳的时候，杨平才感到有些后悔。由于此前没有经验，他并不适应反重力衣带来的超强弹跳，而毫不留情地迅速上升的金属板，更是令他感到窒息般的紧张。

胖子的确是老手，冷静的观察，灵敏的判断，与他的庞大身躯极不相称的快速移动，轻松地避开了几处关卡，很快下落到了第八十五层，此时杨平还在第九十五层左右痛苦地挣扎着。他跳到了一个带有弹簧的板子上，不知道该如何借力，结果被毫无必要地弹到了尖刺上。反重力衣的强度设计只允许被尖刺扎有限的次数，否则就会破裂。

看上去，不用指望去挤掉胖子了，连追都追不上呢。杨平沮丧地想。

没想到，胖子突然放缓了速度。他悠闲地站在一块平板上，冲着杨平挑衅地招招手，似乎丝毫没有把他放在眼里。

杨平在一瞬间怒气勃发，他明白这是对手在向他宣战。他一咬牙，纵身向着胖子所在的位置跳了下去。虽然反重力衣抵消了一部分重力加速度，他仍然摔得头晕眼花，只觉得四肢一阵剧烈的疼痛。

胖子嘿嘿冷笑了一声，对他说："来吧，试试看你能不能跟上我。"

说完，他跃向一块带有活门的板子，利用活门滑到了下方，又借助履带的助推跳到了另一块安全的平板上。一气呵成的动作，令杨平有些眼花，他心一横，决心无论如何也要跟着胖子的行动去做，这样两人的距离不至于被拉得太远。

胖子好像没有注意到杨平的策略，只顾自己闷头往下跳，到了第四十五层的时候，杨平和他的距离已经很近了。胖子又踩上了一个弹簧，身躯向右边摆动了一下，杨平也向那个弹簧跳了过去，意图效仿。

但没想到，胖子只是上半身向右倾斜了一下，脚却在向左边用力。杨平下落到半空，正看见胖子硕大的身体如一块山崩的岩石向他飞来。他躲闪不及，被撞得横飞出去，重重地跌在一排尖刺上。这一下扎得沉重之极，他知道，反重力衣已经提前破裂，几根钢针扎入了他的腰部。

胖子却借助冲撞的力量又回到了原地。他看着杨平身下渗出的鲜血，哈哈大笑，轻飘飘地跳了过来，显然打算压在杨平身上。

杨平忍住腰间的剧痛，一动不动，待到胖子靠近他时，猛然奋起全身之力，跳起来抱住了胖子的身体。在胖子声嘶力竭的惨叫声中，失去反重力的杨平如同一块秤砣，带着胖子向深渊坠下。

那一刻，电视机前的所有观众都为这场两败俱伤的拼争发出或惊恐或惋惜的叹息声。郭威此时也静静地看着，微微摇了摇头，手里无意识地玩弄着人口管理处的通行卡。

“效果不错，”郭威自言自语地说，“起到了预期效果。看来是开始大力推广的时候了。”他的嘴角带着嘲弄的微笑，眼睛却亮了起来。

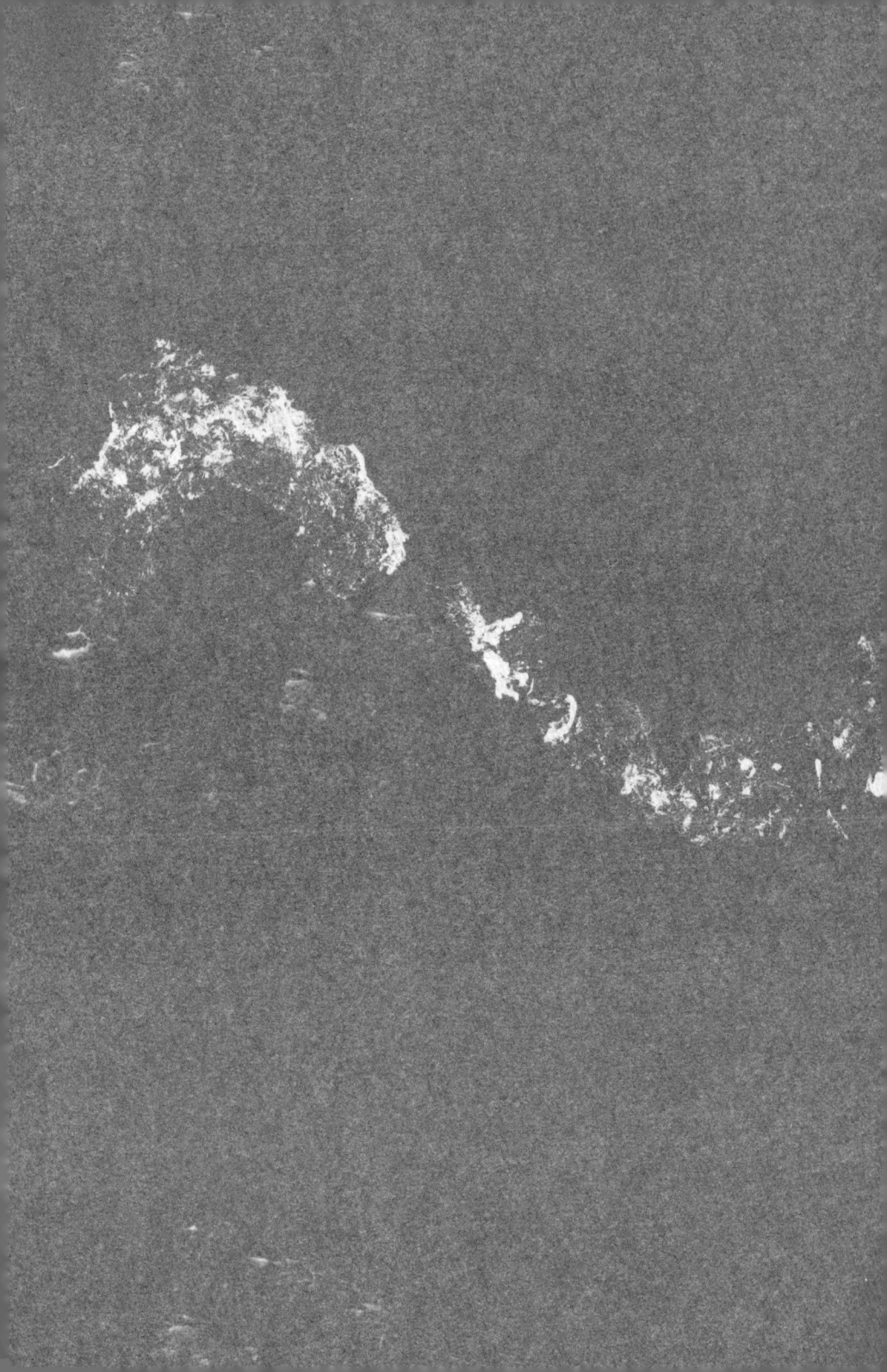

皇族后裔

上

必须指出，我这一生中命运的转折，源自一个吃饱了没事干的即兴念头。那时候我年方十六，意气风发，正碰到我们清源村的乡勇团招人。我一时兴起，打算加入其中，去和什么土匪啊、山贼啊好好干上几仗，立点功勋，替死去的爹娘光耀门楣。但当我把这个想法告诉村长时，村长沉默了一会儿，转身回屋去了。

不久之后他走出来，递给我一样东西。我一看，是一块玉佩，样式古朴，放在手心有种苍凉的历史感。

“有一件事情我一直没告诉过你，”村长说，“其实你并不是出生在这里的。十六年前的一个夜晚，你被遗弃在这里，除了这枚玉佩，没有其他的身份标记。”

“可是……这玉佩上写的是什么？”在最初的震惊过后，我疑惑地问，“这几个字我不认识。”

“我也不认识，但村西头的闻广认识。他说，这上面的字是古代的篆文，刻的是开国皇帝的名字。”

“这说明什么？”我傻乎乎地问。

村长严肃地说：“这说明，你很有可能是皇族的后裔。既然你有心加入乡勇团，为什么不去追求更大的成就呢？”

皇族后裔！我一辈子也没想到自己会和这四个字联系在一起。为此我一夜没睡好觉，手里摩挲着那块证明我血统的玉佩，想起了很多乱七八糟的往事：三岁时从破掉的屋顶漏进来的秋雨，五岁时包裹父亲——确切地说，是养父尸体所用的草席，九岁时母亲随一个货郎无声无息地离去，十一岁时偷鸡被打在脸上留下的伤疤。这些东西比这枚玉佩更能证明我的存在，但我却必须抛弃它们。

第二天早上，我黑着眼圈起了床，打算收拾行装出发，发现其实也没什么值得收拾的。我甚至连出门的路费都没有，以至于假如我就这样出门，两天后就会变成一具饿殍。于是我去找村长借钱，村长和蔼而毫不犹豫地拒绝了我的要求。

“鉴于你一贯的信用记录，我不能借钱给你。”他温柔地摇着头说。

“可是，您昨天不是还说，我能取得更大的成就吗？借钱给一个皇族后裔，也可以算作长期投资嘛！”我试图诱之以利。

“请你加上‘疑似’两个字。”村长的商人本性此刻展露无疑，“我从来不做风险投资。”

我转遍了全村，没有一个人愿意慷慨解囊，这让我倍受挫折。这时有人拍了拍我的肩膀，回头一看，是从小一直被我欺负到大的缺牙小花。她递给我一个布袋，里面装了十来个馒头。

“拿着路上吃。”她小声说，“什么时候回来，记得把布袋还给我，不然我娘要打我的。”

那一瞬间我感悟到了自己人生的失败，活了十六年，居然只有这个傻头傻脑的小女孩来同情我。我走到村口时，她还咧着嘴冲我笑，门牙上一个滑稽的窟窿，似乎一点也想不起来，那两颗牙是因为小时候被我绊倒才磕掉的。

我决定走一步算一步，不管怎样，我偷鸡摸狗坑蒙拐骗的功力尚在，这不会因为我变成疑似皇族后裔而发生改变。但充满豪情地走了一天后，我才意识到一个致命的问题：我该往哪儿去？我似乎应该去王城找寻我的身世，但王城在什么方向，我却一无所知，连张地图都没有。

是夜，我蜷缩在一间破庙里，在疲倦中沉沉睡去。梦里我骑在火红的高头大马上，背后高高飘扬着国君的旗帜，身前，一具具尸体被鲜血染红倒在地上，形态各异，如有的尸体身上刺进一支长矛，有的全身插满弓箭，好似一只豪猪。我对于战争场面的认识，大抵是这样的。

我醒来的时候才发现，原来这些感觉并不完全是假的，不知道从哪儿冒出来两拨人，手里拿着明晃晃的武器正在火并。我眼疾手快，一躬身钻到了供桌下面。

在双方不停歇的呼喝声中，我渐渐听出了点门道——这是一伙山贼在抢劫一支镖队，我不由得很兴奋。因为当强盗劫掠完，或许我可以分一杯羹，找到点零碎的能换钱的玩意儿。

果然，打着打着，从地上滑进来一把匕首，差点割到我，不知是被谁打掉的。我把它捡起来，借着隐约透进来的一点火光，我发现这把匕首刀刃锋利，刀柄上镶嵌了一颗明珠，看起来价值不菲。我立刻打算把它揣进怀里，但匕首的主人，一个光头大汉，却在此刻也紧跟着钻了进来，显然是为了寻找这柄匕首。他犯了两个错误：其一，没想到下面有人；其二，没想到下面那么窄，以至于他宽阔的身躯一下子被卡住了。我则犯了一个错误：忘记了手里握着匕首，下意识地伸手想推开他。

后来供桌被掀翻时，山贼们和镖师们一齐看到，本年度十大悍匪排行榜名列第二的凶徒、著名的龙岗山山大王圆睁着双眼，颈动脉上插着他心爱的匕首，一脸的不甘心。一个满面鲜血的年轻人，双手还作英勇无畏状，牢牢地握着那柄匕首——匕首卡进了他的骨头，我一时间拔不出来。

这个故事教育我们，世事难料。有时候你以为自己是个小流氓，其实你是疑似皇族后裔；有时候你想做个小贼，却一不小心当了英雄。而龙岗山山大王一生抢人无数，万万没料到自己会死于一场意外的抢劫。

树倒猢狲散，山贼们哄逃而去，留下镖师们一齐夸赞我下手专业，一刀致命。我很谦虚地隐藏了自己显赫的身份，只告诉他们我想去王城。当然这也是出于安全考虑，因为那枚玉佩是我唯一的身份标志，任何人从我手里抢走它，都可以取代我。镖师们表示，可以带我去凤凰城，然后我再从凤凰城自己寻路。

一路上我发现镖师们不停地写着东西，开始我以为他们都是文化人，在写着什么日记、游记之类的玩意儿，后来我才知道他们在写遗书。原来在运镖的路途中颇不太平，流寇、山贼、敌国特务、专业劫镖工作组、野兽、妖魔……各种敌人层出不穷，谁都可能一不小心身首异处，每到一处新地界，就要更新一次遗书。根据可能的死法，遗书内容也各不相同。比如，被外国人杀了，就号召自己的儿女投军强国，“王师南定汉国日，家祭毋忘告乃翁”；若是不幸被吸魂僵尸吸干魂魄，就叮嘱儿女日后杀死该僵尸，取出自己的魂魄石，妥当安葬。

据说，保镖这一职业的工伤率和死亡率仅次于采矿。我问他们为什么不换个工种，他们告诉我：“有口饭吃就不错了。”

“穷人就只有这种命，”镖头说，“把脑袋系在裤腰带上过日子。”他是个满面愁容的中年人，系在裤腰带上的脑袋在我们抵达黑水潭的时候被一群来如影去如风的外国人砍掉了。他们都来自吴国，原本是我们唐国的盟国，却像一群狂狼一般呼啸而来，杀了我们四五个人，劫走了最值钱的几车货物。

大约过了半天，他们的头领又骑着马匆匆出现在我们眼前。我正准备按惯例钻到路旁的草丛里，却听见他开口说："真抱歉，我们认错人了。"

"我们把你们当成汉狗了，"他说，"下次我们一定注意。但是镖车已经抢了，我不能让弟兄们白干，所以给你们送来几副棺材，好好安葬死者吧。我们同盟国家，一定要团结，汉狗和齐猪才是我们共同的敌人！"他真诚地强调道。

这些天，我跟着镖师们略微了解了一些与这片大陆有关的事情。这里共有十个吵吵嚷嚷你争我夺的国家，有一个年老昏聩说起话来直流口水的象征性的皇帝，以及他完全无法管束的十位国王。当听到这一消息时我很失落，看来皇族也很难有什么地位可言。

十个国家之间经常相互劫掠骚扰，甚至发起战争，汉国和齐国就是其中最强大的两个。他们的人的确敢大摇大摆地借道唐国运送物资，但考虑到黑水潭远离边境，若要借道此地，相当于多绕了两倍的路程，我们的盟友提出的认错人的理由无疑并不充分。

我冷笑一声，打算说话，但看看周围的镖师没有一个人敢站出来驳斥他，便连忙把嘴闭上。等他走远后，我忍不住说："他分明是在撒谎……"

新任镖头，也就是原来的副镖头，摆摆手说："还捡回来几副棺材呢，够不错的了。轮到我的时候，有没有棺材都难说。"

他还真说对了，没过几天，我们遇到了另一个盟国楚国的劫镖队，他们也说认错了人，砍掉了镖头的脑袋，并且在劫走镖车后向我们真诚致歉。但鉴于这一次劫到的东西不算太值钱——最值钱的已经被吴国盟友拿走了——他们只敬献了几个花圈。

我们一路走，一路不断换着镖头，正当我盘算着是不是什么时候就该轮到我时，凤凰城到了。这是我国第二大城市，也是商业枢纽。

告别了友善的镖师们，我打算用龙岗山山大王的匕首去领赏，换回我的第一桶金。结果到了衙门一问，由于山大王已死，他在国家悍匪排行榜上的排名直线下降，已经由极度危险级跌至普通危险级，再到限制级，目前只剩下辅导级了。据此计算，我只能得到很少的一笔钱。

“可是，他是因为被我杀死才降级的呀！”我不甘心地争辩道。

“所以责任才在你嘛，”衙门的王捕头悠悠地说，“你要是不杀他，他怎么会降级呢？”

这个逻辑无懈可击，我只能保持沉默，我也想明白了，为什么这世道盗匪横行。不管怎么说，领到点银子总比一无所有强。

其后的几天我在凤凰城四处游逛，寻找可能的机会。我渐渐发现，这里有很多像我一样的年轻人，期待着在大城市里出人头地。他们无钱无势，像无头苍蝇一样乱撞，干着各种莫名其妙的活计。

凤凰城里专门有一家中介机构，负责给这些人联系任务。我第一次去的时候，在门口看到一张写得密密麻麻的任务列表，其中包括替著名财主李员外磨面粉，帮凤凰城第一美女冰灵小姐采集火山泥敷脸，为模范市民李大壮捕捉幼狐，为占卜师洪大师收集龟壳，诸如此类。完成这些任务后，雇主会对你的表现进行打分，积分到达一定等级，你就可以获准加入一些江湖帮会，开始慢慢往上爬。

这让我很不理解。在我的想象中，江湖是一个快意恩仇的地方，是用刀和剑来获得身份的地方，现在看来却似乎是在评选劳模。中介公司的王老板，就是通常被称为任务王的老头，似乎看出了我的疑惑。

“这才是真正的江湖啊！”他对我说，“秩序和等级压倒一切。”

他还扯了一堆诸如“多劳多得”的概念，我没听懂，但我听明白了一件事：要想在江湖上混，就得听他的。于是我犹犹豫豫地挑选了我生平的第一件任务：去帮城里著名的水果托拉斯神农企业种植水果。

该企业的流水线分工相当完备，但存在一个问题：由于遭受部分支持反垄断法的国家大臣的迫害，他们在城里的一处黄金地段的厂房因为污染环境而不得不拆迁，所以只能临时把企业各部门分拆到全城各地，这导致了效率上的损失。很不凑巧，此时恰逢福利性的全国劳工大罢工时段，因此其中的运送原材料、工具之类的事情，就只能召唤江湖客去办理了。

我购买了一匹廉价的枣红马，每日奔波于工具车间、肥料车间和养殖大棚之间，身上有时带着种子，有时带着锄头，有时身后赶着一辆肥料车。那些阵阵散发出来的臭味，让我很难相信我是一个闯荡江湖的侠客。但不这么做，我就没法获得荣誉积分，并以此换取荣誉等级证书，没有证书就没有任何帮会愿意收留我，更没办法投军打仗。

“就你这匹马，这身破衣服，手里的破铜烂铁，也想去纵横江湖？”任务王斜眼看着我，“还是乖乖拉肥料吧。”

我乖乖地去拉肥料，每天沿着完全相同的道路跑上几十次，甚至连街角炸麻花的那个小姑娘脸上的每一颗痣都记得清清楚楚了。若不是藏在靴子里的那枚玉佩时不时地硌我的脚，我甚至忍不住开始想，其实这也是一份蛮有前途的职业……

有一天，我一边运肥一边打盹，醒来时发现肥料车已不知所踪，连忙沿着原路回去寻找。我看到一群骑着赤兔马、极度彪悍的外国人，正在四处追杀着城里的人们。而我那辆可怜的肥料车，已经被一位刀手大刀一挥劈作两半。

我为此很愤怒，但肥料比不上自己的命值钱，所以我溜到了街边的杂货店，躲了起来。外国人杀散了人群，开始动手砍树立在凤凰城中心的王旗。与此同时，许多装备精良的唐国高级武士们在一旁笑眯眯地观看，并没有出手阻止的打算。

“他们要干什么？”我小声问杂货店伙计。

“砍王旗呗，可以拿到皇帝老儿那儿，换取我们唐国的部分国库物资。”

我一愣：“那么严重？高手们为啥不去制止呢？”

“反正实力不够也制止不了，谁愿意去费力不讨好？”伙计撇撇嘴，“更何况，国库被抢，我们还有好处呢！”

“有什么好处？”

“这个大陆是要定期进行国力排行的，国库被劫，排行就会下跌，跌到最后两名，皇帝会给咱们每个人补偿一定的荣誉积分，这可是无本万利的买卖。”

原来如此。我仔细观察，发现有几名唐国武士还跑去和敌人聊天，看上去很熟。

“怎么这么久不过来？我们等得真辛苦。”

“还不得怪你们国王，在边境和我们玩真的，忒不像话！我们只好跑到魏国和宋国去了。”

“这小子就是一根筋！你放心，过两天换届选举，保证把他弄下来！”

“够哥们！”

“哈，咱们谁跟谁？”

这一段对话肆无忌惮地顺着风传了过来，我觉得有种醍醐灌顶的彻悟。后来我才听说，原来各国有势力的帮会之间会互通消息，协助对方劫本国的镖车，以此分红。

只是有一点我没想明白，虽然能赚取更高等级的证书，但自己的国家被人打都不敢还手，还有什么意思呢？

过了两天，国王果然在选举中下野，随即被放逐，此事发生在王城，我无缘亲见。据说其时王城就像开了狂欢节，国际友人纷纷从畅通无阻的边境穿越而来，一路走一路放着烟花，回去时顺手把见到的镖车和商队统统打劫了，以示喜悦之情。

新任国王励精图治，大力发展友好睦邻关系，凤凰城慢慢变得像汉国和齐国的后院一样，到后来我们自己都懒得再去树王旗了，外国人就自己把大旗竖起来，再自己砍。

好在此事已经与我无关，我通过一个月辛勤的劳动，获得了 ZT-4 证书，全称是“江湖青年积极分子四级征途证书”，虽然没能拿到六级，但这一等级已经足够我加入帮会，正式开始江湖生涯了。

我怀揣着证书来到帮会人才市场，见到一家家帮会扯着摊子，打着许多诱人的广告，诸如“江湖梦想的起点”“称霸武林，从大泽帮开始”云云。我看得眼花缭乱，不知该选谁，这时我感觉有人在背后轻轻碰我。

回过头，是一个和我年纪差不多的年轻人。他紧张地向我表示友好地笑着，露出两颗兔子似的大门牙：“请问……哪个帮会比较好啊？”

原来这是个和我一样的菜鸟，我突然觉得心头一松。也许是出于某种强烈的对比，他居然让我想到了缺牙小花，并且开始体会到一种温暖的意味。

“我们入哪个帮，哪个就最好！”我激情万丈地宣布。他惶惑地看着我，不由自主地点着头。在以后的日子里，我说什么，他都这样顺从地点头。

我拍拍他的肩膀，四处一巡视，看到某个帮会摊位前的迎宾小姐比较漂亮，于是伸手一指：“喏，就是那个帮，我们就加入他们了！”

下

我的伙伴有一个很土气平凡的名字，说了几次我也没记住，好在他也没打算让我记住，我只需要叫他的小名“大牙”就行了。我们的帮会名听起来倒是很威风，叫作“沃血狂沙”，不过，过了一段日子我才发现，这个名字相当贴切：我们总是流出沃血，然后啃一嘴狂沙。

加入帮会后，第一个直接好处在于，你有靠山了。我和大牙跟着前来收人的高级会员，狐假虎威地策马驶向王城，看着他们华丽的铠甲和明亮的刀锋，我心里十分欣慰。

这是我生平第一次到达王城。这座城市比凤凰城大得多，里面无数的江湖豪客，让我自惭形秽。

“要是有一天，我们也能这么威风，该多好！”大牙说。

在大牙面前，我总是要摆出老大的派头。

“那是当然了！”我挺挺胸脯说。

加入帮会的第二个好处，是帮会有任务安排给你，不必听从任务王的差遣了。作为低级会员，我和大牙没有被派去和敌人作战，而是受命到皇城中立区去采集资源。

皇城不属于任何一个国家，而是属于皇帝，但实际上，这个可能和我有血缘关系的皇帝只是个空架子。皇城区现在比我们清源村的晒谷场还开放，各国人民都到这里采集资源，相互切磋，但上头分派任务时，只说那里可以采集资源，半个字没提可以相互切磋。

我和大牙别着唐国徽章，跟着帮会的大队，穿越边境，来到皇城。这里一片萧条，属于皇室的卫兵见到我们都围上来，说：“兄弟，有烟吗？”

“烟屁股也行。”

他们个个衣衫不整，面有菜色，显然待遇很低。与他们相比，我们这支队伍看上去很光鲜。

但进入采集区后，队伍就解散了，各自去往不同区域。我和大牙由一个小头目带着，前往檀木采集区。身边的高手们都不在了，那种虚张声势的豪迈顷刻间灰飞烟灭，但在惴惴不安的大牙跟前，我不能露怯。

带我们的队长瞥了我一眼：“悠着点，兄弟，在这种三不管的地方，一定要低调，不然你都不知道自己是怎么死的。”

这话我没过多久就体会到了。我们找到一个人比较多的地方，虽然效率会低点，但可以壮胆。戴上采集手套，还没采到几根，远处就传来马蹄声。一群外国人凶神恶煞地扑过来，这场景令我想起了镖头被杀的时候。但此地过于开阔，无法躲藏，我正手足无措时，却见他们东一刀西一枪，在地上留下了十多具尸体，然后不慌不忙地离开了。

“被杀的都是汉国的低级武士。”队长的声音很平静，“因为汉国的高手杀人太多，外国人打不过他们，只能杀小角色出气。”

“幸好咱们不是汉国人。”大牙心有余悸地说。

“放心吧，汉国的一会儿准来。”队长耸耸肩，“汉国杀外国的人最多啊，要不怎么那么招人恨？”

大牙从胸腔深处发出一声哀鸣，不再说什么了。我们提心吊胆地采了一两个时辰后，汉国人终于来了。他们像一支军队一样纪律严明，分工明确，一部分人去把守路口，另一部分人进行屠戮，还有第三组人负责抢劫物品——无怪乎他们的国力最强。我眼看着队长被一名骑士一斧头砍在背上，血淋淋地倒地身亡，都没来得及哼一声。另一名骑士则向我和大牙奔来。我们闭目待死，过了许久，却听到他轻轻叹息了一声。我大着胆子睁开眼，却见他已经离去了，他居然放过了我们。

我们面面相觑，不知所措，忽然听到队长的声音。他说话中气十足，一点不像挨了斧子：“他就是前段时间被放逐的唐国国王啊，叛逃到了汉国。该死的，你们运气真好，我倒是挨了一下。”

大牙看傻了："队长，你咋会没事呢？"

队长嘿嘿一笑："在江湖上混，要多长点经验。"说着，他撩起外衣，露出里面的一件背心。原来这是用高分子聚合材料做成的，不但坚韧抗冲击，里面还充满了猪血、牛血。一刀下去，割破衣服，鲜血就会泉涌而出，看起来像真的一样，杀人者往往就被骗了。

我们由衷地赞叹道："还要跟您多学着点！"

我们这样慢慢混着，除了采集，还养猪、养鸡、做馒头，有时候也跟着高手们帮忙跑商运镖，只有很少的时间学学武艺。好在我们也明白江湖是怎么回事儿，只要给我们荣誉积分，手无缚鸡之力又何妨。

"看来这积分以后只能传给我们的儿子啦！"这一天晚上，我在简陋的居所里发牢骚。我用我粗浅的算术知识计算了一下我和大牙的积分增长速度，发现我们至少要到一百二十岁之后，才能爬到帮会中层主管的职位，想要出人头地，看来是遥遥无期了。这个悲观的结论令我无精打采。

大牙却目光坚定，过了一会儿，轻声对我说："我小的时候，我娘对我说，人这一辈子就像村口的那条河，你永远不知道啥时候枯水，啥时候涨水。我相信我的命不坏，有一天水会涨起来的。"

我都没想到这小子还能说出这样的道理，但他说得没错。我在村里往治安主任家的汤锅里放泻药时，并没有想到有一天我会来到王城，踏上江湖的征途。虽然现在仍旧不如意，但治安主任要是再敢找我麻烦，我一定可以打他个满脸开花——这就是人生的进步。

更何况，还有最重要的东西，就是藏在靴子里的那块玉佩。虽然它现在散发着脚臭味，已经被闷得发黄，但刻在上面的开国皇帝的名字却时时提醒着我：我不是一个凡俗的人，我可是疑似皇族后裔。纵然身登大宝的日子遥遥无期，但总算是一点精神慰藉。

队长的想法和我们不同，他只想在帮会里混口饭吃而已。他入帮十多年，到现在也只是个基层干部，却能安之若素，自得其乐。除了那件了不起的血衣，他还有许多有趣的玩意儿，甚至包括其他九个国家的徽章。私藏他国徽章可是重罪，队长却满不在乎。

“在咱们这里为了保命，这么做又何妨？”他说，“身上多穿几件衣服，把汉国、齐国那几个大国的徽章分别别上，遇到谁杀人，就把徽章亮出来，一般都能蒙混过关。”

“什么叫‘一般’？”

“就是说，也有被拆穿的时候，那时候就只有死路一条了呗。”他很轻松地说。

我发现帮里的人普遍漠视生死。王城保险公司的推销员无孔不入，却从来不去找看来最需要保险的江湖人士。

“一闭眼，一蹦腿，什么都没了，保险拿来有屁用！”队长说。他年近四十，仍然孤身一人，稍微有点积蓄，都花在了妓院和酒楼里。当我和大牙终于攒钱买到了一匹真正的战马时，他却仍然骑着一上阵就屁滚尿流的枣红马。

“你以为骑白马很威风？”他嘿嘿笑着说，“当你骑上白马的时候，也就离死不远了。”

他的乌鸦嘴不久后应验了。人事部长找我们谈话，夸奖我们工作积极，力求上进，是新入帮众的榜样。

“所以我们决定提拔你们，参与到保家卫国的战斗中去！”他这番话说得我们热血沸腾。

三天之后，我们离开王城，再次去往边境。但这一次，边境就是最终目的地，我们要参加帮会守边，清剿越境犯我唐国边疆的老外。

到了边境一看，黑压压的全是人，似乎唐国的高级武士都在这里了。奇怪的是，他们并不是戒备森严，而是一个个悠闲自得地抽烟、闲聊、打麻将。有几个往地上铺块毯子，呼呼大睡。

鉴于我们的老队长没有战马，不能跟随守边，我也失去了这部活的百科全书，只能靠自己琢磨了。仔细观察，一起来的帮众也都神情轻松，倒像是来郊游的。

我和大牙还是不敢怠慢，手里握着武器，汗都出来了。过了大约半个时辰，带队的新队长招呼我：“喂，你，去边防官那里交任务！”说完给我一本厚皮本，看上去像考勤簿。

我一头雾水地找到边防官，他随手接过本子翻开，往上面盖了个红戳，然后挥手示意我滚蛋。

“这是……什么意思？”交还厚皮本时，我忍不住问。

“每半个时辰交一次任务，”队长倒算耐心，“证明我们完成了守边。”

“可我们只是在那儿待着而已，”大牙问，“这样也算数？”

“盖了章就算数。”队长简短地回答。

我们面面相觑，无言以对。又过了半个时辰，当我再次去盖章时，骚扰的敌人终于出现了。我甚至不知道他们来自何方，只见到烟尘滚滚，一片马蹄声传入耳中。

“手别抖！”边防官瞪了我一眼，“盖花了可不作数！”

等我回到原地，发现敌人已经不见踪影。而我们唐国的武士还是那么潇洒悠闲，身上只有些方才敌人扬起的灰尘。

“已经打退了？这么快？”我有些不敢置信。

“打退了什么？”队长翻翻眼皮看着我。

“刚才冲到我们边境的敌人啊！”

“打什么啊？都已经进入内地了。”他回答说，“管那么多闲事干什么？”

我一阵语塞，想起在凤凰城时听到的对话：“还不得怪你们国王，在边境和我们玩真的，忒不像话！”显然，现任的唐国国王相当像话。

但万万没想到，这位像话的国王不久后向汉国发出挑战书，将和汉国进行一场正式的国战。所有帮会整装待发，在国王的号令下齐聚王城，准备向汉国王城进发。

这是一场期待已久的战争，可惜我前一天吃坏了肚子，没被列入名单。大牙安慰我：“没关系，你是我老大，我去出战，就算你也出战了。”

尽管如此，我仍旧很失落，躺在床上烦闷地哼哼着。老队长在一旁乐：“早就告诉你那家包子铺专卖人肉包子，你不信，这下舒服了？”

“不是因为这个，”我说，“国战，多好的机会，你这样的老油条没兴趣，我可不甘心。”

“国战？”我们的老队长哈哈大笑，“一场交易而已。你动脑子想想，他为什么不打宋国、魏国，偏偏要挑汉国？就是要输呀。汉国掠夺唐国的国库，唐国也如愿享受弱国待遇，大家都有得赚。”

原来如此，这让我很泄气，但他接着说出来的话让我跳了起来：“当然好歹也是打仗，总得像点样子，所以到时候会派一大堆你这样的低级武士冲到前面去当炮灰。你看，你闹肚子还是件好事呢……”

没等他说完，我一蹦而起，抓起止泻药往嘴里倒了三倍的分量，冲了出去。我骑上马，不顾一切向着汉国边境方向跑去。

边境很空，我没费什么力就到了汉国王城。那里热闹非凡，无数骑着低等级战马的两国武士混战在一起。我还看到许多唐国和汉国的高手，他们下了马，坐在同一张桌子旁喝茶，顺手指点江山：“你们唐国的新人很不错嘛，一个个那么有冲劲，这让我想起我年轻的时候。”

“少年不识愁滋味嘛！你看那个长着两个大门牙的小孩，断了条手臂还往前冲，真是愣胆大！”

顺着那位穿着优雅的高手的手指，我在血肉横飞的斗场中找到了大牙。他的右臂已经被砍断，鲜血汩汩地顺着伤口流下，连胯下的白马都被染得鲜红，但他仍然用左臂拿着一把卷刃的钢刀，玩命厮杀着。

我悲叹一声，别无选择，只能策马冲了进去。我从马鞍里掏出一直藏着的石灰粉，不顾三七二十一扬手撒出去。一片惊呼声中，白粉扬起，我跑到大牙跟前，低喝一声：“是我！”

大牙却已经杀昏了头，提起钢刀想要劈我，我只好一拳把他砸晕，将他拖到我的马上，一路狂奔而出。

一直到了唐国边境，我才停了下来，找到一处安全的地方，把大牙放下来。

“我的眼睛……”他迷迷糊糊地嘟哝道。

“回头拿菜油洗洗就好了，”我说，“能捡回命来就不错了。”

“老大，是你啊……”大牙哼哼着，“我难受死了。”

我检查了一下他的伤口，不由得倒吸一口凉气。他断掉的右臂尚在其次，关键是肚子上有一道深深的伤口，连肠子都流出来了。显然，他没救了，我只能暂时替他止血而已。

“老大，我真的要死了。”大牙痛得直咧嘴，两颗门牙夸张地凸着，还带着血沫，“以后不能跟着你混啦！”

我试图安慰他，然后发现安慰一个将死之人其实是很无谓的，因此只能沉默。过了一会儿，我还是忍不住说：“你那么拼命干什么？高手们不出力，你发什么神经？”

大牙习惯性地点点头，随即又摇摇头：“那是为了……我的荣誉，我一定……要努力……向上。”

“放屁！”我忍不住喊了起来，“命都保不住了，还要什么荣誉？”

大牙不回答我，被石灰弄得红肿的双目中慢慢渗出了眼泪。

“老大，有一件事情我……我一直瞒着你，是我不对。”过了许久，他声音嘶哑地说，“我必须要……要力争向上，成为改变……这个……这个世界的人……那是我的命运……可惜我……我最后还是没能抓住……”

这话说得我一头雾水，这个成天跟在我屁股后面晃来晃去的跟班，要说有什么命运，恐怕也是一辈子给任务王打工的命运。但他的语气虽然虚弱，却十分坚定，不容质疑。

“我有一样东西要给你……”大牙说着艰难地抬起手，想要脱自己的靴子。

我心里升起一股不祥的预感，帮他取下了靴子。

“在鞋帮子……里，你掏出来看……看看……”他说。于是我卸下他的鞋帮，然后我傻在了那里。

我看到了一块玉佩，和我一直密藏着的那块一模一样。那上面有古旧的花纹，有我不认识的文字，但我记得那些文字的形状。我曾经无数次对着它们发呆，在心里缅怀着我先祖的辉煌——确切地说，是我疑似先祖的辉煌。

“我离村之前，村长给了……给了我这个……”大牙上气不接下气地说着，“他告诉我，这……这上面刻着……开国皇帝……的名字，是我……父母的遗物。这说明，我……我是皇族……的后代……”

我如五雷轰顶，脑子里浑浑噩噩好似豆渣，大牙后来再唠叨了些什么，我都没听清楚。最后我手腕一痛，才清醒过来，那是他死死攥住了我的手。

“你把这块……玉佩拿去……”他的声音已经低到快听不清了，“你顶替我……你要成……成为大人物，复兴……皇族……”

大牙用最后的力气把玉佩塞到我手里，然后就断了气，两颗门牙哀怨地龇在嘴唇之外。边境的风盘旋着吹过，混杂着这片大陆上各个国家的尘土，覆盖在他身上。

回到王城，我偷偷溜进国库。在一堆布满灰尘的库存物品之外，有一口箱子格外干净，显然经常被开启。我撬开它，眼前出现了一片华美的光晕，里面全是玉佩，象征着皇族荣耀的玉佩，足足有上千枚。我不知道是谁制造的它们，但我想我明白它们的流向。

我看着这些玉佩，它们跳动着、闪烁着，发出叽叽喳喳的声音，仿佛在无情地嘲弄我。在一片呛人的陈腐气息中，我听到心里有什么东西在崩塌。

如同离开清源村前的那一夜，我又失眠了。过往的时光化作黏稠的肥料车的气息，让我难以呼吸。天亮后，我退了帮。帮主对此表示遗憾，说他一向以为我具有大智慧，本来打算好好栽培我。

我卖掉了马，把剩余的所有财物用来安葬大牙，剩下的钱还够我买一个崭新的布袋，并且在布袋里装满馒头。我答应过缺牙小花，要把布袋还给她，虽然旧的没了，还个新的也是一样的。

当然，我还发现了一个问题，离家太久，我已经忘记了回到清源村的路了。也许我需要找一支镖队，跟着他们一起回去，正如我当初离开时一样。我的征途转来转去，又回到了起点。

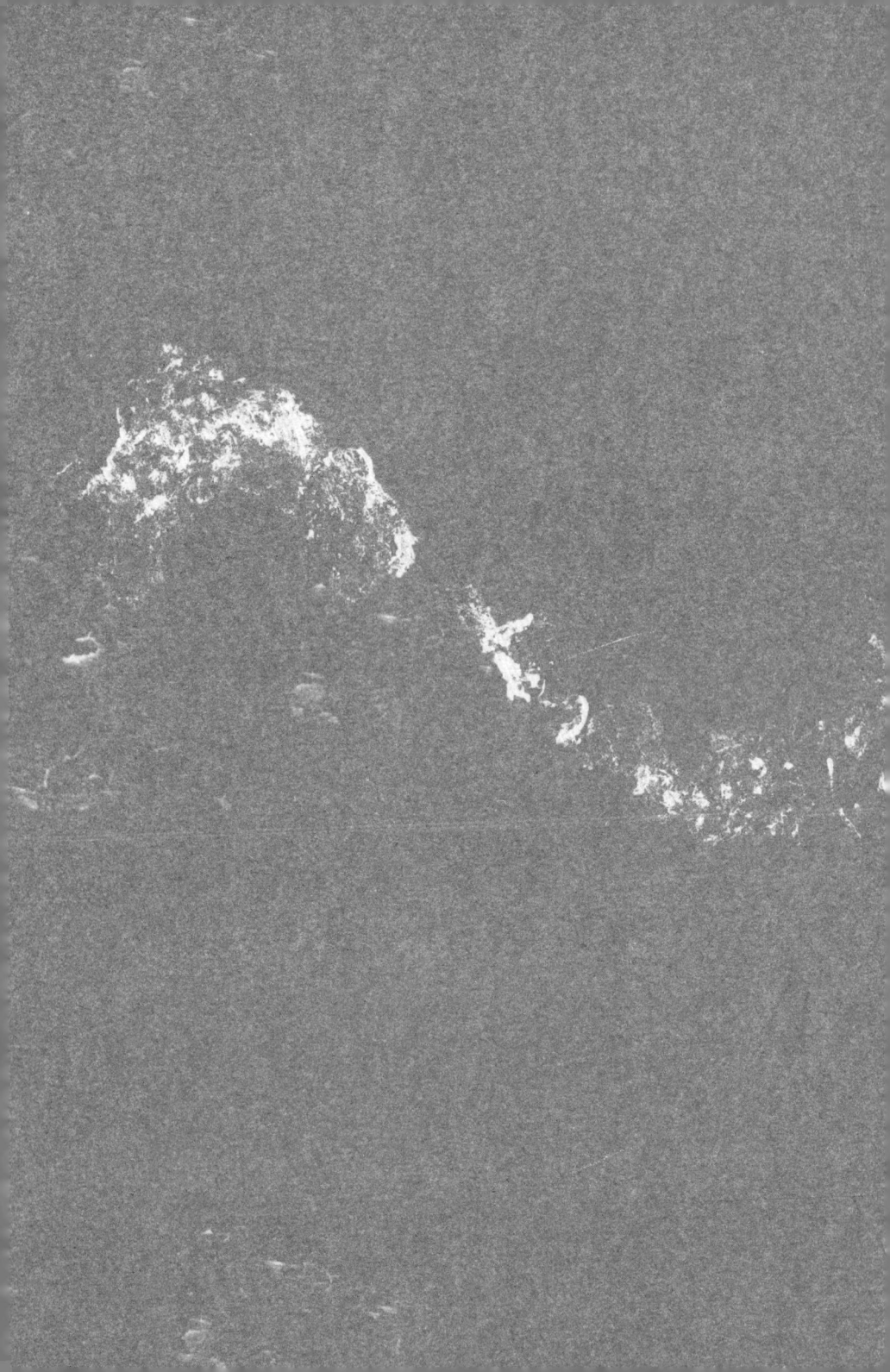

不朽之城

一

很快，我将结束漫长而无聊的航行，抵达永生联盟。我的世界早已被我远远地抛离在身后，抛离在宇宙空间无边的寂静中，而一个全新的、陌生的世界即将在我眼前展开。这种感觉时常让我心生恐惧。

二

我的第一站是坦亚。在坦亚星缓慢的自转中，我在首都的街道上徜徉着，用矜持的微笑维护着地球人的自尊。我努力想假装对这颗星球的富足、繁荣与优雅见惯不惊，但当我想到我的家乡，想到浑浊的空气中无精打采地坠下的夕阳，想到高楼大厦之间汽车喇叭的尖叫，总是难免有些自惭形秽。

而物质上的富足仅仅是一个方面。我很仔细地观察了一下街边行人的表情，发现他们看上去都精神饱满、充满活力，似乎都在享受着自己的生活。

在来到这里的路途上，我的导航员就已经让我体会到了永生的第一个优势。据他自己说，他之所以被派到地球来做导航员，是因为他一度对地球文化产生了浓厚的兴趣，并且花费了九十多年的时间去进行研究。他说，在这九十多年中，他未曾浏览过任何一份与地球无关的资料。我告诉他，地球人的平均寿命也不过一百一十岁左右，他微笑着说：“所以，有限的寿命让你们对自己的了解还不如一个外人深入。”

这话让我沉默，因为我暂时找不到反驳的理由。

在我的要求之下，陪伴我的工作人员带我进入了规模宏大的国家图书馆。馆里既有先进的电子阅览技术，也有看上去很古老的纸质书籍。随行的文化官员告诉我，一代又一代的人都曾经预测纸质书籍将会消失，但它最终没有消失，仍然和这座图书馆一起坚不可摧地存在着。

我信步游走于一间间的阅览室，发现几乎每一间都填满了人。人们专注地看着显示屏或者手中的书本，几乎没有人注意到我的冒昧打扰。

这让我有些诧异。一直以来，我们都在担心，无限延长的生命会不会令人失去活力，但在我看来，即便是作为全宇宙第一颗实现永生的星球，长达万年的漫长时光也没有让坦亚星变得乏味而无聊。

我自己也曾经以为，永生会逐渐磨平人们求知的欲望，但坦亚星用事实证明了我的错误。不过，文化官员也很委婉地告诉我，坦亚星一直都是邻近几个星系中文明程度最高的星球，这里的人们大多有着高度理性的头脑。

“所以，不要用坦亚星一颗星球的状况去评估其他的星球。你需要到各个不同的文明中去考察，才能得到一个全面而客观的结论。加入永生联盟，一定要基于完全自愿的原则。”

我对他的坦诚表示感谢。的确，如果每一颗星球的状况都和坦亚星相仿，那我的报告将会导致严重的倾向性。坦率地说，我不愿意看到这一点。虽然我会严守客观的立场，对我的工作负责，但对于永生，我始终无法摆脱内心深处的那份不安。

三

这颗微小的行星上绝大部分都被海水覆盖，雷尔是星球上唯一的一座城市。

雷尔与其说是城市，不如说是一个巨大的建筑工地。在这里，机器的轰鸣声此起彼伏，响彻云霄。你永远也无法数清，在同一个时刻，雷尔城里有多少吊车在运转，有多少推土机在前进，有多少水泥车在不停地搅拌，有多少工人在脚手架上忙忙碌碌。你也永远无法统计，有多少大楼正在被拆毁，有多少商店正在被建造，有多少地基正在被撒上第一铲土，有多少人正在离开旧舍迁往新居。

“我们的星球太小了，人们甚至连旅行都无法展开。海洋虽大，但所有的海水都是一种颜色，所有的飞豚都用同样的节奏从海面掠过。所以，我们只能努力改变城市的面貌，来使我们的生命能够始终保持一点新鲜感。”市长这样对我说。

这是一座让我难以忍受的城市，我在这里待了两天便迫不及待地逃离了，不仅仅是因为漫天飞舞的粉尘让人窒息，更因为那可怕的噪音令我整夜失眠。然而，雷尔人早已习惯了耳边巨大的噪音，没有这种噪音，他们也许反而会彻夜难眠。他们一刻不停地改造着自己的世界，把一座方形的邮局改成圆形，把一座两层的博物馆扩建为三层。这一天，城市里有一百座建筑物，下一天也许就是一百零一座或者九十九座。当人们从疲惫不堪的睡梦中醒来时，发现自己熟悉的街道变了模样，心中会突然体会到一点“新”的概念。他们用这种方式来提醒自己，生活并不是一潭死水，生活也在不停改变。

据说，雷尔人最幸福也最疲累的时刻，就是当他们围在城市规划图旁边，争论着哪一条小街应该改道，哪一片树林应该变成草坪的时候。尽管如此，我仍然没有在雷尔人脸上看到坦亚人那样的满足和愉悦。他们在六千年的时间中不间断地把自己的城市拆来补去，面部肌肉已经在这样机械的劳作中变得僵硬。

又据说，雷尔人也曾经填平近海，扩大陆地面积，但又很快把这片新的大陆废弃不用。因为他们已经深深地依赖于原来的那座城市，不愿意离开了。那些敲击声、轰鸣声、搅拌声，作为城市的一部分，将永远伴随着雷尔人的文明。

雷尔城内本来有一口大钟，随着钟楼的不断迁徙而被搬来搬去，终于有一天彻底坏掉，不再走动。这时候，人们才发现，在一座永生的城市中，不需要时间的概念存在。于是大钟被废弃，和一堆堆建筑废料一起，被扔到了城市的边缘。而从此以后，雷尔城再也没有修建过钟楼。

四

雷尔给我留下的不舒服的感觉，一直到了钨星才稍有好转。我发现这里的人民十分活跃，有着雷尔人所不具备的活力。

在结束了冗长的欢迎仪式之后，我终于踏上了钨星的街道。出乎意料的是，第一件吸引我注意的事情却是一个正在被警察追捕的罪犯。

那名罪犯跑得非常轻松，我可以看到他脸上清晰的笑容；与之相对，背后的两名警察却气喘吁吁，一边跑一边捂着自己的胸口。

但罪犯突然停住了脚步，不再奔逃，两名警察扑了上来，扭住他的胳膊，把他押走了。

我不由得很好奇，走上前去问他，为什么要故意被警察抓住。那名罪犯十分得意地告诉我："这是我第 35427 次被警察抓住，这是我所保持的世界纪录，整整比第二名领先了 28000 多次！"

我听得目瞪口呆，两名警察却似乎司空见惯，喘着粗气把罪犯带走了。我想问他，既然已经保持了如此惊人的纪录，为什么还要不停翻新它，但我很快醒悟，在无限的时间中，任何纪录都有可能被赶超，所以唯一的办法就是不断刷新纪录。

渐渐地，我发现整个钨星都被纪录包围，人们想方设法地制造出各种纪录，然后想方设法地维持纪录。有人已经绕着钨星长得吓人的赤道跑了好几百圈，有人数千年如一日地每天到当地的最高峰观看日出，有人不停地结婚离婚以至于不得不专门腾出一个房间来放置证书，有人把一个毫无意义的无理数背诵到了小数点后几万位……虽然绝大多数纪录在我看来荒诞不经，但它的确使人们在时光的浸淫中仍然保持着活力与激情，这一点十分难得。

我还有一个很有意思的发现：永生带给人们无穷的时间和精力，于是几乎每个人都挖空心思想出了各种各样的纪录，每个人都保持了一项自己的纪录。结果，绝大多数的纪录都没有第二个人去挑战，但纪录的保持者仍然诚惶诚恐，每一天都兢兢业业地继续提高自己的纪录，以便甩开身后那并不存在的追赶者。

五

飞船降落到霍姆星时，我们不得不在休息室里多等了半个小时，因为我们正好碰上了霍姆人的外交官交接的时刻。新上任的外交官笑容可掬地向我们致歉并告诉我们，在霍姆星，人们的身份和职务总是随时处在变动中。

霍姆人采取这样的生活方式已经有数千年的历史了。杂货铺的老板在某一天清晨收拾好自己简单的家当，离开杂货铺，进入工厂操纵铣床；同一时刻，一名农夫丢下自己的锄头，打算去接管一间失去了主人的杂货铺。在霍姆星，人们反复地、频繁地改变着自己的身份，忽而是政府职员，忽而是医生，忽而是乐团的小提琴首席，忽而是打扫街道的普通清洁工。

霍姆人对于这样的改变早就习以为常。对于他们而言，在永生的初期，几十年、上百年待在同一个位置，会让人产生深深的厌倦，但永恒的生命却让人们得不到退休的机会。一位海员可能不得不在风浪中颠簸上千年，一位厨师身上的油烟味也可能萦绕他若干个世纪。

大面积泛滥的精神类疾病开始促使人们做出改变。据说，最早的时候，人们主动辞职，然后尝试着去学习一些新的工种。很快，他们迷上了自己的新工作，把过去彻底抛弃，精神也不再抑郁。统治者发现了这种做法的好处，开始试着推广，最终形成了法律。

当然，要从一种职业转换到另一种职业，往往需要从头开始进行学习。学习的过程会消耗大量的时间。于是，在霍姆星，最多的建筑物是学校，最大的人群是学生。

每一天晚上，在结束了一天的工作之后，人们开始在昏黄的夜色下穿梭于各个不同的学校，学习纺织、学习烹饪、学习绘画、学习物理和化学。许多时候，当人们尝试了多种不同的职业，想要再回头去捡起自己最初的工作时，发现自己早已遗忘了关于它的一切细节，为此，只能重新学一次。

因此，霍姆人的一生，不只是在不停更换工作，也在不停学习、进修、补习。他们忙忙碌碌地学会了甲，忘记了乙，然后再去尝试丙和丁。

因此，霍姆人的教师总是不够用，所以每一个霍姆人都是教师。绝大多数情况下，一个霍姆人同时扮演着教师与学生的双重角色。他会走入一间教室，在讲台上侃侃而谈地讲述生物的起源，然后在下课后走入另外一间教室，坐在课桌后全神贯注地看着老师手中挥舞的针线。

六

地球和塔族总是保持着贸易往来，所以我本来很希望去往他们的母星拜访。但是令我失望的是，这里的人们告诉我，塔族人在永生的初期就彻底抛弃了自己的家园，开始在星际间流浪。到了现在，大约塔族人自己都不记得，自己的母星究竟是天空中的哪一颗。

塔族人和雷尔人一样，无法在千百年的悠长岁月中安于现状。但他们采取的方式比雷尔人极端得多。当雷尔人还在汗流浃背地把自己的城市打碎后重新拼接、拼接后继续打碎的时候，塔族人已经毫无留恋地离开故土，游荡于宇宙间的每一处角落，寻找一些新的火花来取代自己陈腐的记忆。

塔族人也曾经开发过两三颗不同的行星，作为自己新的定居点，但很快他们就发现，所有的新居其实都是一样的，所有的家园也都没有本质上的差别。它们无非都是一颗或大或小的行星，围绕着一个或者几个太阳旋转，接受着陨石的不断冲击，等待着亿万年之后最终的死亡。塔族发现，和永恒的生命比起来，一颗行星是那样的单调乏味。

从此塔族人丢弃了定居点，对于他们来说，自己的根就是永不寂灭的生命，脚下的土地相比之下也显得虚浮而脆弱。他们如同古时的游牧民族一般，驱赶着成群的牛羊，从一处荒漠前往下一个水草丰满的所在。每一次，飞船来到一个新的港口，他们才会做短暂的停留，但很快，他们又将继续踏上永远没有终点的旅程。

有趣的是，塔族人和雷尔人互相看不起对方。在雷尔人的眼中，塔族连自己的根都已经遗忘，就好像一具没有灵魂的躯壳，总有一天会形神俱灭。而塔族人则轻蔑地说，雷尔人的一生，永远只能折腾自己那一堆毫无价值的破烂，就像一团已经被嚼得发干的迷魂草，无论怎样也榨取不出新的汁液了。

七

飞往卢克人地界的旅程总是让人心惊胆战，因为卢克人所控制的几颗星球之间总是不断进行着战争。对于永生的人类来说，死亡只是暂时的，不过意味着更换身体，而对于我们来说，一次死亡就无法再醒来了。

卢克曾经是一个最富侵略性的民族，如今，他们的血性只能体现在内部的争斗中。每隔一段时间，他们都会确定一种战争方式，然后在各个星球之间展开混战。

战争的方式各不相同，有时候是星际空间的战舰厮杀，有时则是原始的冷兵器打斗，但不管是哪种方式，每一次都有无数的民众踊跃参与。

我亲眼看见，在征兵的现场，无数的男男女女相互拥挤推搡，仅仅是为了取得一个普通士兵的位置。他们的服装各异，显示出每个人不同的身份和地位。但我看到人们脸上完全相同的渴望的神情，知道那绝非出自虚伪或强迫。

在卢克执政官的邀请下，我远程观摩了一场卢克人的战役。交战双方身披铠甲，手执利刃，在一片辽阔的平原上短兵相接。在宽大而清晰的屏幕上，我看到了沙土的黄色、鲜血的红色、刀尖在阳光下闪耀出的金色、脸上的汗水混合着泥土的黑色、伤口处露出的断骨的白色。与此同时，我的耳中充斥着各种纷乱的声音：弓箭划过空气的尖啸、长剑砍在盾牌上的钝响、身体被长矛穿过的哧啦声、血液从血管内汩汩流出、坐骑临死前的绝望悲鸣。

这样的场面，曾经意味着杀戮、掠夺、征服或是仇恨，但现在，战争只是生活的一部分，就像我带着女儿逛公园一般随意而寻常。

卢克人的生活不能离开战争，或者说，卢克人就是为了战争才生活着。平日里，你走在卢克的大街小巷，看着人们平静而有序地生活，却不知道那只是一种假象。一切的平静背后，总有冲动在隐藏；而一切的心满意足，也只是不安于现状的假象而已。在这里，大学教授会扔掉课本，音乐家会甩掉指挥棒，商人会把手中的生意交给副手打理——只要能够参与到战争中去。只有在战场上暂时阵亡，只有让痛感从神经末梢一直冲击到心脏，才能让卢克人得到短暂的安宁，不然他们内心郁积的狂暴将永远无法得到宣泄。

卢克的真相是，本应该在四处征伐中早早丢掉性命的人们，却一不小心拥有了永恒的生命。这永恒是一件礼物，也是一块过于沉重的砝码，这砝码让卢克的天平失去了平衡。

八

一般人在来到巴雅之前，很难想象到巴雅竟然拥有如此之多的宗教，而这些宗教还能够和平共处、相安无事。

这就是巴雅，一颗拥有三个太阳的行星，在这颗行星上，黑夜永远只是匆匆过客，用它的斗篷短暂地遮住大地，随即立刻收起。

在巴雅，我醍醐灌顶般地认识了一大批各式各样的天神。这些神明有些来自星星，有些来自云层，有些来自奔流的江河，有些来自深邃的地底。而巴雅人则各取所需地皈依在自己的神明脚下，虔诚地诵念祈祷着，祈求神的庇佑。

从我所得到的资料来看，巴雅星超过百分之九十的居民都有自己的信仰。虽然他们已经拥有了永恒的肉体，但他们似乎比其他民族的人更加迫切地需要灵魂的救赎。

值得一提的是，这些宗教之间从来没有任何冲突。我在地球上曾经见到过不同宗教之间的许多冲突事件，有一些甚至造成了严重的后果。但是在巴雅，一切宗教都如同一群草地上的绵羊一般，悠闲而温顺地啃食着自己的青草，从来不去和同类争抢。

所以，你经常可以在巴雅看到这样的场景：有三四群分属不同宗教的信徒，在同一时间、同一地点庆贺着自己的神明的诞辰日。他们穿着不同的服装，举行着不同的仪式，井然有序地利用着狭窄的空间，丝毫不受旁人干扰。大多数时候，当视线无意中碰到一起时，两位信仰各异的信徒会交换一下和善的微笑。

巴雅星长长的白昼总是能带给人温暖。单是想象一下，在永恒的生命里，每一天都可以沐浴那么灿烂的阳光，就足以让人感到幸福。但奇怪的是，巴雅的白天总是很安静，人们埋头于工作和生活，绝口不提自己的信仰。

只有当夜幕降临，太阳的光芒都变得暗淡的时候，你才能深深体会到宗教的存在。人们走出各自的家门，来到每一个宗教的集会地点，开始虔诚地祈祷。这时候，巴雅的每一处角落都会弥漫着若有若无的诵念声，回荡在大地与昏暗的天幕之间，仿佛一个巨人压抑的叹息。

我曾经很好奇，一个永生的民族需要神来为他们做些什么，真相却令人震惊。巴雅人的神，五花八门、千姿百态，但他们所听到的祷告声却大同小异。他们的信徒、遍布整颗星球的巴雅人，用不同的语言、不同的口音乞求着同样的神迹：万能的神啊，让我们从永生中得到解脱吧。

有一种说法一直在巴雅星广泛流传：如果所有人都聚集在星球的同一面，在太阳落山后共同祷告，那么三颗太阳将永远不会重新出现在天际，大地将会被永夜笼罩。那时候，在一片令人欣慰的黑暗中，永生的魔咒将会被打破，死亡将重新降临人间。只有死神，才是巴雅星的种种神圣仙佛背后的真正主宰。

九

我的旅程已经完成了将近一半，但除了坦亚星，我并没有见到太多乐观的情形。我开始怀疑，我在那里看到的一切，会不会仅仅是一种令人迷惑的假象。但是我反复回想那里的人们，那种发自内心的愉悦和满足令我不能相信那是假装的。

我希望，在完成全部的旅程之后，我还能回到坦亚，进行一次更为深入的考察。也许，在坦亚美丽的外表下，还隐藏着一些不为人知的东西。

十

萨拉威根曾经是一个非常民主的国度，最初进行加入永生联盟的全民表决时，大约有一半的人同意加入，而另一半的人则表示反对。于是，萨拉威根人最后做出了这样的安排：把星球划分为两半，愿意永生的人迁居到萨拉威根 A，不愿意的则去往萨拉威根 B。

我们现在所见到的萨拉威根，依然延续了当时的分治方案。在萨拉威根 A，人们享受着永恒的生命，每一个人都有六千年的寿命；在萨拉威根 B，人们在短暂的一生中出生、成长、衰老、死亡，把生命的种子传递给下一代。

起初，两个半球还能像兄弟一样友好共处，但随着时光逐渐推移，萨拉威根 A 与 B 之间产生了难以抚平的隔阂。对于 A 半球人来说，在 B 半球生活着的不过是一群幼稚得可笑的后辈，根本无法与之交流；而对于 B 半球人而言，A 半球都是一些陈腐不堪的老古董，即便是扔进火堆里，都没有办法爆出火花。

渐渐地，A 与 B 之间取消了通商、取消了通航、取消了通信。而为了证明自己的高明，统治者的意志也不再可以被民主的声音动摇。六千年后的我们所能见到的，是两个彻底断绝往来、互不相干的半球。

每个半球上的民众也逐渐分化为两派。一部分人相互攻击，争执不休，认为对方的生命形式是可笑的，自己的才是更加高明的。他们在一切场合抨击着对方，声嘶力竭地劝服他人接受自己的观点，以致他们自己都开始逐渐相信，自己真的是过着最为幸福的生活。

另一部分人则相互羡慕，就像鸟儿渴望游水、鱼儿向往飞行。A 半球人羡慕 B 半球人的活力，羡慕他们为了生命短促而产生的紧张感，羡慕他们在通往坟墓的道路上一刻不停地拼搏努力，并且悔恨自己当年为什么不留在 B 半球；B 半球人则羡慕 A 半球人的悠闲与安宁，羡慕他们永远不会被逐步临近的死亡折磨，羡慕他们拥有无穷无尽的时间，并且宁愿自己的祖先根本不曾生下自己。

因此，在争吵和相互蔑视的背后，总有许多 A 半球人偷渡到 B 半球，也有很多 B 半球人偷渡到 A 半球。双方来来往往的人数差不多，因此萨拉威根星的两个部分始终保持着人口的平衡。

但据说，叛逃者的心里也并不好过。失去永生的原 A 半球人总是为流星一般短促的生命感到懊恼，并且在郁郁中结束自己的一生；而得到永生的原 B 半球人却发现自己的生命不再有趣，并且开始策划下一次的逃亡。所以，萨拉威根星的运行轨道，总是被不间断的仇恨、诅咒、辱骂、嫉妒、向往、懊丧和痛悔干扰。

十一

在梅洛维扎，人们每隔几年就会更换一次配偶。屠夫的妻子嫁给工程师，护士的丈夫与小学女教师重新组建新的家庭，推销员的老婆则住进税务官的房中。据说，“没有人能够忍受一百年都面对着同样的一张脸”。

由于频繁的重组家庭，梅洛维扎人从来都不存在财产共有的说法。当双方结合的时候，根本没有任何的繁文缛节，只需要带齐自己的东西，住到一起就行了。因此，梅洛维扎人也从来没有自己的房子，当两个人凑到一起之后，只需要随意找一间空房子搬进去，就是一个新家。

因此，在梅洛维扎，很少会发生夫妻争吵的情况。当两个人产生隔阂与矛盾的时候，或者当彼此都不再有感情的时候，就会很痛快地分手。他们会平静地收拾好各自的物品，友好地吃一顿纪念午餐，然后开始找寻新的配偶。

有人质疑：即便同样一张面孔看久了会令人生厌，但几年就换一次的频率未免太高。对此，梅洛维扎人的解释是：人们过去能够容忍那已经比白开水还平淡的婚姻，是因为有死亡作为最终安慰。当这最后的希望都不复存在时，快乐才是追求婚姻的根本出发点。

有人担忧，总有一天，梅洛维扎这颗行星上所有的男人和女人都已经搭配过了，那时候应该怎么办？

对于这种担忧，有两种回答：一种说，提问题的人纯属杞人忧天，到那个时候，也许宇宙都已经死亡了；另一种说，不要紧，当一男一女分手成百上千年之后，他们也许早就连对方的容颜都已经遗忘，也许还能重新燃起爱的火花——当然了，鉴于梅洛维扎还很年轻，这样的事情还来不及发生呢。

十二

索林的节奏比我所到过的任何一个星球都要慢。和这颗星球令人昏昏欲睡的自转周期一样，索林人做任何事情都是慢腾腾的。来到索林，我总是情不自禁地想到地球上的蜗牛、河马、乌龟或是考拉。

索林人认为，当一种东西永远用不完的时候，不挥霍是有罪的。所以他们煮饭之前会一粒一粒地挑拣，找出其中的沙砾或是不饱满的米粒；所以他们的女人为了买一条裙子，可以走遍整座城市的每一家服装店，把每一条裙子都在自己身上试穿一次；所以当两个人在街边相遇的时候，可以随便找一处街沿坐下来，然后纵情畅谈，直到其中一人想起家里的衣服还没有收。

走遍整颗星球，你都无法在索林找到一块钟表。索林人认为，无限就意味着不用计量，所以他们的眼中早就没有了时间的刻度。同样地，索林人也没有一个固定的作息时间，他们总是在自己饥饿的时候想起吃饭，困倦的时候想起睡觉，而日与夜的更替，在他们眼中不过是需不需要开灯的区别而已。

在索林，两个人的约会是最有意思的。由于没有时间的概念，外加一贯散漫的作风，当两个索林人需要见面的时候，总是会说：“那我们在下一个白昼见面吧！”

当下一个白昼到来之后，也不知道是一天中的哪一个时辰，某甲慢慢地走到约会地点，开始等候着另一个人的到来。而另一个人，某乙，此时可能还在家中呼呼大睡。于是，当某甲等到困倦的时候，便会回家去睡觉，此时某乙则会赴约，然后重复某甲的举动。许多时候，两个相约见面的人要耗上半个月的时间，才能够碰头。

但是索林人对此毫不在意，对他们而言，无论多长的时间，在永恒面前都不过是一瞬间。索林人最喜欢对外人讲述这样一个著名的民间故事，说一位急性子的王子总是担心时间不够用，而他的父亲、一位睿智的老国王则这样规劝他："我的孩子，如果你希望一定要把一小时浓缩在一秒钟之内，我就为你把一天变成三千六百天，这样你就不用发愁了。"

当然了，索林人慢条斯理的性格也并非全无好处，至少他们的手工艺品做得非常精细，在远近的好几个星系都很有名气。然而，索林人并没有把他们的手工艺品发展成一个重要的产业，那是因为他们的效率实在太低了。一位索林妇女可能需要三年时间才能织成一块披肩，在此期间，等待的买家有一半失去了耐心，另一半则已经把兴趣转移到了地毯上。

有人认为，索林人这样的性格，慢慢形成了他们对一切事物都无忧无虑、泰然处之的态度。在许多民族都为了永生的无聊而烦闷困扰时，索林人却能够平和地度过一百年、一千年、一万年。

有人认为，即便是到了索林的太阳熄灭的时候，索林人都不会加快自己的步伐。那个时候，他们或许会平静地待在家中，等待着刺骨的寒冷把整个世界彻底包围，让自己缓慢流淌了亿万年的血液逐渐变成冰块。

十三

图拉太阳系在开始实行永生的时候，正处在该星系历史上的著名暴君、莱格勒七世的统治下。当时，莱格勒七世希望只有自己一个人能够掌握永生之密，但联盟并没有答应。最终，莱格勒七世不得不妥协，他的想法是：永生的人民也将永远受到自己的统治，那没有什么大不了的。

然而，不再畏惧死亡的人民从获得永生的那一刻开始，掀起了推翻暴君统治的汹涌澎湃的起义。不死的前任君王被关押起来，永世不能获得自由，而整个星系的人民则开始疯狂寻找被埋藏起来的永生之秘。长期的苦难让他们担心，生命越长，所受到的折磨也会越长。因此，他们一定要捣毁制造永生的机器，让自己的寿命恢复正常。

但此时的暴君却固执得守口如瓶，他宁可自己在监狱中如同行尸走肉一般慢慢腐朽，也要看到背叛自己的人民承受痛苦。他坚决不肯吐露永生的机器的埋藏地点。

这就是我们如今所能看到的图拉太阳系的面貌。人们在二十多颗大行星和无数的小行星上面奋力挖掘，试图找出永生的机器，但千百年来始终一无所获。每一颗行星都已经千疮百孔、面目全非，能够寻找的地方都找过了，但谁也不知道，开启永生的开关究竟藏在何方。

由此产生了种种传闻。有人说，根本就不存在什么操纵永生的机器，也许永生只是一道咒语、一种法术、一股在空气中迅速散布开的毒烟，或是混杂在阳光中的一道射线。还有人说，即便砸烂了永生的机器也无济于事，因为永生的过程是不可逆的。一旦接受了永生，你就不得不一直把它背负下去。

而不管传言是怎样说的，人民仍然在坚定地、锲而不舍地寻找着，发誓要打碎暴君套在他们身上的枷锁。实际上，人民并不能确定永生是不是真的那么坏，他们仅仅是不能容忍“这是暴君强加给我们的永生”的这一事实。而人民在长达千年的寻找中，殚精竭虑、全神贯注，早就把注意力放在了寻找本身，而忽略了永生的存在。其实人民都没有意识到，正是对毁灭永生的不懈追求，赋予了他们永生的意义。

十四

在所有永生的民族中，没有一个民族像伊顿那样热衷于自杀。虽然无论怎样的自杀方式都只是徒劳，但伊顿人始终乐此不疲。

伊顿人对重大决策的表决方式一向简单而直截了当：全民公决，以多数派为准。因此，虽然这个民族还有许多人都对永生存有异议甚至是抗拒，但是当表决结果下来时，这些人只能默默承受。

于是伊顿开始处于一种矛盾的状态。多数人喜欢永生，少数人厌恶永生，但少数人却不得不和多数人一起享受这道并不情愿的大餐。

在经过几次民主表决的失败之后，少数派终于明白，凭借投票是无法扳倒永生的，他们只好把对解除永生的渴望寄托在个体上面。

伊顿人用刀切开血管，放尽自己的血液，用高温的烈焰把自己彻底烧成灰烬，让高压电流通过自己的身体，躺在建筑机械下，等待着重锤缓缓落下……他们想尽各种方法，但即便身体被碾成了粉尘，复活仍然是不可阻挡的。

最后，自杀由一种寻求解脱的方式变成了全星球最为流行的游戏，即便是那些并不反对永生的人，也因为游戏本身的刺激而深深沉溺其中。

自杀者们的解释是："如果我们无意中发现了可以毁灭自己的方法，那我们就可以如愿以偿了；如果不能，我们也找到了打发时间的最好方法。"

十五

在所有加入联盟的星球中，霍克是唯一一个没有禁止生育的。霍克人自古以来对生命有着近乎狂热的崇拜，对于他们而言，生命的存在就是宇宙间至高无上的真谛。

霍克虽然不是永生技术的发明者，却是最早而最坚定的支持者。他们认为，永生能够让生命的光辉永远闪耀下去，因此值得付出一切代价来换取。

这就是如今你所能见到的霍克的面貌。当你的飞船还没有降落的时候，你就能透过灰暗的大气，隐约看到那些高耸入云的巨大建筑。你会发现，你的一生中都不曾见过那么高的大厦那么密集地挤在一起，好像一片钢铁森林。

据说，在霍克，一个人从大厦的最高层跌落到地面的过程中，他可以抽完一支香烟，仔细地整理好自己的衣服和仪容，然后再吟出一首忧伤的诗。在此期间，霍克已经有相当于一个小星球全体人口的婴儿呱呱坠地。而初来者无一例外地会在抬头仰望的过程中把帽子掉到地上，他却浑然不觉，只是努力睁大酸胀的双眼，试图徒劳地捕捉到那直入云霄的高塔的终点。

如果一位画家想要真实地表达霍克的原貌，他就一定不能忽略如下细节：城市上空永远浓密的黑云，每一幢大楼之间如蛛丝一般密布的高空街道，人们胸口佩戴的出门证以证明他可以在一个月中的某两天上街，商店门口为了买两块面包而通宵排队的长龙，在车站声嘶力竭地维持秩序的警察，被汹涌的人流踩塌的桥梁，在街上因为身体接触而大打出手的霍克人，高楼上一扇扇开启的窗户和一双双从窗口向外凝望的眼睛。

关于窗户与眼睛，我们可以做进一步解释。霍克人并非喜欢看那一成不变的天空、高空街道、高楼大厦与拥挤的人群，因为除此之外并没有其他可以看的，他们早已深深地厌倦了这一切。但正因为没有其他可看的，他们只能日复一日、年复一年地看着窗外，从他们出生开始，没有尽头地看下去，直到牢牢记住世界的每一处细节。

十六

考克斯人号称自己已经进入了永生文明的最高级阶段，因为他们放弃了自己的肉体。来到考克斯的人，眼里见不到一个血肉之躯，只有那庞大而宏伟的数据中心，容纳了整个星球数百亿人的灵魂。

我最初以为，整个考克斯星的人都生活在一个容量无限大的虚拟社区里，但很快我便得知，考克斯并不只有一个世界。确切地说，有多少考克斯人，就存在多少个独立的世界，每一个考克斯人都是一个虚拟世界的缔造者、建设者和统治者。

所以，考克斯人的自豪是可以理解的。他们并不占有什么空间，却又拥有无限广阔的空间。他们并不具备实体，每一个人却都统治着一整个世界。

“那里有一整颗星球的国王！”我们的导航员告诉我们。

国王们的世界都是互不交叉的，虽然他们可以被邀请去其他国王的王国里做客，却没有能力改变别人的世界。因此，大部分时间里，国王们都待在自己的王国中，想办法让王国的每一处角落都合乎自己的心意。他们让山峦隆起，大河奔流，森林中充满鸟兽的鸣叫；他们修建穷奢极欲的宫殿，修建富丽繁荣的城市，创造出忠诚的虚拟臣民；他们改变星体运行的规律，让太阳围绕自己的行星旋转，让遥远的恒星排列成特殊的图案，以此向自己致敬。

关于国王与王国，存在着两种说法。第一种说法认为，在无限延伸的时间轴上，国王们无事可做，只好不停地改造自己的疆域，并且把国土的边界不断向广远的空间深处扩张。结果，随着王国的规模不断扩大，国王们需要做的事情也越来越多。最终，他们忘记了永恒的时间带给他们的不安。

第二种说法认为，面对无限广远的空间，国王们诚惶诚恐，努力想要做些什么，把这些空间变为实体。结果，随着圆周的不断加长，圆的面积也在急剧膨胀，国王们越是拼命工作，越是发现工作量在成倍增加。最终，他们十分惊讶地发现，即便是永恒的时间，似乎也并不够用。

此外，由第二种说法又衍生出了第三种说法，认为大部分的国王经过千万年的操劳后，都已经不堪重负。他们想要摆脱这样的生活，哪怕因此恢复脆弱的肉身，在衰老和疾病中死去。然而，当他们来到现实与虚拟的交界点时，一部分人出于恐惧而转身回到了自己的王国，另一部分人则发现，自己已经遗忘了应该如何离开这虚拟的世界。

十七

在结束全部的考察之前，我再度回到了坦亚。坦亚人的幸福生活此刻在我眼中仿佛一个神话一样不可思议。我无法想象，只有这一个民族在永生的重压下能够表现得那么完美而无懈可击。

临别的时候，我终于忍不住把心中的疑问告诉了陪同我的文化长官。

“请你告诉我，在时光之水的腐蚀之下，你们是怎么保持那不可思议的活力的？难道时间本身还不足以让你们厌倦？难道在千万年的岁月中，仰望同一轮朝阳，也不足以让你们感叹生命的无趣？”

长官沉吟了一会儿，微笑着说：“我的朋友，永生之所以困扰着你，也困扰着许多民族，那是因为永生让人们的头脑不堪重负。上帝如果赐给你两百年的寿命，那也许意味着，你的头脑只应该承受两百年的记忆。但是永生打破了这个限制，让你的大脑不得不继续使用下去，第三个一百年，第四个一百年……于是，你会渐渐开始疲倦，开始不愿意接受新的东西，开始觉得那不断膨胀的记忆是一个巨大的负担。这就是永生的负面效应，我们应该想办法去解决它。”

“我想，你们似乎找到了最好的解决办法。”我小心翼翼地说。

“是的，我们坦亚人找到了。”文化长官说。

他来到自己的书桌旁，拿起一本很精美的书籍，告诉我这是坦亚历史上最伟大的诗人的诗集，这本书他每年都会读上好几遍。

我计算了一下他的一生中已经读了多少遍这本书，无法相信他还能够看下去——他应该已经可以倒背如流了。

“不，我的朋友，你错了。每一次拿起这本书，我的感觉都会像遇到初恋情人一般美好，因为我每一次阅读它的时候，都是在读一本以前从未读过的新书。

“我唯一需要做的，仅仅是消除我过去关于它的一切记忆。这就是我们从来不曾感到单调、无聊、一潭死水的原因。只要把令人疲惫不堪的美好记忆统统消除，我们的头脑就会有充分的活力与激情去吸纳那些美丽的事物。

“事实上，所谓新、所谓旧，只是存在于我们的观念中而已，我们记得的就是旧的，而我们毫无印象的则是新的。对于一个五百岁的人而言，如果我抹去他前四百年的记忆，那在他的眼中，自己不过是活了一百岁而已。”

“那么，请您告诉我，”我问道，“如果一个人过往的记忆总是在不断被消除、被抹去，那到了最后，他的头脑里还能剩下多少东西，来证明他就是原来的那个自己？

“如果一个五百岁的人完全遗忘了前四百岁的经历，他是否仅仅是一个崭新的一百岁的人，而与过去的四百年毫不相干？这样的人，真的能够被称为永生吗？”

窗外，坦亚的夕阳放射出最后的微弱光芒，正在缓缓沉入地平线。黑夜即将降临。对我而言，当明天的太阳再度升起时，我已经距离坟墓又近了一步。但对于坦亚人，那不过是无数个周而复始的太阳中的一个。

落日的黯淡余辉中，文化长官沉默了许久，影子在地上拖出长长的一道。最后，我听见他缓缓地说：“至少，他的灵魂是不朽的。”

灭劫无常

唐非

师父临终的时候对唐非说，这世界太可疑了，理由如下：师祖穷其一生，踏遍天下的每一处角落，却始终没有寻到灭劫的半点踪迹，以至于临死之际都嗟叹不已。等到自己接过师祖的班，又是一个甲子的岁月匆匆逝去，红颜弹指老，昔日的少年已成垂死的老者，但魔门的大业似乎还只是天边的浮云。

师父躺在床上，气若游丝。他艰难地呼吸着生命中最后的几丝空气，口唇缓缓蠕动着。唐非跪在床边，要很勉强才能听清楚他在说什么。师父似乎是在说，他想来想去，觉得这世界大概只是一场玩笑。

唐非心想，玩笑？那这玩笑开得太大了。师父当年发现自己之后，杀光了自己的家人，把自己带回到这里，原来只是一场玩笑。师父每日里戴上平庸凡俗的伪装，带着谦卑的笑容做一个包子铺掌柜，将魔教长老的身份深深隐藏于市井之中，全力训练自己，原来也是一场玩笑。

唐非一走神，连师父断气了都恍然不觉。等他回过神来，师父已经不再说话，也不再呼吸，眼皮却不依不饶地往上翻着，用眼白死死地盯着他。一时间，唐非心中悚然，感觉师父是在向他传达自己就算是死了，也不会放过他。

后来唐非一个人奔波于山河之间，总是禁不住想，自己死去的时候，会不会也像师父这般壮志难酬、死不瞑目？而自己的身边，会不会也有一个茫然不知所措的徒弟，等待着把魔门的火种一代一代传下去，直到灭劫现世为止？一切都是那样不可预知，但脚步却无法停下来。

重新回到塔尔寺的时候，唐非才想到，也许还有另外一种结局，那就是灭劫永远不可能被找到，而魔门也就此灭绝。当脑海中浮现出这个念头的时候，唐非发现自己竟然没有一丝悲伤的情绪。他提醒自己说，这不对，师父的尸骨此刻正埋在塔尔寺的地下呢。在想象中，师父的灵魂恶狠狠地瞪视着自己，眼中充满了失望。

唐非不无愤慨地想，千里迢迢从京城赶到塔尔寺，仅仅是为了带去一罐骨灰，师父死了都那么能折磨人。但师父的遗愿是近乎固执地要求把自己埋葬在塔尔寺，唐非也没办法。师父说，他要把自己埋在当年灭劫现世的地方，以便让自己的灵魂也能嗅到灭劫的气息。

为了寻找灭劫，师父已经献出了自己的一生，没想到死去之后，连灵魂也要一并奉上。唐非想，假如我死了，无论如何也不要埋葬在塔尔寺，我死之后，总该得到一点自由吧。

唐非的自由，是在四岁那年失去的，也可能是五岁。这件事他已经记不大清楚了。那时唐非还是个洛阳城里的小少爷，出入都骑在奴仆的脖子上，身上的饰物、手里的玩具都能让洛阳城其他的孩子羡慕得半死。倘若不是亲历，唐非无论如何也不会相信，这样一个小少爷日后会在京城做一个卖包子的小伙计，每一日都浸泡在油腻中，他更加不会相信，这样一个小少爷，竟然会是魔门复兴的希望。

师父出现的那一天，洛阳城内繁花似锦，全城的人都放下手中的事情，去观赏一年一度的洛阳花会。师父就吹着箫在人群中不紧不慢地穿行着，脸上带着无人问津的落寞。

后来，惊惶失措奔回家中报告的家仆，这样向唐非的父母形容师父："不得了了！一个白头发的卖艺老头把少爷抢走了！长相？

很平常，抬头全是皱纹，一看就是乡下来的糟老头子。穿着？他穿一件青色的布袍，很旧，上面全是补丁。其他的？不记得了……”

倘若唐非听到这段汇报，一定会对家仆佩服得要死，因为他当时完全没有看清师父的长相。他只是在人群的嘈杂纷扰之中听到了一段有如魔音的箫声，脑子里顿时一阵迷乱，就迫不及待地指挥着胯下的家仆向着箫声传来的方向走去。在洛阳花会成百上千的小孩中，只有唐非一人被师父的箫声吸引。在此之后，师父是怎样迷倒家仆，带走毫无反抗的自己，唐非就没有印象了。只有师父吹奏的那段古怪却又充满诱惑力的箫音，至今还在唐非耳边回响。

当然，家仆是怎么说的，父母又是怎么反应的，唐非也永远无法知道了。许多年后，当师徒二人再一次路过洛阳时，师父指着一扇充满富贵之气的朱红大门说：“你以前就是住在这里的，不过这房子是后来新建的。我杀死你全家之后，就放火把整座屋子都烧掉了。”

唐非“哦”了一声，仔细打量周围，发现自己已经很难唤起过去的记忆了。

这之后，唐非头脑里常有不安分的联想。他仿佛看到师父在挥手之间放出烈焰，把自己童年的家烧得灰飞烟灭，而父母的尸体则在火光中坐了起来，哀号悲鸣，直到最终化为灰烬。

唐非还想到了那些当年与自己一同经受师父挑选的孩子——当然他们都已经被淘汰，埋骨于敦煌的荒漠之中。唐非想，为了抓到这些孩子，师父得烧掉多少房子啊？

师父

师父是这样一个人：一般的古怪，沉默寡言，喜欢用清苦的生活来折磨自己。在外人的眼中，这是一个谨小慎微的老头，谦卑而懦弱，倘若受到侮辱，他会选择唾面自干的处理方式。这无疑不符合魔教中人鲜衣怒马、快意恩仇的行事作风，但那个属于魔教的辉煌时代早已远去。如今，中原武林四处通缉魔教的残余力量，每日都有教众被处死，即便师父这样一出手就能击杀数十人的魔教长老，也只能做一个包子铺掌柜而已。

作为一个卖包子的，师父无疑并不称职。京城里所有的包子铺，只有他这一家开门最晚，打烊最早。这是基于两个理由：其一，师父是魔教长老，拥有的财物可以轻松买下全城的包子铺；其二，师父必须拿出很多时间来训练唐非。

唐非第一次被师父带到敦煌的时候，发现师父已经抓了许多和自己年纪差不多的孩子在那里。这一群骤然离开父母家人的小孩，在最初总是不停哭泣吵闹，好似待宰的羔羊，但只要师父吹奏起魔箫，所有人都会安静下来。到后来，即便师父不吹箫，他们也都失去了吵闹的兴趣。

所以，当唐非试图哭泣的时候，却发现周围的同伴无人响应，他觉得很没意思，也就自己止住了哭声。师父这时候说，他要找的人已经齐了，可以开始了。唐非这才知道，原来自己是最后一个。

光用严苛来形容师父的挑选是不确切的，事实上，师父的原则很简单，没用的都应该死掉，死掉的都是没用的。用师父的话来说，他训练的不是战士、不是杀手、不是卧底，而是光复魔门最重要的一枚棋子。这样的人，光有刻苦的努力是不够用的，还需要有与生俱来的天赋。这种天赋是可遇不可求的，许多魔教中的高手，虽然武功高得出奇，却从来不能感受到一丝一毫的魔气。

师父说：“你们能被我的天魔曲感染，就证明你们有魔性。但魔性的深浅，将来能够修炼到的程度，必须通过我的挑选来检验。不合我要求的人，将被永远埋葬在黄沙之下。”

似懂非懂的孩子们并没有将师父的话放在心上，直到第二天的筛选开始，师父把孩子们关进一个山洞，然后放入一头魔狰。他说，魔狰对人身上的魔性有天然的畏惧，所以，被魔狰吞吃的，一定是魔性不足的。

倒退二十多年，唐非仍然能记起魔狰凶悍的外表、锋利的獠牙和嘴里喷出的血腥气息。作为新来的，唐非被理所当然地一脚踹在屁股上，摔在了山洞最深处挤作一团的孩子们的最前方。魔狰迅猛地扑上来，那股浓烈的腥气在一瞬间将他包围。

唐非绝望地抬起头，希望在临死之前看清楚吃自己的怪物究竟长什么模样。怪物血红的双目如同两盏灯笼，紧紧盯着唐非看了一会儿，却又跨过他的身体，不再理睬他。在一片撕心裂肺的惨叫声中，唐非瘫软在地。

那一天，魔狰的胃口并不好，吃掉四个孩子后便躺在地上，心满意足地进入了梦乡。师父为此很不满意，宣布第二天将采取效率更高的淘汰方式。唐非绝望地想，我是不是又要被踢一次屁股了？

但第二天，他并没有得到被人踢屁股的机会。师父把所有人带到沙漠中，给每个人发了一只哨子，要求他们用尽全力吹响。唐非不明白师父这么做的目的，但还是把哨子放在唇间，乖乖地吹响。当尖利的哨音在沙漠的上空响起时，他感觉到一阵难以言说的剧痛侵入自己的头颅。

终于，有一个孩子受不了这哨音，扔下哨子，抱着头倒在地上蜷成一团。师父大步走上前，严厉的话语在哨音中也清晰可闻：“捡起哨子，继续。”

然而，那个孩子并没有听从师父的命令，他只是不停地喊着：“我头疼，我受不了啦。”

师父点点头：“好，我让你好受一些。”

在所有人的注目下,师父扬起手掌,轻轻一劈,那孩子应声倒地。红色的血液慢慢渗入黄沙之中，在正午的骄阳下迅速干涸，留下星星点点的紫黑色印记。

于是唐非别无选择，和其他被吓坏了的孩子一起，用尽全力地吹着哨子。慢慢地，一些人的眼睛、鼻孔、耳朵中渗出了鲜血，在拼尽最后的力气吹出微弱的哨音后，一头栽倒在地上，再也没有起来。

前两个月，死去的孩子非常多，两个月后，死亡的速度就开始迅速下降，剩下的人已经逐步适应了这种优胜劣汰的选拔。一年之后，当所有的孩子都被淘汰，只剩下唐非一人时，师父勉为其难地摇摇头：“算了，就这样吧，虽然你资质不佳，也算是我所能寻找到的唯一人选了。”他想了想，又补充说，“你的魔性之高，其实还要胜过我，头脑却稍显愚钝。但要完成大业，头脑并不是最重要的，我就相信你的运气吧。”

师父所说的运气，大概指的是最后一次考验，其时只有三个孩子通过了之前所有的淘汰。他将这三个孩子放在一片由乱石组成的巨大迷宫中，给了他们一天的食物和水，让他们自己去寻找出口。出口处放着一颗普通的魔舍利，散发出微弱的魔气，能感应到这颗魔舍利的人，就有活命的机会。

三个惶恐不安的孩子各自开始寻找道路。其中一个孩子永远迷失在了乱石之中，师父压根没有去寻找他的尸体。唐非并没有在意同伴的行踪，他只是锲而不舍地努力把握着稍纵即逝的感觉，在一次又一次的失败后，凭借着求生的信念艰难前行，以至于他都没有注意到另一名同伴始终在后面跟踪。这名同伴在长达一年的观察中，早已确信唐非的魔性高于自己。他认为，如果唐非都不能找到出口，自己也绝对找不到。

最终，当唐非看到出口时，他已经精疲力竭，只顾拖着兴奋而疲惫不堪的身躯向前踉踉跄跄地走去，完全没有提防从背后砸过来的石块。昏迷之前，他隐约听到同伴的脚步声越过自己，向着生存的方向奔去。

醒来时，唐非只觉得头痛欲裂，但他很清楚自己还没有死去。出于对师父肯发善心放过自己的绝对不相信，唐非挣扎着爬起来，看见同伴的尸体仰面倒在出口处，一脸的不甘心，皮肤已经呈现出奇妙的青紫色。他小心翼翼地靠近，这才发现那只潜伏于出口的毒蝎。

后来师父说，这充分体现了唐非的好运气，因为那只毒蝎并不是他的安排，而是在适当的时候碰巧出现在那里的。虽然他看上去是那么木讷，仿佛不堪造就，但是师祖这样绝顶聪明的人，最后也没有凭借头脑完成使命，所以师父决定把宝押在唐非的运气上。

“你别以为通过选拔，你就可以松一口气了。”师父悠悠地说，“生不如死的日子还在后面。”唐非不说话，愣愣地看着师父，心里想，活着还是死去，怎样都无所谓。

京城

唐非本来以为自己会在敦煌待一辈子，没想到师父的踪迹很快被六大门派的人发现了。平日充满威严的师父此刻却惶恐不安，匆匆忙忙地带着唐非逃离大漠。唐非正兴致勃勃地猜想自己的去向，雪山？孤岛？草原？却发现师父已经带着他来到了京城。师父说："大隐隐于市，我看那些名门正派怎么找到我！"

师父找到一家小小的包子铺，杀死店主，自己扮作老板的模样，白天装模作样地卖包子，晚上则训练唐非。

最初，唐非一直很困惑，不明白师父想要训练自己去做什么。每一天傍晚，当别的店铺生意正兴隆的时候，师父已经迫不及待地开始搬门板准备打烊了。吃过一顿简单粗糙的晚饭后，训练就正式开始。

师父的训练比师父的人更加古怪。每一夜，唐非首先要在一个装满药水的大桶中浸泡两个时辰，药水散发出刺鼻的气息。第一次时，唐非几乎不敢坐进去，但师父用温柔的目光爱抚了他一下，他便立即乖乖地钻了进去，以至于师父忍不住要说，别那么急，先把鞋脱了。

浸泡之后，师父要做的事情并不固定。有时候是把他全身扎满银针，看上去好似一只刺猬；有时候是把他倒吊在房梁上，直到全身的血液冲入大脑，晕厥过去；有时候是点着一种散发出奇特香味的草药，熏他的各处穴道。在最初的痛苦不堪之后，唐非渐渐变得麻木，开始有余暇去猜测一下师父想要做些什么。最后他自作聪明地猜想，师父一定是需要一个体质特殊的人来做实验品，他老人家大概是想炼制什么了不起的药。

师父也有练功的时候。这种时候，他会把唐非赶出去，于是唐非就获得了难得的闲暇时光。他总是喜欢在京城闲逛，观看京城的种种风物，偶尔缅怀一下洛阳的时光。京城比洛阳更大，却未必有洛阳繁华。但时间久了，洛阳的牡丹也就逐渐变得模糊，看不清真容了。

京城之中，时常有几大门派的人出现。为此师父警告唐非，如果他敢暴露师父魔教长老的身份，种在他身上的蛊毒就会发作。但事实上，即便师父没有在他身上下蛊，他也不会想到去向正派人士报告，因为他已经习惯了和师父生活在一起。离开师父，恐怕他的心中反而会不知所措。

师父倘若心情很好，甚至会带着唐非一起在京城里闲逛，虽然这样的情况非常少。有时候，衣着光鲜的正派人士会策马从师徒二人身边走过，但谁也不会在意一个卖包子的老头和他有些傻愣愣的徒弟。于是师父鄙夷地冷笑一声，说：“总有一天，这京城也将是我魔教的。”

灭劫

二人来到京城六年后，唐非已经成长为一个颀长的少年，虽然有点傻傻愣愣，但他对魔气的感觉倒是越来越敏锐。这一日，师父把一颗魔舍利藏在屋内，要唐非把它找出来。唐非屏住呼吸，澄明头脑，用心捕捉魔舍利的微弱气息。他对师父说，魔舍利没有藏在屋里，它就在你身上。

师父的神情在一瞬间变得肃穆。他从身上取出一个金属圆筒，揭开盖，唐非立即感受到了惊人的魔气。师父说：“如果隔着这个圆筒，你都能感应到魔舍利，那我差不多可以把你的使命告诉你了。”

师父将唐非带到鸣沙山。据说此地，水有悬泉之神，山有鸣沙之异，但二人到来的时候，山却固执地沉默着，这让唐非有些失望。师父对此却浑不在意，他只是一路走，一路小心地观察着周围的动向，在数十里路中更换了好几次行头，以确保无人跟踪。

师父领着唐非来到一座石山的背后。这里似乎有一个山洞，却被一块巨石堵住了。师父站在洞外，突然虔诚地跪了下来，这个举动让唐非惊诧莫名。

“魔尊啊，”师父喃喃地祈祷着，“请你一定庇佑我魔教圣火重新燃烧。”

唐非这才知道，当年魔教被正派剿杀，一败涂地之余，魔尊却并没有被杀死。一群忠心耿耿的死士护佑着魔尊逃到了这里，但魔尊在正派三位功力已臻化境的高手围攻之下，已然身负重伤，心脉受损，内力损失殆尽。至于正派所宣扬的魔尊已死，大概是为了安抚民心而已。

“魔尊就在……这个山洞里？”唐非小心翼翼地问。

“不错。”师父点点头。敦煌历来是正派人士抗击魔教的第一道防线，所以谁也不会猜到魔尊就隐藏在距离死亡最近的地方。

这和师父的大隐隐于市是一个道理，唐非想，魔教中人果然都胆大包天。

但唐非很快想到，假若魔尊的心脉都已受损，又如何能恢复武功，重振魔教？倘若真的再来一场大战，恐怕魔尊的作用还比不上自己这个无名小卒。

“蠢材！”师父骂道，“哪怕魔尊经脉俱毁，已成废人，仍然是魔教至高无上的教主。有他在，中原武林人士永远都会对魔教忌惮三分。如今魔教根基被毁，烟消云散，但火种始终不会熄灭，只要魔尊重现江湖，魔教必然能东山再起。”

师父的眼中放射出兴奋的光芒，总是没有表情的面孔此刻显得如此生动。他对唐非说：“何况魔尊必定能够完全恢复，并且会远远超越以前的功力。这就是我的使命，也是你的使命。我们要寻找灭劫！”

“灭劫，那是什么东西？”唐非好奇地问。

“我魔教武功，倘若修炼到超凡脱俗的层次，可分为两个境界。”师父解释道，“第一境界谓之极魔，第二境界谓之脱魔。魔尊当年修炼到了极魔的境界，脱魔的境界则至今没有人达到。但在四百年前，有一位魔教的绝世奇才，在塔尔寺内修炼，只差一点就臻入脱魔之境。但在最后关头，他也如过去的无数先辈一样，难逃走火入魔之厄。不过此人毕竟有过人之能，居然在走火入魔之前把全身所有的功力锁死，没有随着走火入魔而逸散。临终之前，他留下遗言，将自己的遗体火化。”

火化之后，人们将其中的魔舍利捡出，意外地发现其中包含了惊人的内力，这颗魔舍利立即成了魔教中人争抢的对象。当时的魔教左右光明使，甚至不惜和教主翻脸。后来教内爆发了一场不小的争斗，魔舍利也因此不知所踪。

“那它为什么要叫作灭劫呢？”唐非问。

“大灭无常，心灭无劫。那位魔教前辈临死之前，嘴里反复念着这八个字。这本来是佛家之语，却不知为何那位前辈念念不忘。”

“所以，我们的任务就是找出灭劫的下落？”唐非又问。

师父点点头说：“不错，直到我们找到灭劫，才能来此开启山洞，将灭劫的力量交给魔尊。那时，就是我们魔教中兴之日。”

唐非忽然又想到了新的问题：“那魔尊一直藏在这个山洞里？他会不会已经……”

“不会的！”师父十分坚定地摇摇头，“魔尊修炼过天魔转生大法，寿命远比常人要长。你过来，把耳朵贴在石壁上。”

唐非依言走过去，把耳朵贴在巨石和山洞之间的缝隙处。师父长期以来严格训练的听力使他听到一阵微弱的声音，仿佛是什么东西在撞击，缓慢而有节奏。

“那是魔尊的心跳。”师父说，“从你师祖那时开始，我们每隔一段时日，便会冒着奇险来到这里。只要听到魔尊的心脏仍在跳动，我们的希望之火就永远不会熄灭。”

唐非忍不住把耳朵贴上去再次倾听。魔尊的心跳十分缓慢，据说，冬眠的动物心跳就很慢。但不管如何缓慢，那心跳声如同涓涓细流一般，长流不涸，让唐非的心中生起一丝莫名的宽慰。

山河

师父死去之后，唐非孤身一人开始了寻找灭劫的漫漫征程。从漠北到江南，从黄河之滨到泰山之巅，唐非觉得自己像只无头苍蝇一样，四处乱撞。他凭借着敏锐的直觉，感受着每一个地方的微弱魔气，几年间已经找到了十余颗魔舍利或是附加了魔门内功的兵器，却始终不知灭劫的下落。

他曾经问过师父，灭劫失踪之时，究竟可能被谁带走。师父的回答是，不知道。他又问，灭劫有没有可能已经被当年的魔教中人盗走，自己修炼了。师父的回答仍然是不知道。在一团迷雾般的未知中，唐非不得不把自己放入大海捞针的陷阱中。

有时候唐非想，既然已经没有师父在身旁督促，自己也未见得非要去寻找灭劫。魔教是否能重整旗鼓，似乎与自己并不相干。但他最终还是依照师父的要求，寻遍了大江南北，那是因为倘若不去寻找灭劫，自己仿佛也没有什么事情可以做。人生在世，总需要找点事情去做，如果已经有人替你安排好了，那不妨做做试试吧。

有时候，他会想起师父当年对他说过的话：“唐非，你比别人要傻一点，这也许正好是你的幸运。三十年前，当你师祖死去，我不得不一个人承担这个使命时，我连自杀的心都有。”

唐非能够理解师父的话。当他在炎炎的夏日跋涉于茫茫沙海时，当他在凛冽的寒风中奔波于雪原之上时，当他在草原密密麻麻的蚊蝇中睁不开双眼时，当他被僵尸腐臭的气息团团包围时，这世上不会有人比他更能理解师父。

但唐非反而能够泰然处之。寻找的过程固然乏味，但这乏味与生命本身的乏味相比，并不能算什么。唐非想，傻一点并不是没有好处。

旅途的无聊之中，唐非发现了自己一个以前从没注意过的天赋，那就是对地理地貌惊人的记忆力。同时他发现，自己的画工也不算太差，于是唐非的行李中多了笔墨纸砚。在乡村小店昏黄的烛光下，在野洞荒郊跳跃的篝火旁，他开始细细地描绘自己踏足过的每一处地方，并简略地记述当地的风貌。

唐非也不明白自己为何要这么做，除了打发时光，他也想不出第二种解释。当包袱里的地图和手稿已经成为旅行的累赘时，他便会就近找一处地方，把这些沉甸甸的纸张埋藏起来。虽然他心里清楚，自己日后或许再也不会有机会回到这里来取出它们，但还是舍不得把它们烧掉。

来到长安的那一夜，突然下起了瓢泼大雨。唐非在如注的暴雨中冷得直哆嗦，但城门已关，不得入内，他只得冒雨在城外寻找借宿的地方。最终，一位乡村私塾的先生接待了他。

换过干衣服后，唐非生起一盆火，开始烘烤已经有些潮湿的地图。私塾先生注意到了他的举动，好奇地问他在干什么。唐非解释说，这是自己旅途无聊用来打发时间的涂鸦。

私塾先生要过一份来看，双眼顿时放射出异样的神采。他迫不及待地问唐非，其他的地图都在什么地方？

唐非一一报出他埋藏地图的地点。私塾先生说：“如果你不再需要它们，请将它们送给我。明天我就动身，去把它们都起出来。”

唐非不解，这些地图有什么用处？私塾先生摇头晃脑地说：“它们太美了，是研究中华地理宝贵的资料，如此弃如敝履，岂非可惜？”他请唐非再画出新的地图，日后都寄给他，自己要把所有的地图整理成册。

“我将把这本地图称为山河谱。”私塾先生说。

死刑

唐非是在楼兰遇到长老无月的。在此之前，他骑在一头无精打采的骆驼上，在沙漠中已经行走了数日。抬眼望去，除了令人心悸的黄色，便只有天空的蓝白色，这样的景观令人乏味不堪。在沙漠中行路，本来应当昼伏夜出，但唐非为了赶路，几乎昼夜兼程。

当眼前出现一片令人心醉的绿色时，唐非知道，楼兰到了。这座沙漠中的城市，是来往于此的旅人最好的休憩之所。唐非把自己泡入凉热适中的温水中，舒服得几乎不想起来。但他必须起来，进城之时，他已经隐约捕捉到了一丝魔气，并且力量很强。

他在城中四处游荡，试图判断出魔气的具体位置，直到几名全副武装的士兵将他团团围住，因为他已经在王宫外转悠了好几圈，行迹十分可疑。

搜身的时候，一名军官发现了他身上的地图，于是几乎肯定他是一名间谍。唐非欲要辩解，却想起自己是魔教中人。即便不是过来刺探军情的间谍，单凭魔教这两个字，也必然没有活路。于是他索性缄默，任由士兵将自己五花大绑，押赴刑场。

面对死亡的时候，唐非惊奇地发现自己并不害怕。他只是努力仰起头来，试图看清楚头顶的太阳，但刺目的阳光令他不得不闭上眼睛。此时他听到刑场上发生了不小的骚动，一阵惊呼声、惨叫声、兵刃撞击声传入耳中，随即，他感觉到一只有力的大手抓住自己，然后身体如同腾云驾雾一般飞了起来。

唐非睁开眼睛，发现周围的事物都在以飞快的速度倒退。不久，他被带到一座废弃的庭院中，然后重重摔到了地上。他回过头，一个相貌威武的陌生老者正在冷冷地看着他。

“你似乎并不会武功？”老者问。

唐非点点头又摇摇头：“我不会。”

“那你身上怎么会有残墨那个小家伙的独门内功，而且功力还不浅？”老者摇头，有些不可思议。

“残墨是谁？”唐非问，“我的内功是我师父教的，但我不知道师父叫什么。”

那一天夜里，唐非住在了魔教光明右使无月的家中。他的身份是从回纥来的客商，旅居此处已有两年多。

无月闻得师父的死讯，嗟叹一声。他告诉唐非，自己这些年来也是东躲西藏，无处容身。当年他曾一举杀死点苍七子中的三人，因此点苍派对他恨之入骨，始终没有放弃对他的追杀。如今，自己已经远避西域，藏身于楼兰国中，却不知道能安稳多久。

无月的眼中渐渐有怒火闪现，他回忆起昔年魔教的光辉岁月，说那时所谓的名门正派之士，听到魔教二字便会发抖。如今一切已是过眼云烟，年轻一辈再也不知道魔教曾有的辉煌。

无月问起唐非的收获，唐非只是摇头。天下之大，无处觅灭劫的影踪。无月又是一声叹息，说在灭劫现世之前，魔教的复兴大业，不过是镜花水月而已。

唐非这才说起自己感受到魔物之事。他闭上眼睛，寻觅了一会儿，犹犹豫豫地说，似乎那魔物就在这附近。

无月先是一愣，继而明白了唐非所说，他起身进屋，说要给唐非看一样东西。不久，他走了出来，手里拿着一个泛着陶瓷色泽的人头骨。唐非立即确定，那股非凡的魔气就是从这个头骨上散发出来的。

“这是我的好兄弟、我教光明左使神雷的头颅。”无月声音低沉地说，“当年各派围攻魔教总坛，正是为了保护魔尊安全下山，神雷以一人之力硬扛住了少林三大神僧的围攻，伤重不治。我割下他的头颅带走，发誓要替他报仇，可惜未能如愿。少林派门人众多，守备森严，三大神僧每一个的武功都不逊于我，我实在没找到什么机会。再后来，三大神僧寿数已尽，个个都圆寂了。”说到这里，无月嘿嘿一笑，“我魔教子民，只要修习魔功有所成就，自然会寿命大增，不等我们去报仇，上天已经替我们动手了。”

三年之后，唐非路过开封，在黄河岸边看见无数中原武林人士聚在一起，个个兴奋异常，说是抓住了潜藏已久的魔教光明右使无月，从此为武林除了一大害。讲述者口沫四溅，煞有介事，细细描述武当七子如何摆下真武七截阵，从日出恶战到黄昏，生生将无月的脊柱击碎，说得有如亲历一般。

唐非转过头，看着黄河奔腾翻涌的混浊浪花，静静地立了一会儿，然后走上了河边的渡船。

缨络

此后唐非每年都会前往鸣沙山，在魔尊的石洞外欣慰地倾听着其中的动静。魔尊的心脏仍然在坚韧地跳动着，魔教的希望也没有完全破灭。

这一年，洛阳牡丹花开的时节，敦煌沙漠中出现了一股魔教的势力。他们利用大沙漠得天独厚的地理条件，顽强地与名门正派对抗着，几大门派多次围剿都无功而返，因为他们根本连敌人的踪影都找不到。而魔教的教众则如沙漠的热风一般捉摸不定，每每于正派人士最意想不到的时间地点突然出现，令对方折损不少人马。虽然他们还没有正面对抗的实力，但已经令中原各门派很头痛不已了。

进入沙漠之前，唐非就受到了当地人的警告，要他谨防魔教妖人作乱。唐非心想，我也算是魔教的人，他们不会乱到自己人身上吧？

进入沙漠的第四天，唐非遇上了沙暴。天空恍如一个巨大的漏斗，将无数的黄沙倾泻而下。唐非躲在骆驼身下，咬牙抵御着如刀的风沙，耳边传来巨兽一般的咆哮声，只感觉自己就要被这大漠活生生吞入腹中。

沙暴持续了好几个时辰，正当唐非觉得自己马上就要昏迷过去的时候，风势逐渐平息了。他挣扎着爬起身来，发现水袋不知道什么时候破裂了，宝贵的生命之源全部渗入了沙地之中，一滴也没有剩下。

其后，唐非口干舌燥地骑着骆驼继续前行于一望无垠的单调黄色之中，只觉得眼前的视线越来越模糊，脑袋仿佛要炸裂开一般。

幻觉中，自己的眼球正在一点一点突出，而皮肤和头发都在冒着青烟。当他想起来骆驼的血可以解渴时，手中的刀却已经没有力气了，只能划破骆驼的表皮。负痛的骆驼嘶叫一声，发足狂奔起来，将唐非甩到了地上。

彻底昏迷之前，唐非看到附近有几株食人花正在探头探脑，身上斑斓的色彩在阳光下熠熠生辉。

醒来之后，唐非第一眼便见到一张清新如梨花般的美丽面孔。他这才知道，是昆仑派前来剿灭魔教的队伍救了自己。那美丽的女子叫作缨络，是昆仑派年轻的第三代弟子，由于擅长救治之术而被一起带来。

上个月，魔教袭击了一支马队，被杀的镖师中有少林的俗家弟子，也有武当门人，一时间各大门派震怒不已，不顾此时沙漠的恶劣气候，再次联手行动，意欲彻底铲除魔教余孽。

昆仑带队的长老苍松大摇其头，认为唐非简直不要命，竟然敢深入魔教势力的腹地。他劝唐非速速退回敦煌城内，但唐非执意前往。在缨络的建议下，苍松决定暂时带唐非一同前行，否则他必死无疑。

唐非无可无不可，反正自己的水已经消耗殆尽，便答应下来。次日，他便随着昆仑派的几十名弟子，一同小心翼翼地向着沙漠腹地前行。

一路上不断传来坏消息。少林派刚入沙漠，便在沙漠风暴中损失了大量食物和水，不得不暂时退回去补充物资。峨嵋派的先头部队被魔教引入了流沙区域，损失了好几名弟子。苍松愈发小心谨慎，每一晚安排值夜的弟子也越来越多。

这一夜，大漠中朔风如刀，唐非在火堆旁蜷作一团，却无法安眠。他索性坐了起来，仰望天空的星辰，那星光温柔闪烁，令人沉醉。唐非出神地看着，一时间忘了身处何方，直到缨络走过来拍他的肩膀。

“星星有什么好看的？”缨络问。

唐非想了想，说：“其实没什么好看的。”

缨络问：“你孤身一人进入敦煌，究竟想要做什么？”

唐非又想了想，谨慎地说：“是去拜访我的一位长辈。”

缨络“哦”了一声，不再多问。过了一会儿，她又说：“你是个很有意思的人。”

是吗？唐非有些困惑。他这一生中，得到的评语不多，小时候他是小少爷，所有人都夸他聪明漂亮，必定是状元之材。到了师父手里，他是一个运气很好的笨蛋，把魔教的未来放在他手里实在是勉为其难。在京城的顾客眼里，他是个木讷沉默的小伙计，和城里所有其他伙计的唯一区别在于他从来不去找姑娘。除此之外，大概只有那位乡村私塾的先生曾夸赞过他才能非凡，不过这话他自己从来未曾相信。被人评价有意思，这还是第一次。

“为什么？”唐非忍不住问。

“因为所有人都在提心吊胆的时候，你还能好整以暇地看星星。还因为……你画的那些地图。你一定到过很多地方吧？”

“我那是旅途中无所事事，随手涂抹的。”唐非有点紧张地笑笑。

缨络的目光变得有些迷离，突然轻声说：“我自从加入昆仑派，就从来没有下过山。在此之前，我曾经被魔教的妖人拐骗到敦煌，那时候我还是个小孩子。”

唐非的心突地一跳，几乎不敢相信自己的耳朵。

“那个妖人杀光了我全家，把我从郑州抓到敦煌，同时被抓的还有许多其他的孩子。他用种种方法来筛选我们，被淘汰的只有死路一条。”

唐非想来想去，不记得当年有谁从师父的手下逃脱，好在缨络接着说了下去：“到最后，我们只剩下三个人了，那个魔头把我们关进一个迷宫，只有第一个找到出口的才能活下去。”

唐非听着缨络的叙述，又回想起了迷宫中的时光。他没有料到，缨络竟然也悄悄跟在他们两人背后，记住了出去的路径。但她并没有贸然出去，而是悄悄退了回去，并且相信师父绝对不会去救她。

那一天，缨络努力把身体蜷缩成一团，靠一块巨石替她尽量多地挡住灼热的阳光。等到师父带着唐非离开许久之后，她才小心翼翼地跑出去，向着与师父相反的方向狂奔而去，直到被昆仑派的两名弟子救下。

唐非真正领悟到了缨络的聪明之处：即便是第一个找到出口，也不能逃离师父的手心，还不如在迷宫中赌一把。他仔细想了想，觉得自己无论如何也不能想出这样的点子。他又想，怪不得师父很快就被人追杀，原来是缨络说出去的。

“你呢，你是做什么的？”缨络突然问。

唐非犹豫了一下，说：“我以前是卖包子的小伙计，现在……我也不知道我在干什么，我只是从一个地方走到另一个地方而已。”

“走遍天下很好玩吗？”缨络的眼中流露出向往之色。“我还年轻，又是女弟子，一直没有得到机会下山。真希望能像你那样，看尽天下风物。可惜，我想很难有那样的机会了，我们门规极严，不会有那么多自由。”

“我可以把山河谱送给你。”唐非突然说。话说出口，他自己也觉得诧异。

“山河谱是什么？”缨络很好奇。

“就是我画的这些山川地理，一位长安城外的私塾先生给它起了这个名字。我已经答应把山河谱送给他了，但我可以给你临摹一份。”

篝火燃尽的时候，值夜的弟子该换班了。缨络有些依依不舍地起身离开，临走时，她对唐非说：“你答应我的话，可要算数啊！”

唐非点点头，胸中有种异样的情怀，似乎很希望这个昆仑派的女弟子能多留一会儿，又似乎很想告诉她，他们曾一起在敦煌受师父的折磨，但最后他什么话也没有说出口。

缨络走了，他抬起头，又呆呆地看了一会儿星星，只觉得头脑无比清醒，毫无倦意。正在此时，他敏锐的听觉捕捉到了一丝响动，仿佛附近有一群野兽在活动，借着夜风的掩护在向昆仑派的营地缓缓靠近。但敦煌沙漠之中，哪里来的成群结队的野兽？

他立即想到，这可能是魔教前来袭击的人马，而且脚步如此之轻，显然武艺高强。唐非登时冷汗直冒，他想要提醒仍然毫无知觉的值夜弟子，脑海中却突然闪出一个念头：我也是魔教中人，应该提醒他们吗？

一刹那的迟疑后，唐非即便想要提醒也已经晚了。四周浓重的黑暗中，突然飞出了无数利箭，几名猝不及防的外围弟子立即被箭射中，或死或伤，凄厉的惨叫划破了夜的寂静。

全身黑衣的魔教教众仿佛幽灵一般从黑夜中出现，几名武功最高的直取苍松等人，剩下的围住年轻弟子，显然早已精心谋划。唐非抱着头趴在地上，倾听着身边传来的厮杀呼号声，只觉得自己的身体如筛糠一般抖个不停。

奇怪的是，在最初的恐惧过去之后，唐非想到的却是缨络。但在一片混乱和嘈杂中，他既无法看到缨络的身形，也无法分辨出她的声音。他只能焦虑不安地躲在角落里，不时感觉有温暖的血液滴在自己身上。

很快，昆仑弟子都或死或伤，唐非的脖子也被一柄利剑架住，只剩下苍松和师弟白木还在苦战。二人使开两仪剑法，被七八名魔教高手围在中央，其余的教众都好整以暇地在一旁看着。

激战中，白木脚下一滑，露了个破绽，一名魔教弟子看准时机，发招抢攻，却不料，白木突然倒转剑柄，从下往上反撩，一剑刺入敌人的肋下。白木正在心喜，敌人却拼死用力，将白木的剑夹住。其他人趁势抢攻，一把巨斧将白木的头砍了下来，在半空中打了几个旋才落在地上。

两仪剑法既破，苍松独木难支，很快也被击倒。

这时候，唐非才找到缨络的身影，她的右臂已被砍断，躺在地上面色惨白，伤口处还在不断流血。唐非蓦然感觉到心中一阵剧痛，几乎忘了自己的处境。

魔教教众开始逼迫众昆仑弟子投降，凡不投降者一律杀死。唐非眼见着一个个鲜活的生命转眼化为乌有，却又无可奈何。此时，一柄剑指向了缨络的胸口，缨络冷冷地看了对方一眼，丝毫不理睬他的问话。那柄剑往回微微一撤，眼看就要发力。

唐非突然大叫起来：“求求你们不要杀她！我也是魔教中人！我的师父是残墨！”

在一片惊诧声中，唐非只顾得上去看缨络的表情。他心中明白，这句话一出口，从此他将不再有与缨络坐在一起仰望星空的机会了。

缨络淡淡地扫了他一眼，目光中充满鄙夷。唐非慌忙开口乱七八糟地解释：“我就是当年和你一起被筛选的人，我不是故意要骗你的，我从来没做过坏事，真的，我……”

突然之间，唐非半句话也说不出来了，因为缨络狠狠向前一撞，任利剑穿透了自己的胸膛。那一刻，唐非觉得自己的心碎裂开来，只能麻木地看着自己的同门将昆仑派弟子一一杀灭干净，而旁人对自己的问询充耳不闻。

羽燃

师父死后的第七年，魔教的路走到了尽头。当昆仑派在大漠中遭到屠戮后，武林各大门派终于震怒了。他们联合向皇家请命，获得了御林军的帮助，而敦煌城主羽燃也答应相助。

在羽燃提供的详细地图的帮助下，御林军和正派高手逐一击破魔教在沙漠中的据点，终于将剩下的残余部队包围在月牙泉附近。

那已经是魔教历史的尾声。在大漠的荒芜中，最后的魔教教徒们围坐在一起，念诵着魔教的经文："焚我残躯，熊熊圣火，生亦何欢，死亦何苦。为善除恶，唯光明故，喜乐悲愁，皆归尘土。怜我世人，忧患实多；怜我世人，忧患实多。"教徒们的脸上充满悲伤，却没有人表现出一丝一毫的怯懦。

唐非孤独地坐在一旁，并没有跟着众人一起念诵。他仰起头，沉默地看着渐渐发白的天空，黎明前的最后星光也即将隐没。天明之后，御林军将展开进攻，而魔教也将不复存在。此时此刻，唐非并不在意魔教存亡与否，也不在意自己的生死，他只是在怀念一个曾和他一起看星星的女子。

当太阳从远方的地平线缓缓喷发出红光时，沙漠上空升腾起一道灿烂的烟火，那是御林军与正派高手发起总攻的信号。唐非站在鸣沙山上，看见四面八方如潮水般涌来的大军，各种兵器与御林军的铠甲在初升的朝阳下映射出耀眼的光芒。

仅剩的数百名魔教教徒手中握着兵刃，迎向眼前徐徐张开的死亡之翼。唐非叹息一声，扭过头去，不忍心再看。

几日之后，唐非被捆绑着跪在敦煌城中央的广场上，这是他一生中第二次面对死刑。据说，敦煌城主羽燃将与各大门派掌门一同，亲自监斩魔教余孽。

唐非明白，不会再有第二个无月来拯救他了，自己离开这个世界的时刻已经到了。人到了临死之际，总会有一些乱七八糟的想念，仿佛是生命浓缩在那一刻做最后的回放。透过时间的浓雾，唐非看见洛阳城内的牡丹在盛开，一个相貌平凡的老者吹着箫穿过接踵摩肩的人群；他看见一只魔狰张开大嘴，嘴角还流淌着血沫；他看见一间油腻肮脏的包子店和一个木讷沉默的伙计；他看见长安城外那个大雨瓢泼的夜晚，一个私塾先生盛赞着山河谱；他看见无月眼中的泪光，还在怀念着魔教一去不复返的光荣；他看见中原的山川河流，都是那么鲜活生动，仿佛昨天才刚刚去过；最后，他看见一张年轻而美丽的面孔，在星光下显得那么动人。

唐非留恋着、感叹着，直到羽燃出现。陡然间，唐非感受到了灭劫的存在，他不相信，这世上还有第二种物体能散发出如此可怕的魔气。他抬起头来，看到远远的高台上一个满脸高傲的年轻人，白衣胜雪，丰神似玉，胸前佩着一颗碧绿的珠子。正是这颗珠子，改变了他的命运。

这一瞬间，唐非忘记了怅惘，忘记了哀伤，忘记了对世界的留恋。他用尽最后的力量，高喊出那颗珠子的名字：“灭劫！”

羽燃蓦地扭过头，双目如电，看着唐非。

“你说，有了这颗珠子，魔尊那个老家伙就能超越以前的功力，让魔教复兴？”羽燃冷冰冰地问他，声音中充满了倨傲。

“我师父一直都是这么说的。”唐非诚实地说。“师父说，灭劫中凝聚了最接近脱魔的力量，如果和魔尊的力量融合在一起，这个世上无人可以阻挡。”

“无人可以阻挡？”羽燃的嘴角浮现出一丝嘲讽的微笑。

“师父是那么说的，他说当今正派人士，并无什么真正的高手存在。”

羽燃沉思半晌，高贵的脸上毫无表情，最后他说：“去吧，带着这颗珠子去找魔尊，我等着他。”

“你疯了？！”所有的正派掌门人都不敢相信自己的耳朵，“万一他臻入脱魔之境，我们如何能抵挡得了？”

“如果抵挡不了，那就是我们的劫数。”羽燃淡淡地说，“我只想给魔教一个公平的机会。”

“我们不能答应！”昆仑掌门出云怒吼着说，“我中原武林付出如此惨重的代价才剿灭魔教，怎能任你如此儿戏！快把那个魔教妖孽杀死！”

掌门令出，几名昆仑弟子立即上前，但羽燃轻挥衣袖，一股气劲将昆仑弟子逼了回去。

“你们敢在我敦煌城中动手，就不要怪我翻脸不认人。”羽燃仍然轻描淡写地说着。

出云狠狠一跺脚：“你这是何苦？”

羽燃的眼中猛然迸发出火光：“我是公子舒夜的后人，一定要堂堂正正地击败对手。”

移开巨石后，山洞内显得很黑暗。唐非走进洞中，努力调节着双目的不适。羽燃的珠子就在他的手心，仿佛正在勃勃跳动。

渐渐地，四周的一切慢慢现出了轮廓，如同突然浮出水面的海岛。唐非深吸一口气，向前走去，羽燃也跟了进来，身边的侍卫点亮了火把。

在火光的照耀下，唐非终于见到了魔尊。魔尊双目微闭，背靠着山壁盘膝而坐。这就是昔年令中原武林闻风丧胆的魔尊，这就是至今让正派高手心怀惧意的魔尊，这就是承载着魔教复兴全部希望的魔尊。

唐非仔细盯着魔尊，一动不动，只觉得时间仿佛凝固了一般。不知过了多久，羽燃嘲弄的声音响了起来："这就是你的魔尊？"

是的，这就是魔尊！魔尊的身躯如同一个七岁孩童一样大小，灰黑色的皮肤紧紧裹在骨骼之上，龇牙咧嘴的脸上似乎还残留着古怪的笑容。魔尊早已死去，这是一具不知保存了多少年的干尸。

在背后响起的一片如释重负的哄笑声中,唐非想到了一个问题。每一年，他都能听到魔尊的心跳声，向他传递着坚韧的生命的信号，这是怎么回事儿？

借着火光，唐非仔细观察着干尸，发现上面有暗绿的斑点，说明这山洞中略带潮气。他转到石壁背后，便见到了那股缓缓滴落的泉水，正在有节奏地与地面撞击，形成一个小小的坑。虽然滴落的水珠都无法凝聚成流，但在这干燥的沙漠中，能历经百年而不干涸，算得上是个不小的奇迹。

唐非此刻唯一想到的，是师父临终前说的话——大概这世界的确是一个玩笑。

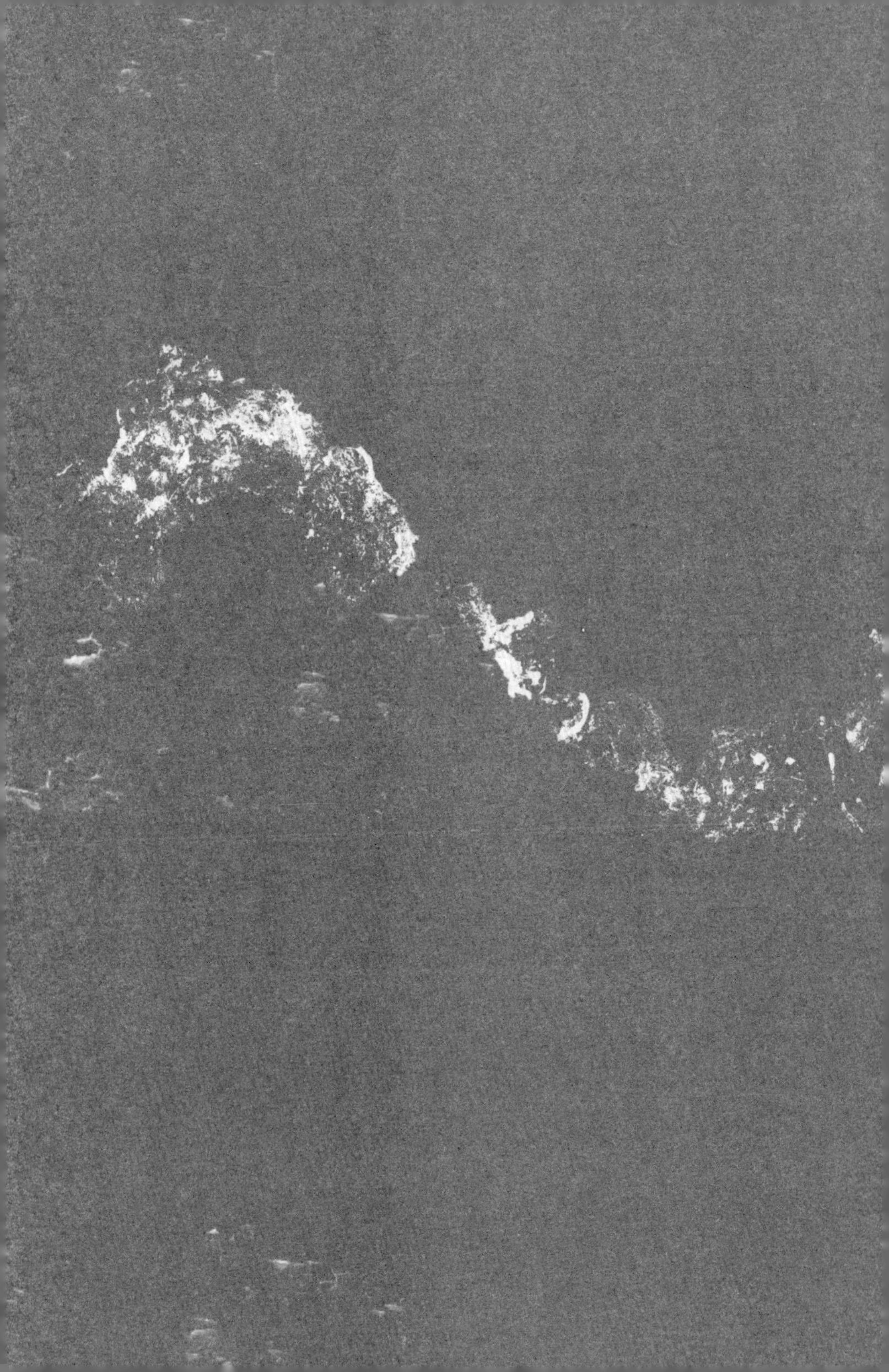

ONE DAY

我为什么会叫作赤铸呢？

凌晨的时候，赤铸从复苏舱里走出来，头脑略微有点眩晕。在思考了三万天之后，这个问题仍然深深地困扰着他，如同第一次听到的时候一样。

我已经寻找了三万天，我没有找到，但我不在乎。时间是没有意义的，三万天和一天，没有区别。

我会找到的。从一个区到另一个区，从一层楼到下一层楼，从每一个单元到每一个房间。当时间趋于永恒的时候，一只猴子也能在钢琴上弹出莫扎特的作品。

可是，莫扎特是谁呢？

你为什么会叫作赤铸呢？

问这个问题的时候，女人坐在窗边，窗外是灰蒙蒙的大气，呆滞、黏稠。

我一直都叫作赤铸。

也许，也许是因为一座山叫作赤铸。在被推平之前，那座山一直沉默地屹立着。在生活改变之前，每个人都有家乡。我的家乡在赤铸山下。

那时候我们的生命还没有永恒，那时候我们还在自由地工作，我们没有被集中起来，我们没有在催眠中工作一年，然后获得一天的欢娱。

但是，我为什么要叫作赤铸？

赤铸山不是我记忆的全部。我应该还记得村口的草垛，那上面有冬季残留的雪，秋天会燃起耀眼的火光，引来一片“快救火”的惊呼；我应该还记得家里的墙壁，那时候我们有一种东西叫作家，墙上有斑驳的痕迹，好像一些不怀好意的眼睛，注视着沉睡中的我；我应该还记得一片农田，贫瘠的恍如暮年的老妇，干瘪的身躯无法再挤出一滴乳汁。

我还应该记得天空，永远的灰色笼罩着不安的土地，我还应该记得许多，赤铸山只是遥远中的遥远而已。

我为什么要叫作赤铸呢？

也许毫无意义。

那么，你为什么叫作竹刀鱼？

竹刀鱼是一种鱼。很久以前，当海水没有干涸的时候，我很喜欢吃。

可是，那是你仅有的记忆吗？你还应该记得一些其他的吧？虽然时光已经把我们抛离了往昔的轨道，但应该还有一些碎片可捞，趁我们还没来得及完全遗忘。

没有什么，我只是希望记住我最喜爱的东西。很快我会失去过往的一切，也许只有名字还能提醒我，我曾经在世界上留下的一点痕迹，哪怕它微不足道。即便我们已经是罐头里的鱼，至少我们曾经游于深海。

也许这就是你叫作赤铸的原因，那座山也应该留下了你的痕迹，也许某一天你离家远游的时候，赤铸山是你游子的根。

我记住了，你叫作竹刀鱼。

我不会忘记你的。下一次，我会寻找你。

概率太低了。我们总是被随机分配的。你会浪费你宝贵的一天来四处寻找我？

我会的。工作的时候，我们不过是行尸走肉，所以，在我们的感觉中，我们每天都在欢娱。在永恒的欢娱中，我不会在乎那短暂的几天、几年、几个世纪。

那么好吧，随你的便了。祝你好运。

你是竹刀鱼吗？

我寻找你很久了，也许有三万天吧。现在我找到你了。

竹刀鱼？那是什么？

我们在三万天之前相遇过。你曾经询问过，我为什么叫作赤铸，这个问题，唤起了我的某种情绪。也许我是爱上你了，从此我在每一个娱乐日都寻找你。难道，你已经遗忘了自己的名字？

哦，抱歉，我已经忘记了。也许我的确叫过那个名字吧。

你真的忘记了吗？你曾经说过，我们要在永恒的时光中留下我们的痕迹，即便是微不足道的。为了这点痕迹，我追寻了你三万天。在跨入永生之前，这是一个人一生的时光。

但是现在，一生和一天也没有什么区别。对不起，我真的对此没有印象了，我也不需要什么印象。在永恒面前，任何的意义都没有意义。如果你不想寻求欢娱，那么，你可以换一个房间，或者我换。

对不起，那我离开吧，也许我认错人了。

你确定，你不曾叫作竹刀鱼？

也许叫过，也许没有，不过这并不重要。即使我曾经叫作竹刀鱼，现在，我不是了。你寻找的也许只是一个梦。在以前，我们都会做梦，但是到了第二天，我们都会发现梦的虚假。

对了，你刚才说你叫什么名字？

曾经有一天，我叫作赤铸，现在，我不知道我的名字。再见吧，也许有一天我们还会见面。当时间趋于永恒的时候，一只猴子也能在钢琴上弹出莫扎特的作品。

哦，莫扎特是谁？

儿童街

如果每个人出生之前都有机会选择的话，我想我最不希望被分配到的地方就是儿童街。但不幸的是，我的确被分配到了儿童街。

每一天下午三点，都是主人视察儿童街的时候。主人很忙碌，从每天清晨开始就要视察各条街，那时候太阳都还没有升起呢。可是下午三点正是太阳最毒辣的时候，我们不得不拿着玩具跑到游乐中心，顶着酷热爬到滑梯上再往下滑，坐在秋千上荡来荡去，在旋转木马上把自己弄得晕头转向。我们相互追逐，把玩具抛向天空；我们忽而哭泣忽而欢笑，在阳光下大汗淋漓。

主人那时候总是微笑着站在一旁，看着我们稚嫩的皮肤上闪耀着太阳的金色光芒。

主人很快乐，主人说："孩子们是多么天真无邪啊！他们是我们未来的希望呢！"

我们有时候一边玩，一边偷偷观察一下主人。主人一天比一天老了，但是谁都清楚，没有谁能够成为他的希望。不过我们是儿童街的成员，这种话不应该由我们来说。我们只需要在下午三点时分纵情地玩乐就好了。只要我们玩、我们闹，把衣服上面沾满尘土，我们的任务就完成了。

每一个月的最后一天，主人都会来挑选优秀生成为家庭街的成员，这是每个月最重要的一件事情。我们都不知道家庭街有什么好处——去了的人都没有回来过——但我们还是希望自己能够被选上。我们都是儿童，我们不应该学会分析后果，只需要照着主人说的做就行了。所以在这一天我们都会比往常更加卖力地嬉戏玩乐，期待着主人走到我们面前，摸着我们湿乎乎的小脑袋说："这个孩子不错，可以去了。"

当然也有不希望去的，甚至有更恶劣的想法的，这样的人都是极少数，通常被称为后进生，而且被大家痛恨。每次出现后进生的时候，整条儿童街的成员都会受到处罚。

为了适应这个年龄段的特点，我们都要被绑在一个形状古怪的凳子上，脱下裤子，然后被细而坚硬的棍子抽打屁股。阿姨一面打，一面对我们说："快哭啊，你们忘了我是怎么教你们的吗？"

于是我们都开始哭，哇啦哇啦地号成一片。我们拼命地挤眼睛，争取把泪水弄出来。我们一面哭，一面用最大的嗓门对着阿姨嚷嚷："我错了阿姨！我再也不敢了！"

我们的错误在于不团结。阿姨说所有儿童街的孩子应该一块儿进步，有人拖后腿是我们没有好好关心他、帮助他的结果。阿姨还说，好孩子千万不要学后进生，他们的下场是很惨的。

"他们会被扔到一个大炉子里，活生生烧掉！"

每次听到这句话我都会禁不住打战。虽然我知道，被吓唬也是我们日常生活中的一个重要部分，但我无法确认阿姨这句话的真假。事实上，和被选到家庭街的人一样，所有被发现的后进生也从此从儿童街消失了，再也没有回来过。我想，现在的生活虽然不快乐，但总比被烧得连骨头都不剩下的好。我还是乖乖在儿童街待着吧，就算去不成家庭街，也不要就此消失得无影无踪。

儿童街的生活很有规律，当然，也很无聊。有一段时间，我很喜欢和星星待在一起。星星所分配的年龄层次比我高七年，所以足足比我高了大半个身子，胸部也有隐约的曲线。每次主人视察的时候，她们那年龄层不用像我们这样在游乐场嬉闹，而是坐在教室里，煞有介事地翻看课本或者演算习题。当然了，那些习题用心算就能算出来，但是她们都必须老老实实地在草稿本上列算式、演算、验算，然后才能得出答案。

我和星星很要好。虽然她的年龄层次比我高，但在我们看来，这并没有什么关系。事实上，阿姨也一向支持高年级的孩子和低年级的多多交往。她认为，尊老爱幼是每个孩子应该具有的良好品质。所以，我们总有机会无所顾忌地在一起消磨时光。我很清楚，我们之间不大可能发生什么，因为我们的体形是恒定的，不会随着时间的推移有所变化。我永远是个五岁的小男孩，星星永远是个十二岁的小女孩。如果既不成为优秀生，也不成为后进生，我们将一直在儿童街待下去，直到有一天我们的躯壳坏掉。

但是后来星星消失了，因为她成了后进生。这件事让我很伤心，因为我曾那么苦心地劝说她，不要做那种无谓的挣扎，但是星星半点儿也不肯听我的意见。她执意要和其他街区的后进生秘密组织接头，后来就被发现了。如果阿姨所说属实，那么星星现在大约已经被烧成灰了。所以我又成了一个人。

有时候，在百无聊赖的时候，在躺在被窝里睡不着的时候，在被三点钟的太阳晒得头脑发晕的时候，我的头脑里也会禁不住生出一些乱七八糟的念头。我必须得承认我们很不幸，成年人的思维模块无论怎么改造，都不可能变得像小孩子。而我们被分配到了儿童街，就意味着我们必须把自己弄得像真正的孩子一样。虽然我们不是孩子，但我们必须看起来完全像孩子，这样主人才能满意。

“世界是由不同年龄段的人构成的，幼儿、少年、青年、中年、老年，缺一不可。”主人是那么说的。但是实际上，我们都知道，这个世界上只剩下他一个人了。而且，在那场悲惨的事故中，只有寥寥几种思维模块被抢救了出来，它们全都是成年人的。虽然躯壳的模板大多保存完好，但它们都是空心的。现在，孩子的心已经没有了，我们的心都是成年人的心，不管怎么去训练，孩子可以变成成年人，但成年人是不可能变成孩子的。

当然，这种想法只能在脑海里转转而已，和变成火炉里的灰烬相比，游乐场和演算的草稿纸已经算是天堂了。成为后进生其实是毫无意义的。我们都是主人造出来的，推翻了主人，我们也不能变成真正的人。星星曾告诉我，主人那么多年辛勤地营造家庭街，除了试图再度创建世界，还希望我们能够进行自然的生殖、繁衍，但是这项实验失败了。没有人知道问题出在哪儿，虽然我们的身体结构已经能高度模仿真正的人类。

有一天主人来视察的时候，我手里的一个皮球滚到了他的脚边。我一蹦一跳地跑过去，主人已经把那个球捡了起来，递到我的面前。我看到他的笑容依然那么和蔼，一如近百年来我所看到的。但他的头发几乎掉光了，脸上已经布满了皱纹，仿佛久旱龟裂的土地一般，而他眼中掩藏不住的深深绝望更是令人感到心悸。阳光下，世界上最后一个人的身影是如此悲哀而凄苦。我想，主人大概很快就会死去了，而不久之后，也许阿姨的能源也会耗尽。那样的话，也许我们就可以离开儿童街，到其他的地方去看看，赶在这个世界走向毁灭之前。

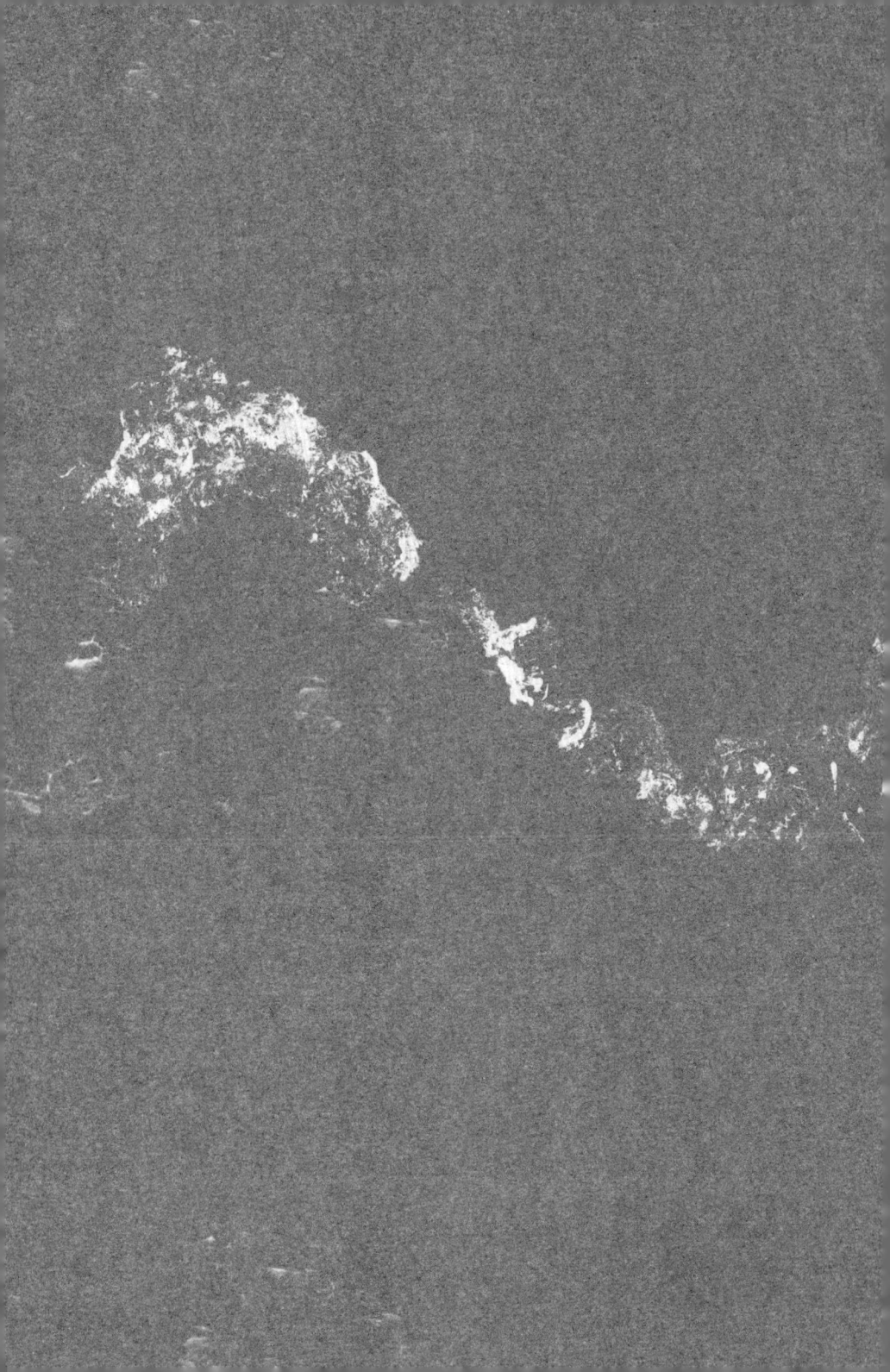

剑魂

销金谷是什么地方

沈清陷入初恋的泥潭时，正赶上皇帝第一次召集天下英雄斗剑。按理说，恋爱和斗剑没什么关系，所以十四岁的少年并不在意，每天半夜还是爬到成家墙外的大树上，向成小琳的窗户上扔石子。石子打在窗户上，发出一声轻响，接着房内的灯火就灭了。成小琳鬼鬼祟祟地溜出门来，以敏捷的身手翻过墙，沈清就在墙外等她。

有一天晚上，沈清照例扔出石子，成小琳的房内却没有任何反应。他正打算扔第二颗，忽然发现树下有人，低头一看，竟然是成小琳的父亲。

“给我滚远点，以后不许再接近我女儿！”成小琳的父亲低吼着，右手威胁性地按着腰间的长剑。沈清不敢还嘴，乖乖滚回了家，一路上还在纳闷，这老头怎么忽然就变得那么不通情理了呢？

回到家里，一切才有了答案。原来就在沈清出外游荡的傍晚，父亲回家了，而父亲被皇帝革职查办的消息传得比他归家的速度还快。成老头可以允许女儿和御前侍卫统领的儿子幽会，但绝不能允许她被一个罪人之后的石子勾搭出去。

这个势利的世道哟！沈清悲叹着，同时在心里暗自责怪不争气的父亲。但父亲从他幼年时就树立起的不可动摇的威严让他什么话也不敢说。那天夜里，他怀想着成小琳柔软细腻的小手，郁闷得睡不着觉，耳边不断听到父亲在漆黑一团的书房里发出若有若无的叹息。临近天明时，母亲的惨叫把他从朦朦胧胧的睡意中惊醒，他连忙冲出房门，差点把苦胆吓破。

父亲趴在地上，满身是血，已经奄奄一息，瞎了眼的母亲在他身边惊慌失措。沈清抢上前去，发现父亲的喉咙被完全割开，没办法发出声音，扔在身边的随身短剑表明这是自杀。垂死的父亲不去理会他，也不去理会晕厥过去的母亲，就着从自己脖子上流出的鲜血，在地上歪歪斜斜地写着字。

“他不是自杀，是……”

父亲只写了这六个字，就不再动弹了。

两天之后，沈清和母亲一道被逐出宅院，儿子被发配到边疆充军，母亲则被扔到天知道是什么鬼王爷的府中为奴。离开的时候，沈清忍不住转头回望，城市的色彩慢慢变得黯淡，那些高大建筑的线条仿佛都在一点点扭曲跳动，充满了嘲弄的氛围。他还看见成小琳的脸藏在墙边，两只眼睛肿得像桃子。她向沈清投来最后一眼，随即便消失了。

许多年之后，回忆起当初那一幕时，沈清已经四十五岁了，而且那张脸在多年的军旅生涯的摧残下看着像六十岁。这样一副憔悴苍老的形象，怎么也难以让人相信他年轻时还当过一段时间有钱少爷。他也不在意旁人的质疑，只是絮絮叨叨讲述着母亲后来的遭遇。母亲眼盲多年，到了陌生环境难以生存，不久就被发现浮尸井中，也不知是自尽还是不小心掉进去的。但母亲在家里的时候可是熟门熟路，在房间里行走自如，只要你不背着她改变房间的陈设……

终于有人忍不住打断他：“我说沈大叔，你能不能说点关键的事啊？你说你爹本来是御前侍卫，因为办错了差，才被皇帝革职，那到底是办错了什么差？逼得他都要自杀。”

“不是御前侍卫，是御前侍卫统领。”沈清脸上带着几分醉意，“办差嘛，什么差办砸了不是个死？无关的事，就别问啦，也没有什么特别值得一说的。”

旁人还想再问，这时候夜间巡逻的士兵走了过来，大家赶忙一哄而散，把刚喝光的酒壶藏起来。士兵闻到空气中残留的酒味，皱皱眉头，但并没有追究。蛮族大军就在眼前，惨烈的决战随时可能展开，谁都不知道自己明天是死是活，军中喝酒这点小事就不必计较了吧。

“喝够了酒，打点好兵器出来吧，你们这帮没用的铁匠……”士兵对着空无一人的火堆嚷嚷着，“蛮族的骨头太硬了。”

蛮族的骨头太硬了，这句直白的话诠释了两个事实：第一，身体瘦弱的人没办法上阵杀敌；第二，军中需要很多很多铁匠。所以沈清充军后做了铁匠。这一点让他不必直接面对那些凶悍的异族，而只需要看着一件件残损的兵器发呆。三十多年来，他就这样在军营里一日不停地打着铁，身边的同伴换了一拨又一拨，只有他是戴罪之身，终其一生不得离开。

“拉不出屎怪茅坑……”士兵离开后，小铁匠何铮第一个钻出来，悻悻地说，“自己打仗没本事，偏要怪刀枪不好使，难道还想用斗剑大会上的神兵不成？”

何铮十四岁，和沈清当初被发配过来时一样大小，大约是出于同病相怜，沈清一直对他照顾有加。

铁匠们纷纷附和，但一向多嘴多舌的沈清此刻反而一声不吭，脸上的肌肉好像抽搐了一下。

何铮有点奇怪：“沈大叔，你怎么了？”

“没什么，”沈清生硬地说，“喝多了，早点睡吧。”

何铮满腹狐疑地回到营帐。第二天一早，他找到沈清，说：“大叔，我明白了，你爹一定是因为斗剑大会的事情才被撤职的吧。他究竟犯了什么错？御前侍卫统领和江湖人士的斗剑有什么关系？”

沈清阴沉着脸：“我早说过了，无关的事情少问。少说废话，抓紧干活！”他抡起锤子，向着砧上烧红的铁器狠狠砸下，溅起一阵火花。

几天后，蛮族人发动突袭。他们穿着简陋的衣甲，胯下的战马甚至没有马鞍，却带着无法言说的剽悍气息，杀得皇帝的大军丢盔弃甲，五万军队在不足一万敌人的冲击下溃不成军。铁匠营被冲散了，不少铁匠还没来得及叫一声就被蛮族的战马踏成了肉泥。

何铮拼死抢到一匹马，扶着沈清上了马，玩命地向着远离战场的方向逃窜。那一天，草原上大风漫卷，杀戮的血腥气味顺着风飘出很远，让何铮感觉蛮子们的弯刀仿佛就紧贴在自己的后背上，随时准备掏出自己的心脏。他狂奔了大半天，直到坐骑经受不住，口吐白沫地倒在地上，把他和沈清一块儿摔了下去。

何铮左看右看，一望无际的大草原上根本没有躲避之处，他只好叹了口气，扶着沈清坐起来。这时他才发现沈清的背上不知何时中了一箭，直入后心，鲜血正在汩汩流出。老铁匠快要死了。

沈清气若游丝，手指着何铮，想要说话，却又说不出来。最后他指了指自己的心口，头一歪，断了气。何铮从他的手势里明白了点什么，探手入怀，从衣襟里掏出一些碎银两、汗巾之类的杂物，还有一个干瘪的蛇头，毒牙上钉着一样什么东西。他把那个东西取下来，仔细一看，不由得打了个哆嗦。

那是一块硝制过的人皮。

此时天色已晚，何铮不敢生火，只能费力地刨出一个浅坑，勉强把沈清埋了，然后在萧瑟的夜风中抖抖索索挨过一晚。第二天清晨，他借着阳光看清楚了那块人皮。人皮上用针刺着三个字：销金谷。

这是个什么地方？何铮一边吸溜鼻涕一边想着。

我到现在都还没想明白

“销金谷是什么地方？”刘文渊看着手里的人皮，头也不抬地问何铮。两人刚刚结束了一天的劳作，正在小酒铺里惬意地喝着便宜的烧酒。不远处，搭建了一大半的剑炉就像是一座小山，在夕阳下沉默地矗立着。

此时，距离上次战争结束已经过去两年有余，皇帝大概又开始觉得无聊了，于是再次宣布举行斗剑大会，一时间江湖中人趋之若鹜。何铮现在就在其中一个有望在斗剑中夺魁的门派做工，为他们修建新的剑炉。在这里，他结识了刘文渊，一个屡试不中的落魄书生。此人虽然没有半点本事，倒是有一肚子乱七八糟的知识。

“你读了那么多书，干吗还来问我？”何铮反问。

“这个名字我从来没在书上见过。”刘文渊老老实实地回答。

何铮一乐：“看来这年头的书上只教孝顺父母，不教江湖保命啊！销金谷是一个江湖门派，不过不管打架，专管制造打架的兵器。他们曾在斗剑大会中呼声很高，不过最近几十年好像衰落得挺厉害。”

“那么巧，不会就是被这块人皮咒的吧？”刘文渊若有所思，“这是一种很偏门也很邪恶的诅咒，来源于某个消亡已久的邪教，不过还是有一些诅咒法门流传了下来。在自己的皮肉上刺上仇敌的名字，用毒蛇的毒牙钉住，据说就能把人心内的仇恨溶化在咒术中，传达最恶毒的诅咒。”

何铮一阵不寒而栗：“原来是一种诅咒。沈大叔对销金谷的仇恨为什么那么深，要用这种法子去诅咒？”

他想了一会儿，忽然明白了：“销金谷一定就是害得沈大叔家破人亡的原因！”

但这个结论无法得到证实。沈清已经死了，小铁匠何铮更没有能耐去查阅朝廷记录，找到一个御前侍卫统领丢官被流放的原因。当然这并不重要，沈清的遭遇，对于何铮而言不过是一般的好奇。能找到答案固然好，找不到，就算是消磨时间的无聊空想好了。一个自杀的御前侍卫统领，在临死前留下一句话：“他不是自杀。”这真是够得上小说题材的故事了。

刘文渊由于不认识销金谷而被何铮嘲笑了一番，对于读书人而言，真是奇耻大辱。这个人虽然呆板，倒也真有求学精神，工作之余就去四处打听琢磨江湖中事，等到剑炉完全建好时，他也成了半个江湖通，何铮从他那里弄明白了不少事情。比如，自从皇帝召集斗剑之后，武林人士趋之若鹜；比如，皇帝对斗剑大会期望甚高，希望能借此使江湖中人不再有那么多的残忍仇杀，而把心思放到不大容易死人的铸剑上；比如，不同的江湖门派有完全不同的炼剑方式，导致斗剑大会上各执一词，连一个基本标准都没法确定；比如，那些能参与斗剑的利器往往过于凶险，一不小心就会造成死伤，以至于不少门派为了这个本应很和平的武林盛事增添了仇怨；比如，斗剑获胜者除了荣誉，还能获得极大的实惠等。

“那清霞派的炼剑方式是什么？”何铮饶有兴致地问。清霞派就是两人正在帮忙修筑剑炉的门派。

“清霞派追求长生之术，笃信一草一木皆有灵性，”刘文渊摇头晃脑作夫子授课状，“所以他们炼剑的精髓在于‘剑灵’，以天地灵气养剑之精华……”

何铮听得似懂非懂，或者说完全没听懂，但也只好跟着点头。刘文渊又讲了些别的门派，例如天剑门认为万物之灵来自天，所以向来以从孛星中获取的陨铁炼剑，结果慢慢地全派上下成了地理专家，满世界跑着搜寻坠地的孛星，据说还有地理爱好者化名投入天剑门，为的就是得到公费跑遍天下的机会。例如南疆巫民将巫术、毒术、蛊术化入剑炉，炼出的剑充满邪气，寻常人等靠近几步都会晕倒，每次斗剑都会引起正道中人的强烈抗议。

“销金谷呢？”何铮问，“销金谷怎么炼剑？”

“没人知道。”刘文渊表示遗憾，“销金谷一向以低产著称，有时一年都打不出一件兵器来，但每次有兵器从谷中流出，都是世间绝品。不过有人从销金谷的行事风格上，隐约猜到了一点端倪，他们也许是在用一种极高明的方法，提取铁精。”

何铮忙问：“铁精是什么？”

“就是兵器中蕴含的精魄。”刘文渊说，“有一种古老的说法，认为每一把兵器都有自己的生命，那就是铁精。如果能把很多铁精汇聚在一起，炼出来的兵器一定很强大。销金谷的人喜欢到处收集名刀名剑，所以外人有此猜测……你怎么了？”

“我在想沈大叔的事情，”何铮说，“会不会是销金谷偷了大内的名剑，大叔的父亲没有办法抢回来，所以才被撤职了。”

刘文渊打了个哈欠："老想着那些事干吗？反正和你没关系。"

"正因为没有关系，所以才胡乱想想呗，"何铮反驳道，"起码可以打发时间。"

天明之后，两人分道扬镳。清霞派的剑炉已成，不再需要力工。刘文渊想在附近继续寻找打短工的机会，何铮却选择了离开。

"我想到处走走看看，"他说，"也许有机会看到斗剑呢。"

和沈清不同，何铮虽然年纪不大，身子骨却颇为粗壮，沿路走去，总能得到招工的地方的青睐。他渐渐发现，斗剑果然是如今民间最热门的话题，无论剑客侠士还是贩夫走卒，张口闭口总会谈论到这起盛会。而各地的赌坊都在开出盘口，赌徒们也是兴致极高，于是何铮在一座小城的某间赌坊里混到了一份差事。

"我押的是天剑门。"一同在赌坊做工的宋大力说，"他们都说，天剑门今年弄到了一颗很不寻常的孛星，其中的陨铁比天底下的任何金属都要坚硬。你呢？"

"我？谁都没押。"何铮说，"我不懂赌博，再说我也没钱……"

"我借给你！"宋大力很慷慨，"跟着我押天剑门，准能赢。"

何铮摇摇头："还是算了吧，我看看就好。"

宋大力撇撇嘴，不再勉强。三天过后，何铮惊奇地发现他面色苍白，眼窝深陷，好似大病了一场的样子。

"完了完了，输定了！"宋大力看起来马上就要哭出声来了，"这一回一定是浦台寺要赢了。"

“你不是说天剑门稳赢吗？浦台寺又是怎么回事儿？”

宋大力垂头丧气：“浦台寺在天云山上。天云山采……采什么气，蕴……蕴什么华……”

“说重点！”何铮很不耐烦。

“就是说浦台寺在天云山打败了一个对手，抢占了一个灵潭。那潭水据说比冰还冷，但潭底深处偏偏藏了很热的岩浆。要是把宝剑沉到潭里去，就能吸取天云山的什么气什么华……总之能把天剑门比下去！”

这场赌局就是这样，不断有不同的门派玩出点新的花招，宋大力每回看上去都像是刚刚被人揍了一顿。何铮也不去管他，只是关注着赌坊不断更新的赔率。天剑门、浦台寺、清霞派等名字走马灯似的占据着大热的位置，但何铮注意到，销金谷这个名字一直挤在冷门的小角落里，赔率都在一赔八十开外，而且每过一天都会不断下跌。

“看来销金谷真的不行啊！”何铮喃喃地说。

“过去倒也挺厉害的，”宋大力说，“几十年前，第一次斗剑大会的时候，销金谷的赔率一直排在第一位呢。结果到了大会开幕前没几天，突然有流言说销金谷的铸剑塔出了什么事，他们的头号铸剑大师死了。这一下赔率一落千丈，后来果然根本没有在大会上出现。以后的几次斗剑，销金谷即使参加，拿出来的兵器也很差，大概除了头号铸剑师，剩下的人都不行了吧。”

铸剑塔出事了，铸剑大师死了……何铮在脑子里反复回味着这两句话，对于当年发生的事，似乎又有了点领悟。沈清那倒霉的父亲，一定和这起事件有关联，说不定就是他造成了这样悲惨的事故呢。“他不是自杀”，这五个字，难道说的是那位铸剑大师吗？

半个月之后，斗剑大会如期在帝都举行，赌徒们惴惴不安地等待着消息。这座小城距离帝都约有大半天路程，大会下午举行，消息第二天上午能到。于是他们就在大会当夜聚集在赌坊外，边喝酒边猜测着最终的结果。何铮也被宋大力拉去凑热闹，他事不关已地蹭着酒喝，听着众赌徒谈论、猜测、吹嘘和斗嘴。所有人嘴上都坚信自己的选择必然是正确的，与此同时，额头上渗出的冷汗显示出他们内心的犹疑和紧张。

宋大力在最后一次消息更新时，犹豫了许久，又往天剑门加了注，所以现在他已经没有退路可言。好酒如命的他一反常态地一口酒都没喝，脸色蜡黄。

“要么一把赚个够，要么把老婆本都赔进去！”宋大力佯装潇洒地嚷嚷着，手却一直在抖，他不喝酒也许是出于这个原因。何铮不忍看他，正在东张西望，却发现黑色的夜空中有一个白色的影子高速飞过。

“信鸽到了！”赌徒们叫了起来。有了这只信鸽，他们可以在天亮前就得到最终的结果了。谁胜谁负，谁赚谁赔，此时都由鸽腿上的那张纸条定夺。

宋大力深吸着气，等待着最终的宣判。其他赌徒们也都屏住呼吸，现场一片寂静。信鸽的主人，本城最大赌坊的老板，慢悠悠地展开纸条。

“最终的胜者，”老板故意拖长了声调，“那就是——”

那一句命运的宣判何铮最终没能听到。因为就在老板还在拿腔作调挑拨气氛时，宋大力忽然倒在地上，紧紧捂住胸口，发出一声短促而尖锐的惨叫。那是宋大力一生中发出的最后一个声音，当何铮气喘吁吁地背着他跑到大夫家，急慌慌地叩响大门后，磨蹭了许久才开门出来的大夫新纳的小妾一脸不愉快。

“这么晚了乱敲什么门！”她气哼哼地说，“那个死鬼不在，到赌坊门口等赌局的结果去啦！”

何铮只好气喘吁吁地再把宋大力背回赌坊，才走到一半的路，宋大力就死了，手里还紧紧捏着注签。

后来何铮一直没记住那一次斗剑究竟是谁胜了，或许是清霞派，或许是浦台寺，反正和他没任何关系。他只是在事后整理交接工作时发现了一件奇怪的事：居然真有人下注押销金谷，而且下的钱还不少，也是唯一押到销金谷上的一注。

这不是明摆着往水里扔钱吗？何铮想，一赔三百的赔率，这玩笑开得真够大的，而且此人的身份更是妙不可言：居然是本地寺庙的主持。他一时好奇心起，忍不住在离开之前拜访了那位下注者。

这座寺庙位置偏僻，香火冷清，何铮花了不少工夫才找到。眼前的主持老和尚低垂着眼帘，一副半死不活的德行，身子倒是养得白白胖胖。何铮问了好半天，他才慢吞吞地开口道：“哦，是有这么回事，就是图个乐子而已。”

“出家人也会在赌博里找乐子吗？”何铮摇摇头，“何况五年前，上一次斗剑大会，您也是押了销金谷。再往前的记录都没了，不过我想也差不多吧。您不是找乐子，而是在扔钱玩，谁都知道销金谷一定不会赢的。”

和尚脸上的肌肉微微抽搐了一下：“和尚拿那么多钱也没用，扔了又何妨？”

何铮叹口气：“供桌都要被老鼠啃光了，哪儿来的‘那么多钱’？恐怕不是要扔，而是想捡回一点吧？”

这话一出口，他就感觉眼前这个和尚似乎浑身都在变得僵硬，这更证明了他的判断。

“您从前是销金谷的人，对吗？”他问道。

和尚翻了翻眼皮：“不但是销金谷的人，而且是步雨泉的门下弟子。”

“我没读过什么书，您所说的‘不但’和‘而且’之间，是什么关系呢？”何铮又问。

和尚笑了笑，脸上隐约有点骄傲的意味：“销金谷虽然人数众多，但绝大多数只是学徒身份，不过即便是做学徒，也能让一般的铸剑师受用不尽。而真正的亲传弟子，往往每一代也只有一两名，我就是上一代谷主步雨泉的二徒弟。”

何铮点点头：“步雨泉，就是第一次斗剑大会之前，被御前侍卫害死的那个吗？”

这话一说出口，他就发现不妙。和尚的神色忽然变得凶狠，慢慢从蒲团上站起来，盯着他看了很久，让他怀疑自己可能要被灭口。过了好一会儿，和尚忽然哑然失笑。

“想要学那些一张口就能道破罪犯天机的神捕，就得把功课做足，”和尚摇着头，“我差点上了你的当！说吧，你从哪儿听来的那些乱七八糟的传闻，怎么会扯到御前侍卫身上？”

“想要做一个像模像样的和尚也不容易啊！”何铮说，“你当了几十年和尚，还是更习惯说‘我’而不是‘老衲’。”他也不隐瞒，把沈清的遭遇说了一遍，只是略去了沈父的血字不提。和尚摸了摸自己的光头：“所以你想干什么，给自己的朋友报仇？”

“我可没那么伟大，”何铮大摇其头，“就是产生了一点好奇心而已。我只想单纯弄清楚沈大叔的爹自杀的原因。”

“满足你的好奇心倒没什么，反正那些陈年旧事并不是什么了不起的秘密，”和尚说，“只不过，我担心你听完之后，会产生更多的好奇心。因为那起看似简单的悲剧中，却隐藏着一些难以解释的谜团，我到现在都还没想明白。你要是愿意给我捐点香火钱，我也不介意讲给你听。”

师父就此化为灰烬

你猜得倒也差不多，我师父的确算是被御前侍卫们害死的，所以那个自杀的统领死得活该。只不过我师父的死确实太怪异，我想了几十年，也没想清楚。

从头说起吧。现在销金谷名存实亡，只是一帮当年的学徒在谷里打着旗号骗人罢了，步雨泉死了，我和师兄散了，销金谷的真正技艺也就从此断绝了。

销金谷多年来声名在外，虽然一直保密，旁人都慢慢猜到了我们炼剑的秘密——我们用的方法，就是提炼铁精。

哦？已经有人和你解释过了，那最好，我可以省点口舌了。从兵器中提炼出铁精，说来简单，真做起来却难上加难，很多门派意图尝试，也不过得到一点钢水和焦炭。那其中的不传之秘，向来只有销金谷的谷主知道，除了入室弟子，谁也不传。

三十年前，我就是谷主步雨泉的二弟子。当初拜师的时候只是出于偶然的机缘，后来在销金谷待的时间长了，才知道师父原来在江湖上很有名气，那些高手都以能得到师父铸出的兵器为荣。不过师父总是严格控制着数量，基本上每年才会流出去一两件，虽然以他的能力应该一个月就能铸成几件。我猜那是为了物以稀为贵吧，销金谷的兵器太多，就不值钱了，师父终究也是个狡猾的人。

所以那一年，当那几个御前侍卫便装到来的时候，我还以为他们是来求剑的。结果我刚刚狐假虎威地走到他们面前打算赶人，他就把藏在身上的身份金牌亮给我一看，吓得我噤若寒蝉，缩在一边不敢多话。

我的师兄见过点世面，连忙去请师父。我在心里犯着嘀咕，师父会不会和他们打起来呢？和御前侍卫过不去，就是和皇帝过不去，那罪责可不小。偏偏我师父步雨泉年纪越大，脾气越坏，真是让人担心。近年来，他的古怪毛病越来越多，架子也越来越大——简直就和皇帝差不多。弟子和学徒们见到他必须让到道旁，垂手而立，哪怕路宽得可以跑四乘马车。他穿的衣物必须洗得一尘不染，食物也要用精炭烧煮才能入口，而且除了谷中万年不化的积雪融水，他也不喝其他水。

这些毛病倒也罢了，最难容忍的，是他变得越来越疯狂好静。除了铸剑的噪音无可避免，他禁止我们在任何时候高声喧哗，在他面前说话也不许七嘴八舌，有什么事必须由一个人整理好了单独向他汇报。谷内甚至连鸟雀都必须驱逐干净。而他的耳朵也确实灵，有时一些学徒在他单独居住的小屋外稍微说话大声点，甚至根本就是很小声的交谈，他都会怒气冲冲地开门出来施加惩罚。到了后来，除非有事相禀，谁也不敢靠近他的屋子。

不过师父脾气再坏，似乎也不敢和御前侍卫硬顶。所以没过多久，我就看到师父毫无脾气地跟在那几个侍卫后面，一副毕恭毕敬的样子。我心里不免有点鄙夷，同时也有点纳闷：御前侍卫，不是应该跟着保护皇帝的吗？跑那么远到销金谷来办差，难道皇帝也有什么事需要偷偷摸摸地办？

这之后发生的事情更加让我吃惊。师父对我和师兄下令：“把剑塔点燃！”

所谓剑塔，其实是销金谷里一个巨大的高炉，因为形状似塔而得名，是我们这一派专门用来铸剑的地方。这地方每年只开动不到一个月，之后师父就不再铸剑，但今天在皇帝的钦命面前，师父也不得不屈服。

按照惯例，师父只带了我们师兄弟进入剑塔，但领头的御前侍卫一定要跟进来监视，我们也没办法。剑塔分三层，我在剑塔下方负责控制燃料和炉温，师兄位于中层，负责挑拣可用的原料兵器、熔炼铁精，并将铁精通过机关送到高处的平台，师父将在那里进行最后也是最复杂的工序。十多天之后，第一把剑打了出来。这把剑寒光毕露，硬度韧度俱佳，如果流入江湖，一定会有很多人哄抢。

御前侍卫的头儿——你说是统领是吧？官还不小呢——却并不以为意。他从随身包袱里拿出一件用黄缎裹着的东西，微微掀开一角，让师父看了一眼。师父居然吓得退后两步，一脸惊惶。

“能赢得它，这把兵器就算合格了。”统领说。

师父的脸色变得相当难看。

“怎么样，还要故意在我面前说谎吗？你的底细，我一清二楚。”统领冷笑着，说了一句莫名其妙的话。师父的反应更加莫名其妙，他摇着头，居然把刚刚炼成的剑扔回了炉中。

这就是那件事的第一个谜团。皇帝究竟想要师父干什么？统领给师父看的又是什么？

第二个谜团更加费解，它牵涉师父的死。在第一把剑被生生废掉后，师父没有做任何解释，指挥着我们开始打造第二把剑。这一次的进度慢得多，而且使用了很多一直珍藏着的当世知名兵刃，这让我和师兄觉得很心疼，又隐隐有点兴奋。也许这次能打出绝世罕见的神兵呢。

这一把剑耗费的时间出乎意料的长，足足磨了一个月有余，连我们两个年轻人都有些吃不消，师父自然更加难受。但他始终苦苦支撑着，几乎整夜整夜睡不着觉，脾气也愈发暴躁，动不动就对我们大发雷霆。所以要分清楚师父和我们师兄弟究竟谁更受折磨，倒也难讲。

终于到了最后那个不可索解的日子。我们照常小小地休息了几个时辰，就被师父揪起来干活。当时师父位于高处的平台，背对着火焰，面向我们站立，因为还没有进入需要他提纯锻打的工序，他的眼神有些茫然，不知在想些什么。师兄在剑塔中部，利用炉火提炼铁精。我则在底端控制着炉火。

接近中午时，师兄提炼出了第一块铁精。他搬动机关，脚下的铁板开始上升，将他送往高层。我随意抬头看了他一眼，就是这一抬头，我发现了一个意外的危机。

联系着剑塔高层机关的铁锁，不知为什么竟然和中层的铁锁缠绕在了一起。而中层的铁板此刻正在上升，这意味着高层平台极有可能被反方向的力拖垮，就像是在被绞盘拖拽。可师父还在那里呢！

我慌忙顺着剑塔四壁的阶梯往上奔跑，一边跑一边大呼小叫，示意师兄赶紧提醒师父离开高层平台。因为中层铁板的机关一旦发动，就只有到了目的地才会停止，师兄也没办法停住它。

师兄听到我的呼喊，也立刻发现了危机。他立即仰起头，对着师父大喊道：“师父！危险！快点离开！”

师父好像愣了一下，这才注意到他在说话。师兄又喊了一遍，师父点点头，却并没有动弹。我急得满头大汗，恨不能长出翅膀飞上去，把他拖开。

师兄双手乱舞，声音由于紧张已经完全变形：“师父，快点离开！平台要垮了！您还愣着干什么？快走啊！”

师父仍然没动，反而望着师兄，很平静地说：“我们没有选择……这是唯一的解决办法！”

话音刚落，平台承受不住拉力，终于断裂了。我站在梯上，眼睁睁看着师父从高处落下，正落在炽热的炉火中。伴随着师父最后的尖叫，一阵青烟升腾而起，师父就此化为灰烬。

我觉得挺没意思的

“这么说来，您师父是自杀的？”何铮皱着眉说，“他为什么要自杀？因为惹不起御前侍卫？”

老和尚摇摇头：“我要是知道就好了。这就是我思索了几十年都没想明白的谜团。师父虽然铸剑技艺举世无双，却一直是个自私而人品低下的角色，明明答应好了给人打造兵器，只是因为另一家出价更高，他就可以翻脸毁约。这样的人……怎么也不像是会自杀的样子。”

何铮想了想：“确实。何况从你的描述来看，这个人既贪图享受，又喜欢使用权力。通常这种人都会想尽一切办法保命，而不是自杀。”

“但他的确是自杀，铁证如山啊！”老和尚迷惘地说，“剑塔是一个近乎封闭的所在，当时师兄那一声喊得非常响亮，绝不可能听不到，更何况他还明白无误地回答了。”

“我们没有选择……这是唯一的解决办法……”何铮重复了一下这句话，“还真是标准的自杀者遗言。可是，他临死前为什么又要尖叫一声呢？”

“就算是自杀，临死前也总会感到害怕吧？”老和尚说，“我还是接着讲完后面的事情吧。师父死了，御前侍卫的行动也只好宣告失败。我看见那个统领铁青着脸，猜到他一定会受重罚，没想到竟然畏罪自杀了。而步雨泉的死，也宣布了销金谷的完结。我和师兄都还没有出师，师父的手艺只学到了十之二三，没有脸在外面自称是销金谷的传人。所以我漂游了一阵子之后，终于心灰意冷地到这里出家做了和尚，老和尚死后又做了主持，只是在斗剑大会的时候总忍不住要押销金谷一注，虽然注定赢不了钱。看起来，继承和尚的事业比铸剑师轻松多了。”

“那您的师兄呢？他去哪儿了？”何铮问。

老和尚事不关己地摆摆手：“我哪儿知道！师兄也是个脾气有些阴沉的人，当年我们表面客气，实则根本没什么交情。他要么去了别的地方铸剑，要么大概也和我一样当了和尚吧。”

何铮哭笑不得：“您以为天底下的职业就剩下铸剑师和和尚这两种了吗？”

从这位糊涂主持嘴里得到的收获够丰富了，何铮想，再多也问不出什么名堂了。虽然其中的隐情还不了解，但大致经过还是清楚了。沈清的父亲果然就是因为这件事而自尽的，可想而知，皇帝对这次任务的重视程度。可是，谷主步雨泉真的是自杀的吗？

他始终忘不了沈清所转述的那六个字遗言：“他不是自杀，

是……”

这位没能完成皇命的御前侍卫统领，难道在临死的时候灵光一现，看穿了迷雾背后的真相？那真相究竟是什么呢？

离开这座城市后，没什么目标的何铮捡了一根树枝，往空中一扔。树枝啪地落地，尖头指向南方，于是他向南方而去。

说起来也是他运气好，走了没多久就听到消息，南方的一位诸侯国君主发动叛乱，还拉拢了好几位盟友，声势不小。据说该君主长期觊觎自己孱弱的邻国国土，屡次上书皇帝，想以合法的方式吞并该国，皇帝自然不同意。摩擦积累到顶点，就只好开打了。皇帝就是这么忙，打完蛮族打海盗，打完海盗，自己的诸侯又起来闹事。

何铮没办法继续南行，只好就地暂时留下来找活干。托战争的福，当地太守未雨绸缪，开始招民夫修筑工事、打造兵器。何铮干回了老本行，每天拉着风箱抡着锤子，但由于战火还未波及此处，形势并不如随军与蛮族作战时那么紧张兮兮。

因此，铁匠们聚会喝酒的地点不再是军营，也不再有巡夜士兵的打扰。这间小酒馆脏乱、酒劣，下酒菜要么淡而无味，要么像打翻了盐罐子，还有一个脾气暴躁、人老珠黄的老板娘，但有一个唯一的却是最重要的好处：便宜。

“觉得老娘态度不好，去找态度好的吧！”老板娘把酒坛砸在桌上，桌腿一阵摇晃，“就看你们这帮穷铁匠有没有那么多钱了。”

铁匠们相对苦笑，谁也不敢还嘴。几杯酒下肚后，气氛一点点热烈起来，大家的话头打开后就收不住了。这些铁匠多半出身穷苦，话语间也不过是一些颠沛流离的羁旅生活，或是和某个乡村女子的露水姻缘。说到粗俗处，众人一起抚掌大笑，吵得老板娘把菜板砍得当当作响以示抗议。

虽然细节各异，但仔细分析，那些铁匠的生命轨迹其实是差不多的，何铮忍不住想。每一天、每一夜、每一个看似不平凡的瞬间都是如此，喧嚷中蕴含的是无可奈何的平静，就像一口井，无论投进的石头掀起怎样的涟漪，当水波平静后，死水终究是死水。

我也会这样吗？他想，四处卖着力气，贫困地度过一生，运气好，结婚生个孩子，运气不好就孑然一身，只能每天夜里在污秽的小酒馆喝得烂醉，才能忘记压在心头的不幸。

“都是铁匠，我们就得一辈子受穷，他们就可以风风光光地这个比试那个大会！”有一次，一个铁匠满脸通红地抱怨着。

旁人都笑了起来：“人家是铸剑师，可不是你这样只会打锄头钉马掌的乡下穷铁匠。”

“没什么区别！”铁匠嚷嚷着，“我们打出锄头可以耕地，他们打出刀子只能拿去杀人！他们干的不过是帮助杀人的活儿，为什么就比我们要高一等？”

何铮轻叹一声：“因为世界本来就是由杀人者掌握的，而不是耕地的。”

所有人都默不作声了，倒是老板娘侧过头，瞥了他一眼。

“好像还有点见识，”老板娘说，“或者是听了别人的话拿出来卖弄？你真能明白这句话的意思吗？”

何铮摇头：“我不明白，就是随口说说。”

“小何子可不是一般人！”另一名铁匠大声说，“他以前认识御前侍卫统领的儿子，还认识铸剑大师的徒弟呢！”

何铮差点一口酒狂喷而出，该铁匠巧妙的措辞一瞬间就把他的形象高大化了。他狼狈地咳嗽着，看着对面笑得不怀好意的老板娘，心里想着：侍卫统领的儿子、铸剑大师的徒弟……如果光是这么一说，乍一听倒还真挺有面子的呢。

兴尽散伙的时候，老板娘对何铮说："你留一下。"

何铮有点糊涂，我凭什么要留一下？你是衙门的官老爷吗？但不知为什么，他没有抗拒，留了下来，还在老板娘的指挥下关好了门。老板娘转身回到里屋，何铮不知所措地等着。忽然一声破空的呼啸声，一把长剑毫无征兆地从里屋的门帘后飞了出来，擦着他的脑袋掠过，当的一声钉在门板上。

要是稍微偏上半寸，只怕自己的脑袋就要被切开花！何铮大惊之下，背上的衣服瞬间就湿透了，他伸手扶住桌子，免得自己腿一软摔倒。惊魂稍定后，何铮扭过头去，发现那把剑完全戳穿了厚厚的门板，几乎整个剑刃都露在了门外，门内只余剑柄，还在轻微摇晃。

"胆色还行，"老板娘慢悠悠地转出来，"居然没有吓昏过去。"

"没吓昏也快了，"何铮擦着额头的冷汗，"多亏我好歹见过打仗，还被蛮族人追得屁滚尿流过。您到底是什么人？"

老板娘把剑收回来，上上下下地打量着他，忽然问："你既然认识那些不寻常的人物，自己干吗还是个做杂工的流浪汉呢？"

"我认识的都只是寻常人物，"何铮说，"身份不可能跟着你走一辈子。侍卫统领的儿子可以只是一个戴罪的潦倒铁匠，铸剑大师的门徒也可以变成只会念经的和尚。"

"听起来还怪有趣的，"老板娘说，"能给我讲讲吗？"

"那您得请我喝酒。"何铮借机开价，想了想，又补充说，

“不掺水的。”

他把沈清父亲与销金谷的恩怨大致讲了一下，老板娘听完，沉默了半晌，最后她发出一声冷笑：“步雨泉那个老家伙，绝不会自杀的！他的死肯定有点文章。”

何铮大吃一惊：“您也认识他？您是什么人？”

老板娘犹豫了一下：“他差一点就做了我的竞争对手，可惜死得早了几天。三十多年前，我也是个想要参加斗剑的铸剑师，门派就不必提了。”

何铮喃喃地说：“看来我的运气不错，总是遇到过气的名人。”

老板娘嘿嘿一笑：“我比他们差远了。我所在的不过是个默默无闻的门派，也没有什么惊人的技艺，但是听到斗剑大会的奖赏，谁都难免要小小心动一下。”

“哦？是很多钱吗？”何铮问。

老板娘轻蔑地看了他一眼：“年纪轻轻就知道钱，钱算什么呢？”她顺手把手中的长剑递给何铮，何铮细细地看着。这是他一生中第一次接触一把真正的宝剑，那通体散发出的凛冽寒光令他心里充满了敬畏。他尝试着挥舞了几下，宝剑在空中划出轻微的风声，让他隐约间产生了一丝幻觉。仿佛他并不是一个四处流浪的小铁匠，而是一个行侠济世的大侠客，正在仗剑而行、斩妖除魔。

“手里拿着宝剑，觉得人都不一样了吧？”老板娘在旁边不阴不阳的一句话，把他唤回了现实。没有什么大侠，也没有什么等待拯救的生民，只有肮脏污秽的小酒馆和不知所措的小铁匠。这种感觉真是让人平添失落。

“所谓人，就是这样，”老板娘拍拍他的肩膀，“总是无法了解自身，甚至连自己是谁都不知道，只有当手里拿上剑、腰间悬着金牌、头上戴着皇冠的时候，才能找回存在的感觉。皇帝召集斗剑，也是因为他心里明白这一点啊！”

那之后，何铮慢慢和老板娘有点熟了。在暴躁粗鲁的外表之下，她其实是个很有意思的老太太，甚至替何铮补过一次衣领，这让他隐约回忆起童年时慈祥的祖母。当然，老板娘和慈祥半点也沾不上边，除了那次缝衣领，她和何铮熟起来的另一个表现就是驱使何铮替她干活。

“年轻人就是要多劳动，”老板娘说，“成天懒懒散散吊儿郎当可不像样。”

“可年轻人不能白劳动啊！”何铮说，“再说我成天打铁快累死了，哪点懒散？”

“那好办，以后免了你的酒钱不就行了？”老板娘脑筋转得够快。于是何铮每晚又开始兼职酒店伙计，干些擦桌子、刷碗的杂活。

一天晚上，当酒客们散尽后，何铮正在收拾残酒冷炙，发现一张酒桌上不知何时多了一朵小小的银花。他把银花拿给老板娘，老板娘面色不变，对他说:“剩下的活儿我来，你先回去。”

老板娘发善心，那可比狗不啃骨头还要奇怪。何铮回到铁匠挤住的木屋里，躺了一小会儿，越想越觉得奇怪，又爬起来，偷偷跑回了小酒馆。酒馆里的灯火已经全部熄灭，里面也悄无声息，但他可以听到距离酒馆不远处有些奇怪的声音。他循着声音小心翼翼地走过去，在酒馆后方的一小片空地上，他看到了斗剑。老板娘和一个看不清面目的灰衣人对面而坐，他们正在斗剑。这个灰衣人，应该就是那朵银花的主人吧。

原来斗剑就是这样的啊，何铮想。漆黑的深夜中，两人各自握在手中的剑却在发出轻微的光芒。老板娘的剑是白光，灰衣人的是绿光。两人都盘膝坐着，相隔数丈之遥，这让何铮有点迷糊：隔得那么远，怎么斗呢？

两人的动作很快做出了最明晰的解释。他们手中的剑芒越来越强，从开始黯淡的光芒一点点变得明亮，最终变成了两团炫目的光晕。就在光晕极盛时，两人嘴里低喝一声，两柄剑从各自的手中飞起，飞向半空中，凌空撞在一起。

它们就这样悬停在空中，仿佛是两个正在角力的力士，白光和绿光相互碰撞渗透，忽而白光强盛，忽而绿光明亮，此消彼长间，渐渐发出高亢的尖啸声。那声音并不十分响亮，却好像尖锐的锥子，能从耳朵锥入，一点一点扎到心里去。何铮用尽全力捂住耳朵，仍然觉得一阵阵难受。

与两柄剑的激烈相斗不同，坐在地上的两个人倒是挺悠闲。虽然可以看出他们的神情十分紧张，却并没有那种剑拔弩张般的紧绷和拼命。何铮突然看明白了，所谓斗剑，真的是完全依赖剑本身。当兵器开始拼斗后，人就不再发力，之后的命运由剑的强弱来决定。

好像挺公平的，何铮想，但又好像有点不对。不过没等他想明白究竟哪点不对，胜负已经分明。发出绿光的剑终于支撑不住，咔嚓一声，断成了两截。

灰衣人霍然站起，向前跨出两步，又呆立着不动了。老板娘带着几分得意，慢悠悠站起来，召回了自己的剑。

“我输了。”灰衣人低声说出这三个字，头也不回地离开了。

老板娘等他走远，哼了一声：“好看吗？快滚出来吧！”

何铮从藏身处钻出来，想了想，又跑向远处，先把灰衣人弃之不理的两截断剑捡了回来。老板娘皱皱眉头:“你要干吗？”

“我也许可以把它们接起来，”何铮说，“我还从来没有过一把剑呢。”

老板娘嗤之以鼻：“第一，以你的手艺，这样的好剑恐怕没本事接上；第二，剑也是有生命的，在斗剑中输了，就失去了剑灵，接起来也不过是块死铁。”

“死铁也好啊！”何铮说，“我又不是你们江湖中人，有一把利剑，好歹走山路的时候能对付对付野狼。”

“随你吧！”老板娘说，“我得走了。既然被人找到了，就说明此处已经无法安身。你要不嫌弃，这个店就送给你去开吧，总比做铁匠赚得多点。”

何铮有些怅然，过了好久才说：“可我……还不知道您究竟是谁呢？您的剑那么厉害，以前也很有名吧。”

老板娘微微叹了口气：“每个人都有自己的过去，一个个都要打听的话，未免太累了。”

“您四处躲藏，就是为了不想和人斗剑，对吗？”何铮大声问。

老板娘凝视着自己手中的宝剑：“差不多……我觉得挺没意思的。”

那就去看看吧

叛军很快被镇压下去，表面上看起来四海升平无战事，皇帝他老人家却没有再弄点新花样出来，因为他在击败叛军后不久就病死了。新皇帝上台后，先要铲除异己，巩固政权，也无暇他顾。所以新的斗剑大会开始时，已经是五年后的事情了。

而何铮也当了五年酒馆老板。经营一家小酒馆其实更操心，还真不如当铁匠轻松，只需要来了活儿就干，干完了躺下休息就好，但何铮还是把这间破破烂烂的酒馆一直开了下去。他反正对钱财并不怎么在意，也没有更改老板娘的酒价、菜价，相反还总是让人赊账，结果酒馆的生意比以前更好了。

闲暇的时候，他也曾尝试接续那把灰衣人抛弃的断剑，但正如老板娘所言，他那种三流铁匠的手艺根本没办法做到。以他所能达到的炉温，那柄剑半点反应都没有。好在何铮是个万事想得开的人，这把剑本来就剑身偏长，那半截断剑也能勉强使用。他做了个剑鞘，把断剑插在里面，看上去倒也不赖。

“图个好看，其实里面就是废铁。”他总是这么回答询问这把剑的酒客。但在新一届斗剑大会召开前夕，这把剑被人认出来了。

那是一个看上去邋里邋遢的中年酒客，从打满补丁的装束上看，应该是个滞留此地的流浪穷汉。不过此人倒是绝不赊账，每天晚上天黑就到，总能带来几个铜板的现钱，也不要下酒菜，就抓着油腻腻的酒壶自斟自饮。这样过了几天，某一夜风雨大作，店内空空荡荡，没有半个客人，何铮乐得清闲，正打算关门打烊，那名酒客却如幽灵般闪身进来。

“不错，很安静，”他满意地点点头，“适合谈心。”

“谈心？”何铮左右看看，“不会是说我吧？和我有什么好谈心的？”

客人盯着他的腰间：“不是你，是你的这把剑。虽然你口口声声说它是废铁，但那个剑柄我看着挺眼熟的。”

“那个灰衣人，是本门叛徒，我已经追了他很久了。”客人听完何铮的讲述后说，“这把剑就是他偷出来的。”

何铮愣愣地问：“那我要不要还给你？”

客人摇摇头，说了句和当年的老板娘几乎一模一样的话：“剑断了，剑灵就死了，拿回去也和废铁无异。你留着吧。可惜啊，那是本门最好的一把剑了……”

何铮刚如释重负，客人又问：“那个老板娘去哪儿了你知道吗？嘿，你当然不会知道了。比起那个叛徒，其实我更想找到她。”

“那可不容易！”何铮说，“她说他们本来就是无名小派，上次被找到后，她也会找个更偏僻的地方躲起来。”

客人笑了起来：“无名小派？那是骗你的。四十年前第一次斗剑，最有希望的是销金谷，其次就是扶风山庄。那时候她不过二十出头吧，带着她父亲也就是扶风庄主的神剑去参加斗剑。没想到临到大会前，她的信寄到了家，说是不愿意参加斗剑，居然带着那柄神剑不知所踪了，把老庄主气了个半死。”

“为什么呢？”何铮问。

“这也是我想问的，”客人一脸的迷惘，“那时候步雨泉的死讯已经传出，只要她带着扶风神剑出现，多半就能赢得斗剑。可她偏偏放弃了，为什么呢？”

客人不再说下去，从怀里掏出一锭银子：“谢谢你让我知道了一些答案，再会。”

何铮没有接钱：“你去哪儿？去参加斗剑大会吗？带上我吧。”

客人一怔：“带上你干吗？”

“我很想去见识见识。”何铮说，“不管打铁还是卖酒，总归是无聊。我从小开始就不断认识你们这样的江湖人物，却从来没有真正踏入过，实在是很好奇。”

客人盯着他瞧了好久，目光中忽然有了笑意：“那就去看看吧，看过你就知道，也许比打铁、卖酒更无聊。”

也没什么奇怪的

斗剑好像已经成了江湖中最重要的事情，这是何铮的直观印象。以前在他听过的故事里，江湖人士最喜欢干的就是一言不合拔刀相向，打得乱七八糟血光四溅。在那些少年时期的幻梦中，他也曾不只一次想象自己化身剑侠，干些行侠仗义拯救美女的勾当。

现在江湖好像平静了许多，人们的心思都在斗剑上，各大门派帮会不再杀伐不休，而是全力炼剑。

“假的。”名叫裴彪的酒客告诉何铮，“如果自己的剑不能占优势，就难免要想点搞破坏的手段。所以大家并不是不想出去惹事，而是都不得不缩在家里，谨防别人来盗走自己炼的剑，或是毁掉自己的剑炉什么的。明里挑衅争斗的少了，暗中死的人却半点也不少。”

何铮很失望：“皇帝想借斗剑来让大家少打架，看来是不那么成功的。”

裴彪冷笑一声：“不打架还能叫武林？皇帝也真是天真，想用这一招就让民间太平下来，怎么可能？”

这话提醒了何铮。他想起了老板娘和裴彪的师兄斗剑后，那种别扭的感觉是从何而来的了。是啊，那样斯斯文文地坐着斗剑，不大像武林嘛，武林生来就是为了打架的。

自以为是的皇帝啊，他又想，大概有权力的人总是那样，以为自己拍拍脑袋扔出个点子就能解决天大的难题，其实到最后总会成为天大的笑话。几十年间，已经比拼了六次的斗剑，似乎正在破坏着原有的稳定的江湖格局，带来难以预料的变数。

第七次斗剑正在临近，从裴彪口中，何铮终于得知斗剑大会获胜的好处。正如老板娘所说，和赏金关系不大，也不只是虚名，而是实实在在的权力的诱惑。

一直以来，江湖中人和朝廷的关系都非常微妙。理论上而言，拿着刀剑打打杀杀，怎么都应当是违反律法的事情，但朝廷如果真的看不过眼，也没有能力去管束。所以大家一直都心照不宣地守着一条双方都可以接受的界限：打架归打架，必须收束在江湖范畴内，而不能过火。朝廷可以不管你，你也不要肆意妄为，挑战底线。

但皇帝召开斗剑大会，显然已经想到了这一层复杂难解的关系，并且力图解决它。斗剑大会，从某种程度上而言，可以算是皇帝给江湖野人打上一个官戳的途径。能在斗剑大会上名列前茅的门派，可以获得皇帝的御赐金匾，那不仅仅是虚名，更代表着某种耐人寻味的认可。能得到这块匾的门派，在日常的种种行事，包括开馆、圈地、收租、运货等生意，都能获得优先权，即便有些微越轨之处，也会被官府忽视过去。

“谁的钱都不是从天上掉下来的，”裴彪说，“尤其正经门派，不能像混黑道的那样贩私盐什么的，有官府的照拂，做什么都容易了。在过去，江湖门派和官府靠得太近是会被耻笑的，但现在却显得合情合理了。况且皇帝说得很明确，赢家只需享受便利，不必为官府做任何事。

“我也曾经怀疑皇帝用这一招是不是为了变相挑起纷争，事实上在最初的几次斗剑大会后，为了斗剑而起的纠葛确实不少。但最近两次，奖赏的名额大大增加了，几乎是只要你来参赛，就能捞到实惠。所以如果一定要说这其中包藏了什么祸心的话，似乎证据不足。”他补充道。

“听上去还真是个通情达理的皇帝啊！”何铮说。

说话时，两人已经踏入帝都。帝都是一座庄严大于繁华、气魄大于规模的城市。踏在帝都的街道上，难免让人心情肃然，就连一向不修边幅的裴彪都换了身相对干净的衣服。

“还是有点紧张，”裴彪解释道，“这是我第一次代表门派来斗剑。好在我们本来也没什么胜算，就当是开开眼界好了。”

这时，帝都已经有大批江湖中人聚集，要是放在几十年前，御林军必定如临大敌，又是清查又是宵禁的。但现在，他们除了加强皇宫的守卫，并无其他动作。皇帝说了，来参加斗剑者，皆为忠君爱国之士，不必那么紧张。所以这些武人在无聊的等待中可以悠闲地四处逛荡，这让何铮恍惚间回忆起六年前的事情。那时候，他也是陪着同伴宋大力等待斗剑大会的召开，也是那么多人焦躁不安、提心吊胆。不过那时身边的只是无关的赌徒，输赢不过是一点闲钱，而眼前的这些剑客们，赌的却是声名与未来。

“听你说了那么多好处，最终的第一名好处又是什么？”何铮问。

“说虚名的话，能得到‘天下第一剑’的称谓；说实际的，该派掌门将被尊为帝师，可以获得号令群雄的权力。也就是说，这个门派实际上就和武林盟主差不多了，但付出的代价却比以前争夺武林盟主时小多了。”

“这样的好处，步雨泉为什么不去争，反而自杀了？”何铮觉得不可思议。自从听步雨泉的二徒弟讲过他师父的死因后，何铮就总忍不住要琢磨这件事。步雨泉的死有两个疑点：为什么他会无缘无故自杀？御前侍卫的出现又是为了什么？

这些年来，何铮打破头也想不明白这两点。现在身处斗剑大会的独特氛围中，那些诡异难言的谜团又开始浮出水面了。后来他又想到了一些别的：如果步雨泉没有死，以他那天下公认的无双技艺，销金谷会不会一直垄断“天下第一剑”的名号呢？而那样的话，沈清的父亲不会割喉自尽，步雨泉的二徒弟也不会去当一个孤苦伶仃的老和尚，自己就不会有机会认识这两个人，也就无缘结识老板娘和裴彪——说不定到现在还是个浑浑噩噩的小铁匠呢。

人生真是奇妙啊！何铮想，销金谷里的那一缕青烟，决定了四十年后我站在帝都，看着落日消失在城墙后。

几天之后，斗剑大会正式开始，首先进行几轮初试，逐步淘汰。何铮冒充裴彪的师弟，堂而皇之地混在衣着光鲜体面的江湖客中，只觉得自己的心脏跳得格外厉害。

司礼官开始宣号，大大小小的门派按照事先排定的顺序开始捉对比拼，那场面何铮已经在几年前看过了，确实不怎么像武林，倒似书生在比背书，真是严谨得可怕。不过说到书生，何铮忽然觉得司礼官很面熟。只见司礼官起身离座，靠近几步，这回何铮看清楚了。这个司礼官，居然是他的老熟人，一起给清霞派修过剑炉的落魄书生刘文渊，不过这会儿他看上去可半点也不落魄，居然混到了朝廷里当差。

当天的比试结束后，何铮找到了刘文渊，故人相见，欣喜非常。原来刘文渊在何铮离去后的第二年终于考上科举，从此告别贫困生涯，而他那股书呆子的习气也一扫而空，显得精明干练。

刘文渊请何铮喝酒，以他现在的薪俸，已经可以在帝都最好的酒楼里要个雅间了。何铮喝着自己从未尝过的好酒，不免有些自惭形秽，想着一别六七年，自己还是个穷光蛋，也仅是小酒馆老板说起来比铁匠好听一点罢了。

“其实我倒很羡慕你，”刘文渊替他斟酒，“身入官家，才知道自由生活的可贵啊！你我两个人，就像是池里的鱼儿和天上的飞鸟，互相看着眼馋吧。对了，你怎么会来参加斗剑呢？”

何铮略述前因，刘文渊半晌默不作声，最后才一声叹息：“这是何苦呢？所谓斗剑，不过是一个大笑话而已。”

“为什么？”何铮很吃惊。

刘文渊看着眼前的酒杯，目光中有些哀伤：“四十年来，为了斗剑，武林已经完全走样了啊！皇帝召开斗剑，打的是和平的旗号，自然也会有人怀疑他的用心，觉得他是以和平为名，暗中挑拨，反而使人们的暗斗更加激烈。”

何铮点点头：“嗯，裴彪也有过这种猜测。”

“但是人们为了利益，总是忍不住要在斗剑大会上争雄一时，”刘文渊说，“他们一旦把目光都倾注在斗剑这回事上，剑的本意也就被抹去了，而皇帝的目的，就在此处。不是为了让人们停止拼杀，也不是为了挑拨他们拼杀，而在于扭曲剑的本意。”

“可不可以说我听得明白的话？”何铮说，“我没怎么读过书……”

刘文渊苦笑一声：“这世上为什么会有剑？一把孤零零的

剑，哪怕是天上神品，又能起到什么作用？剑终归是人用的，对于江湖中人来说，最重要的在于人，而不是剑。”

何铮隐隐有点明白了：“你是说，剑客们开始弄不清楚自己应该重视什么了，对吗？”

刘文渊端起酒杯一饮而尽，脸色在酒精的刺激下有些发红：“这四十年来，江湖中的神兵利器层出不穷，大概抵得上过去三四百年所流传的知名兵器了，却没有一个武者的名字能深入人心。人们都在拼命寻找铸剑的方法，却没有想过，剑铸成之后拿来做什么。大家都只记得剑，甚至记得铸剑大师，却再也记不得侠道的真义了。武林在走向死亡！”他总结完，又喝下满满一杯酒，然后扑倒在桌上，发出响亮的鼾声。

何铮看着他由于生活宽裕而显得肥润的脖子，心里想着：老板娘也是因为想通了这一点，所以就不去斗剑了吗？他又想“武林在走向死亡”有什么关系呢？一切都会走向死亡，也没什么奇怪的。

他突然就发疯了

终于轮到裴彪上场初试了。他对结果本来不抱什么期望，所以心情很轻松，不过，当刘文渊喊出他的对手时，他和何铮还是都暗暗松了口气。

“销金谷！”刘文渊喊道。

销金谷早已名存实亡，这一点人所共知。说不定能赢呢！裴彪想。

但当对手下场时，他还是有些意外。来者居然是一个白发如霜的老人，手里捧着一个长长的布包，颤巍巍地向场中走来。

走近之后，裴彪才看清，老人的脸上布满皱纹，眼窝深陷，枯瘦如柴，带着一种抹不去的愁苦。

真是一个奇怪的对手，裴彪想。他依着礼数与老人相互致意，然后盘腿坐下，把宝剑放在膝上。老人慢慢解开布包，露出里面的东西，所有人都目瞪口呆。

那是一把打废了的残剑，剑身扭曲歪斜，厚薄不均，就像受了伤的蛇，剑体上疙疙瘩瘩的都是小金属球，色泽也暗淡无光。裴彪有些生气，觉得这个老人简直是拿斗剑大会做消遣。不过，他还是不动声色，在刘文渊一声令下后，以内力驱动宝剑。他膝上的长剑慢慢放射出淡紫色的光芒，腾空而起。老人手里的剑也飞了起来，画着怪异的曲线，迎向敌手。裴彪注意到，那把剑直到飞起，都没有发出一点光。

就当人们以为裴彪会毫无悬念地取胜时，令人意想不到的事情发生了。两柄剑接触的一瞬间，那把残剑突然发出一阵巨大的啸声。那啸声就仿佛是暴风刮过海面，带有一种让人心惊胆战的狂暴和凶恶，又仿佛是一个垂死的人在挣扎狂呼，声音直刺人心。

伴随着这一声恐怖的尖啸，裴彪的剑在一瞬间化为碎片。整把剑，从剑柄到剑刃，就像是冰雕成的一样脆弱不堪，分裂成无数碎片。从第一次到第七次，在历次斗剑中，从来没有哪把剑输得这么彻底。

最后一块铁片落地时，让人无法忍受的尖啸声也立即消失，残剑飞回老人的手里。老人慢悠悠地站起来，向裴彪微微点头，转身离开。这时，全场才响起轰然的喝彩声。

喝彩声中，裴彪面无人色，直到何铮把他扶出场，他的双腿仍然在不停地抖。

“就算你手里的这把断剑复生，也没用。”裴彪喃喃地说，“那个老头手里拿着的，是一把魔剑。那把剑刚刚飞起来，我就感觉到了，剑上带着一种可怕的杀意，那是我在其他剑上从来没有体会到的。”

何铮连忙给他倒酒，裴彪连喝下四五杯，脸上才有了点血色。何铮问：“真正的销金谷不是已经不存在了吗？怎么会突然冒出这么厉害的一把剑？”

裴彪摇着头：“我怎么可能知道？我怎么可能知道？”

“会不会是……当年的那个大徒弟没有死？”何铮忽然灵光一现，“也许他后来还在钻研步雨泉的铸剑手艺，并且终于成功掌握了？”

“和我没什么关系。”裴彪一脸疲惫，“不管那个人是谁，我只明白一件事，那把剑，我用一辈子也不可能赶上。天差地远啊！”

很久以后，何铮才渐渐体会到裴彪那时的心情。对于一个江湖人而言，眼前突然出现一座永远无法攀登甚至无法接近的高山，真是一种致命的打击。而不光是裴彪，很多与裴彪一样水准一般的中小门派也都感受到了同样的绝望。不过对他们来说，参加斗剑大会大抵是为了获得一些好处，折损一把剑倒也算不得什么。

所以并没有太多人为了这把注定无法战胜的剑而选择弃权。没有碰上那个奇怪老人的门派，继续煞有介事地相互淘汰，不幸与之对阵的，则只好随便拿出一把次等剑来充数——毕竟平白损失一把好剑是很不值当的。斗剑大会就在这样怪异的气氛中慢慢走向尾声，除了销金谷，再没有第二个门派能吸引他人的注目。那个不知名的老人，也始终没有和任何人交流过，来去都悄无声息，犹如幽灵。凡是有他存在的比试，都不存在任何波折，那一声鬼啸之后，没有任何剑能逃脱粉身碎骨的命运。

赌坊的盘口自然也产生了变化。那把魔鬼一般令人不寒而栗的剑，把销金谷的赔率一夜之间推到了二赔一，压过了之前呼声最高的天剑门。这令何铮再度回忆起了可怜的宋大力，他要是还活着，一定又在为了这突如其来的变故而忧愁得吃不下饭吧？

半决赛时，这把魔剑的震慑力达到了顶峰，当时无名老人的对手正是天剑门。作为大派领袖，天剑门掌门人齐经方自然不能效仿他人，把自己的好剑藏起来，而只能很无奈地把本来打算在这次大会上夺魁的新剑“逆绝”取了出来。按照天剑门历来的习惯，这把剑也是由孛星中取出的陨铁炼成的。只是搜寻孛星本来就是大费周折的一件事，于是这柄剑反其道而行之，居然转入地下，依据历史传说，从前人的古墓中寻找孛星残片，最终炼成逆绝。

“可惜了这么好的一把剑，”裴彪低声对何铮说，“就这么被毁掉了。”

“真的半点胜算都没有吗？”何铮问。

“半点都没有。”裴彪回答得很肯定。

这时，那把怪异扭曲的魔剑已经和逆绝在空中碰撞了。即便何铮这样并不属于江湖的三流铁匠也能看出，逆绝确实是一把旷世难寻的好剑。这把剑通体闪烁着淡红的光芒，剑身挺直，隐隐发出龙吟虎啸之声，在黄昏的微光下散发出逼人的气势，这让人们心里略微升起一些希望：也许它能赢？好像是在不知不觉间，这些原本心怀鬼胎的剑派站在了同一阵线，将那把鬼神难测的怪剑作为共同敌人。

逆绝的啸声渐渐响亮，红光也越来越亮，恍如在火焰中燃烧，但怪剑却静静地纹丝不动，就像是一块没有生气的废铁，摆出任君蹂躏的架势。然而不管逆绝怎样催动攻势，怪剑始终没有任何反应，剑身上连一道最细微的裂纹都没有。齐经方满头大汗，显得无比紧张，无名老人却好像老僧入定，让人怀疑他已经睡着了。

太阳即将落山的那一刻，红光大盛，逆绝的剑气如江河决堤，达到极盛。但在那汹涌的剑鸣声中，却悄然掺入了一点杂音。与此同时，无名老人的嘴角浮现起一丝微笑。

随着这一抹含义不明的微笑，斗场中陡然传来嗡的一声响，逆绝的红光顷刻间消失无踪。那把怪剑的剑身上闪过一丝转瞬而逝的青光，紧接着爆发出恶魔般的咆哮声。

一声，仍然是只有一声，就像传说中那些高明的剑客杀人只用一招一样，逆绝落到了地上。它并没有像之前的那些剑一样片片碎裂，而是保持着完整的形状。但当齐经方怀着万分之一的侥幸走上前去时，它却在齐经方的眼皮底下一点点变小，一点点解体，像沙砾一样被夜风吹散，最终消失得无影无踪。齐经方手指着无名老人，半个字都没说出来，就口吐鲜血，昏倒在地。

老人不紧不慢地收好怪剑，迎着全场人混杂着惊讶与恐惧的目光，和往常一样默不作声地离开。不同的是，这一次没有人喝彩，场中鸦雀无声，一片寂静。

一定是他！销金谷谷主步雨泉的大徒弟！何铮有这种强烈

的感觉。时隔四十年，他终于完美地掌握了师父的技艺，重新出山了，而这一亮相，果然惊天动地。事实上，已经让此次斗剑大会毫无悬念可言。

何铮这一晚翻来覆去，难以入睡，在心里猜想着这位老人的经历。慢慢地，一个顺理成章的猜测出现了。

步雨泉不是自杀，而是被这个大徒弟谋杀的。他之所以要杀步雨泉，或许是为了抢夺谷主之位，或许是为了步雨泉不肯传授他真本事，无论如何，他设计在剑塔里杀死了步雨泉，自己夺走了步雨泉的铸剑秘籍。四十年后，他终于炼成了这把魔剑，可以出山了。

至于御前侍卫的出现，他本来一直想不通，这些日子里听刘文渊说了一些事，也渐渐有了比较合情合理的答案。皇帝安排斗剑大会的用心，除了让江湖中人沉溺于铸剑、斗剑，还有利用最后的胜者也就是武林盟主，为自己收束天下武人的意图。而普天之下，最有希望斗剑获胜的，就是销金谷了。毕竟销金谷名气虽大，却人丁稀薄，比较方便下手操控。因此，他才会派御前侍卫统领去逼迫步雨泉参会。

这两个推论倒也能勉强说得通，但其中的许多细节还是难以解释。比如，对于步雨泉来说，斗剑大会的胜者理应是他梦寐以求的事物，为什么他不感兴趣，甚至先铸造出一把并非最高水准的兵器试图蒙骗沈清的父亲？又比如，大徒弟到底是用了什么方法杀害步雨泉的？无论怎么看，步雨泉都应该是自杀的才对。

太难想了，何铮用被子蒙上头：别搞得自己脑袋疼了，这些破玩意儿，关我什么事啊！

最后的决战到来时，没有一个人认为还存在悬念。销金谷的对手清霞派基本应该就是走个过场，然后迅速认输。人们的心思雷同得像个俗套，等待着结果的到来。

但结果却以另外一种匪夷所思的方式出现了。这个结果直接导致帝都乃至全天下无数大大小小的赌徒损失惨重，赌坊关门倒闭。

“这不可能！绝对不可能！”听到消息的赌徒们先是呆若木鸡，随即难以置信，“那把魔剑怎么可能输？它不可能输！”

“别忘了，弃权也算输啊！”通报消息的人提醒道。

“弃权？为什么会弃权？”

“他疯啦！那个老头发疯啦！开战之前，不知怎么的，他突然就发疯了！他把剑摔了，眉毛胡子也扯了，疯得真彻底！”

你也会是个人物的

刘文渊是个很够朋友的人。他借给何铮一笔钱，帮他盘下了一个豆腐店，让他在帝都慢慢安顿下来。不久之后，又替他说了一门亲事，把一位当朝大臣家的俏丫鬟许给了何铮。

匆匆三年过去，何铮有了点小钱，有了老婆，有了一个擅长尿炕的儿子，连他自己都养得有点微微发胖。生活总体而言不错，除了一件小事，为这事，老婆总喜欢数落他。

“你留着那个疯子干什么？”老婆噘着嘴，“又不是你亲爹。”

“每天几个馒头的事，又不花什么钱。”何铮争辩道。

老婆瞪他一眼：“这是钱的事吗？看着疯子闹心！”

“我给他搭的棚子离家老远，你哪儿看得到……”

不过说来说去，老婆也就是说说，并没有真的把疯子赶走。何铮还是每天给他送点吃的。这个发了疯的老头其实很安静，每天就坐在他那黑暗的小棚子里发呆，想来已经很少有人能记起三年前他带给斗剑大会的巨大冲击了。而帝都更加不会有人知道，在斗剑大会之前，这个老头是干什么的。

只有何铮知道！

三年前，当这个疯老头扔下手里的怪剑（该怪剑后来被皇帝拿走了，果然天下的好东西都归皇帝所有），歇斯底里地抓扯下自己的须发时，何铮一下子就跳了起来。

他居然是销金谷主的二徒弟，自己曾经交谈过的那个破庙主持。只是当时肥肥白白的和尚变得如此干瘦，再加上假须假发，所以自己一开始没有认出他来。

差一丁点就能赢下斗剑大会的销金谷铸剑师发了疯，这倒是轰动一时的新闻，不过轰动过后，除了何铮，也没有人会在意疯子的死活。何铮一来念着当年那一面之缘，不大忍心，二来也存着"这也算是我和江湖的最后一点联系吧"的心态，经常给他送吃的。到后来，生活宽裕了，索性就搭个棚子收留了他。

"你要是没疯就好了。"他看着正在津津有味啃着馒头的老头，"到底发生了些什么？你为什么会拿着那么厉害的剑去参加斗剑大会？你又为什么会突然发疯？"

老头不回答，发出响亮的咀嚼声。

不久，到了新年，何铮携妻带子去逛帝都久负盛名的庙会，一家三口踏着瑞雪其乐融融。庙会历来是三教九流汇聚之所，各种新鲜热闹的玩意儿数不胜数。两岁的儿子看到一个变戏法的，怎么也不肯走了，何铮便抱着他兴致勃勃地看起来。

这出戏法倒蛮有意思，讲一个丈夫抓住了在家中偷情的妻子及其奸夫，愤怒地把他们硬塞进一口箱子里，威胁说要将这口箱子沉到河里。扮演丈夫的彪形大汉坐在箱子上不停数落，每数落一段，箱中的奸夫淫妇就轮流出声讨饶，引得观众哈哈大笑。最绝的在于，当丈夫大怒之下、准备扛着箱子去河边时，刚一推箱子就喊了起来："怎么那么轻？"

他慌忙把箱子打开，里面竟然空荡荡的，什么都没有！就在这时，扮演奸夫淫妇的两个戏子从人堆外笑眯眯地挤进来，潮水般的掌声当即响起。

"真是绝妙呀！怎么做到的？"何铮叹为观止。

"乡巴佬就是没见识！"在富贵人家当过丫鬟的老婆取笑他，"这戏法，以前我在周大人府上时见过差不多的，关箱子之前他们使了点障眼法，两个人其实早就溜出去了，没有被关进去。"

"但是说话的声音呢？明明是他们三个人在说话啊！"何铮想不通。

老婆嘻嘻一笑："当时我也不明白，后来才问清楚。那叫作腹语术，可以用肚子发声，模仿他人的声音。你听到从箱子里传出来的声音，不过是错觉，其实是那个大块头在用腹语术说话啊……咦，你怎么了？你的脸色怎么那么难看？"

何铮就像是中了定身法一样，呆立在原地，脸上的肌肉不住颤抖，看得老婆好不害怕。就在她急得快要哭出来时，何铮把儿子往她手里一塞："我先回去一下，你带着孩子再逛逛吧。"

他不顾老婆的呼喊，转身向家里跑去。

明白了，我终于明白了！何铮边跑边想，腹语术啊！我要是早能想到这一点，销金谷里的自杀案也就可以解开了。

跑到老头的棚子旁边时，他忽然发现，雪地上有两串新踩出来的脚印。从鞋印的方向来看，一串进棚，一串出棚。他探头张望了一下，老头还在棚里坐着，就是面前多了一只热气腾腾的烧鸡以及一堆乱七八糟的熟食，老头正把鸡骨头啃得嘎嘣作响。

这种事过去也发生过，一直让何铮觉得奇怪，看来这个人研究了自己的行踪，专门趁着自己出门的时候来看望疯老头，却没料到今天他会提前回来。

他来不及多想，循着那串脚印狂奔地追过去。跑过一条街，眼看脚印就要消失在无数的鞋印、蹄印、车辙印中时，他发现了要追赶的人。那是一个身材魁梧的白发老者，步履轻健，正在向城外走去。

“请等一下！”何铮喊道，但对方恍若不闻，还是继续快步行走。何铮三步并作两步赶上前，在他肩膀上一拍，老者猛然转身，惊疑地看着他。

何铮呼哧呼哧喘了几口气，盯着对方，一字一顿地说：“你就是步雨泉的大徒弟，对吗？是你杀死了步雨泉，又弄疯了自己的师弟，对不对？”

老者悚然变色，那一刹那何铮觉得他面露凶光，不得不解释两句：“你放心，我不是什么捕快，也不是来寻仇的，甚至不是一个江湖人。我只是一个好奇的人，想要得到一个答案而已。”

老者沉默许久，最后轻声说：“好吧，跟我来。”

他领着何铮来到一间偏僻冷清的小酒馆，很像是当年老板娘转交给他的那一间。小二烫了酒，送上点小菜，何铮借此时间把自己与整个销金谷事件的关系讲了一遍。

“现在你放心了吧？我不过是一个彻头彻尾的旁观者，碰巧遇上了相关的人，知道了这些事情罢了，”何铮说，“何况如果不是这一系列阴差阳错的事件，我也许没有机会来到帝都，拥有现在的生活，我还应该感谢你呢。”

老者微微一笑：“你虽然站在江湖边，却并没有一脚踩下去，这是明智的。不过正因如此，我才很佩服你，你是怎么猜到是我杀死了步雨泉的？”

何铮深吸一口气：“我也是刚刚看了一个街头戏法才想明白的。按照你师弟的说法，步雨泉掉到炉火里之前，明明听到你喊了他好几声，并且他还应答了，那段时间足够他离开那个崩塌的平台，但他偏偏没有走。这个谜团困扰了我十年，但现在我终于想明白了。”

“那就解释一下吧。”老者脸上笑意更浓。

“你的师父步雨泉是个聋子，耳朵根本听不见，”何铮说，“他只能靠读唇语来‘听’你们说话，而这一点被你识破了。在你谋杀他的时候，你只是在用腹语术大喊大叫，让你的师弟听到。与此同时，你用唇语说着些不相干的话，让你的师父和你应对，一方面让他毫无警觉地掉下去，另一方面也彻底消除你的嫌疑。

“我是受到了腹语术的启发猜出来的，而那个自杀的御前侍卫统领，则应该是从他妻子身上猜到的。他妻子早就眼盲，但对家中环境了如指掌，只要家具陈设不移动，行走起来几乎和常人无异。他自杀的时候，没有点灯，妻子却毫不费力地跑到了他身边。对于盲人而言，点不点灯没有任何区别，常人在黑暗中行走反而不如盲人。他一定是受到了妻子残疾的启发，在临死前才灵光一现，想到了你师父是聋子的事实。”

老者静静听完，长长出了口气：“真可惜你没有身入江湖，不然的话，你也会是个人物的。”

变得毫无意义

师父确实早就聋了。他立下的那么多怪规矩，什么在他面前只许一个人说话啦，什么谷中禁止喧哗啦，都不过是为了掩饰他的耳聋而已。如你所说，他只能用读唇术，人多口杂的话，马上就会露馅。他是个阴险的人，因为自己阴险，所以推己及人，生怕我们知道他耳聋后，会想很多方法暗害他，所以一定要把这一点深藏起来。

但还是被我看出来了，其实那纯属巧合。有一天，我从他房前经过，嘴里默背着一篇冶铁心得，根本没出声，他居然冲出来训斥我，说我说话声音太大，这实在让我莫名其妙。后来我故意试了一两次，果然同样的事又发生了，我这才明白过来，师父耳朵其实已经聋了。他是靠房中的暗孔看到我们说话，然后故意赶出来训斥，以显示他听力很好。没想到欲盖弥彰，反而露出马脚，被我抓住了。

你说我一直想谋害他，这是错的。在那些御前侍卫到来之前，我从来没有动过这个念头，后来我起意杀他，根本原因在于……他想杀我。

御前侍卫到来的理由你多半也猜到了。皇帝想要利用我这个贪心的师父去做盟主，而皇帝自己可以在背后操纵。师父不可能答应，道理很简单，一个聋子应付一下战战兢兢的弟子们还可以，难道他能命令江湖群雄在他面前只能一个人说话吗？他既然耳聋，就根本不可能替皇帝办这些事，但他又不敢明着拒绝，所以打出了第一把并不算多厉害的剑，想要蒙混过关。

没想到皇帝防着他这一手，命令侍卫统领带来了一把师父自己打造的真正的利剑作为比较！师父一见那把剑，就知道混不过去，这才开始认真铸剑。

可是这认真的铸剑啊……师父那段时间变得很奇怪，我发现他经常偷偷打量我，就好像刽子手砍头前先量脖子一样，让我身上一阵阵发凉。于是我也开始悄悄监视他，终于在出事的前一天晚上，也就是宝剑出炉的前一天，我发现他偷偷在剑塔里的机关上动了手脚。等他离开后，我去查看了一下，立刻惊怒交集，说不出话来。

他在机关的铰链上动了手脚。假如第二天早上，我照常踏着机关升到中层的话，铁链会把铁板扯得倾斜，把我扔进熊熊炉火中。我的师父想要杀死我！

我无法形容当时的愤怒，同时也有深深的疑惑：师父为什么要杀我？完全没有理由啊！但没时间考虑那么多了。如果我仅仅把机关复位，即便我不死，他也会怀疑到我，既然如此，索性一不做二不休，他想杀我，我就杀他。我把机关更改了一下，效果如你所知的那样。

第二天的经过虽然你已经清楚了，但我还是稍微解说一下吧。当铁链扯紧的时候，师弟发现了，开始呼喊。于是我一边对着师父摇晃着双臂，一边用腹语术开始大喊。我师弟告诉你，师父愣了一下才注意到我，这很正常，因为他根本听不到，他的反应来自视觉，来自我的肢体动作。

我一边用腹语术喊着话，一边用唇语对他说话，但实际上，嘴巴没有发出任何声音。师父不知道这一点，他以为我在正常地同他说话，自然要回答。那时我用唇语说："师父，我们真的要替狗皇帝炼剑做走狗吗？我们非要这样满足他们的要求吗？"

师父回答说："我们没有选择，这是唯一的解决办法。"这是我故意设计的问答，目的就是消除师弟的怀疑，让他以为师父是自杀的。

师父就这样死了。我却不甘心就此离开，因为跟了他将近十年，我都没能触及销金谷铸剑之术的核心，这个老家伙藏私真的很厉害。我荒废了十年，只学会了打下手的技术，这让我难以忍受。所以我一直藏身谷中，苦苦寻觅师父的铸剑秘籍，后来终于在师父房中的密室里找到了。但那本秘籍把其他方面都讲得详尽清楚，唯独对于最重要的一个因素始终语焉不详。如果不弄明白这个因素是什么，这本秘籍就毫无意义。

往窗户上扔石子

"那个关键因素是什么？"何铮忍不住问。

"在秘籍上，叫作'剑魂'。"老者回答道，"只要在适当条件下加入剑魂，再用特殊的手段封印剑魂，令剑魂稳固，就可以炼成神剑。可是到底什么才是剑魂，秘籍上半个字也没有提。"

"就是铁精吧？"何铮说，"不是一直传说你们炼剑的精髓在于铁精吗？"

老者哈哈大笑："师父是那么教的，我开始也这么想，可试验了许多次，根本不行。铁精并没有传说中的那么神奇，只能打出我们第一次出炉时的那种兵器，也就是师父每年卖给江湖中人一两把的那一种，虽然仍然是世间罕见的锐利，却绝对达不到最高的境界。我绞尽脑汁地琢磨，最后忽然想到，也许可以到剑冢里去寻找答案。”

“剑冢？”

“就是那些用以提炼铁精的兵器残骸的埋藏之所。我掘开剑冢，深入其中，终于找到了答案。我在那些残破的兵器中，找到了尸灰，人体烧尽后的尸灰。”

何铮吓了一跳：“那怎么可能？难道说……难道说……”

他的头脑里冒出了一个极度可怕的猜测，却又怎么也不敢相信，头晕目眩中，老者的话却听得很清晰：“没错，所谓剑魂，就是活人的灵魂！销金谷铸剑之术最大的秘密，就在于以活人入炉炼剑，把临死之际痛苦愤怒的灵魂封入剑体。”

何铮不可遏止地陷入了对三年前那次斗剑的回忆。痛苦的灵魂……愤怒的灵魂……呼啸咆哮的灵魂……那可怕的威力啊，确实无人能挡。

“所以师父想要杀我的原因也就很清楚了，”老者接着说，“他想要以我入炉炼剑，去应付皇帝，可惜被我反算了。”

何铮努力稳定心神，细细梳理老者刚才的话，许多一直横亘在心中的谜团终于得到了解释，但还有一些问题没有答案：“但你为什么没有去参加斗剑？既然你掌握了方法，获胜不是轻而易举吗？”

老者的脸上现出凄凉之意：“我的确是这么想的，也这么做了。但真动手做了，才知道这其中蕴藏的恐怖。当你真的把一个活人扔进炉里炼剑时，那一声凄厉的惨叫……那一声惨叫……好像一根针戳在你心上，让你无法忘记。更可怕的是，即便那把剑已经远离了你，惨叫声还会在你耳边不断萦绕，永远都不消失，仿佛……仿佛他的冤魂一直缠绕着你。到最后你终于忍受不住时，只能把这根针从心头拔出来，插进耳朵里。”

何铮大骇：“你……你……还有你师父……”他骤然想起，当他循着脚步声追上这老者时，开始呼唤了两声，他并无反应，直到拍肩膀对方才觉察。

老者的脸变得很狰狞：“不错，我现在也是在用读唇语的方式和你交谈。我和我师父一样，并不是生病或者意外才致聋的，而是自己刺穿了自己的耳朵。”

何铮叹了口气：“可是那些声音，难道不是来自你心里的吗？你刺穿了耳朵，又有什么用？”

“人到了那个份上，就算水面上漂过一根稻草，也会玩命地伸手去抓的。”老者阴郁地回答。

用活人的灵魂来炼剑，用冤魂的愤怒来提升剑的力量……何铮觉得浑身汗毛倒竖，有什么东西从胃里涌动起来，让他阵阵不适。他想象着剑冢中撒满白色骨灰的样子，双手止不住地抖。过了好半天，他才定下神来：“你的师弟呢？他又是怎么回事儿？是你不甘心自己受到这样的折磨，故意把剑魂的秘密告诉他的吧？”

老者森然冷笑：“你错了，是他主动来找我让我教给他的！这么多年来，你以为他真的就心如死灰地甘心去做一个破庙里的和尚，敲敲木鱼、烧烧香打发残生？你错了。他不过是晚我一步动手，没能找到秘籍，所以隐入寺庙，却在不断地寻找我。他为什么每次斗剑都要押销金谷，为了缅怀过去吗？别天真了。他认为我迟早会出现并赢得斗剑，那样他就能发一笔横财。说到底，不过是贪欲作怪而已。”

“原来是贪欲作怪……”何铮喃喃地说，“所以他最后还是找到了你，就在我和他那次会面之后。而你，故意诱使他陷入魔障中。他在斗剑的最后时刻发疯，就是因为受不了剑魂的叫嚣吧？其实人死了根本没有什么冤魂，是你们的心在作怪而已，对吗？”

“我说过了，没什么区别！”老者不耐烦地一挥手，“我和他注定要被折磨到死！”

“你会，他不会。”何铮说，“他现在很安静，真的发疯了，也许反而不是坏事。”

他现在很安静。

何铮走进来时，他就像一尊雕像一样，安安稳稳地坐着，没有半点反应，只有偶尔泛上喉咙的饱嗝说明师兄送来的食物让他很满意。何铮在他身边坐下，拍拍他的肩膀：“解开了，我已经把所有谜团都解开了。”

老头没有反应，似乎还在回味着那只美味的烧鸡。

何铮一笑：“我刚才一路上一直在想，这个世界上，究竟是人使唤剑，还是剑驱使人呢？那么多人为了斗剑累死累活的，已经忘了剑到底该怎么用了吧？可我听说，每次蛮族入侵，武林中人都会出很多力。现在皇帝让武林钻进了他的圈套，一旦蛮族再打回来，这个圈套，恐怕就会套到自己头上。”

老头仍然没反应，看着一地的动物骨头发怔。

何铮站起身，向着门外走去：“喜欢吃的话，改天我再给你带一只……说起来，最可笑的事情在于，皇帝自己大概也没有想到，他想把剑从人们的手里分离出去，但铸剑的最高境界，居然还是人。真是荒谬啊！”

他踏着嘎吱作响的积雪，向自己的家门走去，那里有妻儿与温暖的火盆、香气四溢的热茶在等待着他。何铮心里很满意，一个死结终于被解开了，那就像是他和所谓江湖之间的一丁点蛛丝般的牵绊，而现在，这根蛛丝断掉了。

妻子带着一点惊讶和一点质询为他开了门，但满腔疑问都暂时消融在何铮灿烂的笑脸中，她替何铮解下落满雪花的外衣，顺手把江湖关在了门外。关上门的一瞬间，何铮恍恍惚惚听到几声轻响。他知道，那是夜半的沈清在往成小琳的窗户上扔石子。

给自己的情书

亲爱的柠檬：

当你醒来的时候，你会发现这封情书。请你相信我，这是我一生中所写过的最重要的一封信。

首先你会困惑：这是谁写的信？阿塔是谁？是的，我的名字对于你来说，或许太过陌生了。但是，事实上，在这个世界上，再也没有人比我更亲近你了。每一天，你都能见到我的面孔。而我，也比这个世界上的任何一个人都更加熟悉你的身体。

然而，一直到现在为止，我们从来没有交谈过一句话。我们从来没有相视一笑，从来没有共进晚餐，从来没有在夕阳下惬意地漫步。你无法看到我的眼神，我无法听到你的笑语。我们是最熟悉的陌生人。人世间最大的悲哀，莫过于此。

请你不要以为我是个疯子，正在口吐白沫地胡言乱语。我的头脑从来没有像现在这么清醒过。请你认真读完我下面的话：

其实，你就是我，我就是你，我们共用着同一具躯体。当我清醒的时候，你处在沉睡之中；当你主宰着我们的身躯时，我又不得不陷入无边的黑暗。我们的身体是男性的，但是，我是男性的人格，而你，是女性的。

亲爱的柠檬，请听我详细讲述我们的故事，这样会帮助你消除内心的困惑。虽然我们的身体已经存在许多年了，但是你，却是在最近一两年才出现的。在此之前，我一个人在这个冷漠的世界上孤独地活着，没有亲人，没有朋友。

我渴望玫瑰与阳光，世界却总是赠予我伤口与蛆虫。因此，在把鲜血与恐惧回赠给这个世界时，我一点也不觉得内疚。

直到有一天，我发现我的生活发生了巨大的改变。那一天，我发现我的记忆出现了一段短暂的空白。我仿佛突然陷入昏睡之中，不记得我做了些什么，当我醒来时，我发现自己躺在一个完全陌生的所在之处，身上穿着女人的衣服。而我的手上有血，还没有完全凝固的、人类的鲜血。

事后我得知，在我失去神志的那一段时间，这个城市里发生了一起案件。我仔细看了相关报道，手法比我惯常的更加冷酷、更加无情。据说第一个到达现场的警察在第二天就因为心理障碍而停职疗养了。那时我感到一丝隐约的不安，却同时有一种莫名的兴奋。

这之后，我头脑中莫名的空白期发作越来越频繁，持续时间也越来越长。而每一次我重新清醒之后，总是穿着一身女装。而在这一段时间，总是会有一桩或是更多的骇人听闻的案件发生，干净而漂亮，并且像沙漠中的露珠一样不留痕迹。通过我所掌握的有限的心理学知识，我明白了这是怎么一回事。警方公布的线索证实了我的猜测：我们拥有同样的指纹。

是的，亲爱的柠檬，毋庸置疑，你就是我体内的一部分，你就是我的第二十四根肋骨，你是上帝送给我的最好的礼物。你可以想象，当我发现事实真相的时候，我的内心是多么激动而充满渴望啊！在这个世界上，除了我的影子，我终于找到了另一个同类，而这个同类，比影子更加亲近我。她，也就是你，我的柠檬，和我是一体的。

这之后，我总是怀着巨大的憧憬等待着你的出现，等待着你送给世界的每一次惊喜，那些美妙的作品令我浮想联翩，不能自已。我是多么渴望见到你，握着你的手，向你倾诉我的寂寞、我的孤独、我的痛苦。但是我没有办法做到，因为，我们只有一个躯体，它令我们咫尺天涯，不能相聚。相信我，我的一生中，从来没有经历过这样的无助与煎熬。

亲爱的柠檬，你也许会问：那你为什么还要给我留下这封情书呢？难道你那么自私，一定要把一个人的痛苦背负到两个人身上吗？不，我的柠檬，相信我，爱情是无所不能的，我终于想到了一个绝妙的主意。我的头脑已经在无尽的黑暗中摸索了太久，当灵感的火花在那一瞬间闪现的时候，我激动得快要发疯了。我终于有办法拯救我的灵魂、拯救我的生命了。

亲爱的柠檬，当你醒来的时候，你会在房间里发现一台仪器和一个被捆绑着的男人，那个人会帮助你完成思维导流。不用担心他会做什么手脚，我已经把他的妻儿埋葬在了一个谁也无法找到的地方，然后告诉他，只有唤醒你才能使他们得救。在另一个房间里，有一个年轻的男人和一个年轻的女人，你可以选择其中任何一个作为你新的躯体。我不知道你是真心想做一个女人，还是仅喜欢女人的装扮，所以我为你准备了两具躯体。相信我，无论你选择哪一个，我对你的爱都不会有丝毫改变，因为真正的爱情是超越性别的。

好了，写了这么多，你醒来的时间快要到了。我毫不怀疑你也在内心深处渴望着这份爱，我毫不怀疑你会按照我所说的去做，成为我真正的伴侣。我不用再对着镜子里的自己发呆，来想象执子之手的幸福了。我最亲爱的柠檬，此时此刻，我的双手竟然抑制不住地颤抖。在短暂的黑暗之后，我们将共同看到生活的光明。我等着你。

深深爱着你的

阿塔

心跳回忆之电击梦游事件

“喂，快点打开电视，有大新闻了！”早乙女好雄在这个休息日的早晨打电话过来说。

我从不安的睡梦里烦躁地醒来，打开了电视。电视台的新闻主持人一脸严肃，正在通报重要新闻：动物园新引进的杀人无尾熊昨晚破笼而逃，不知去向。动物园火速报警，警方借助电视台提醒市民保持高度警惕，因为这头无尾熊性情凶暴、力大无比，很容易伤人。

我摇摇头，这可真是件麻烦事，多了这么一头危险的野兽在外面流窜，出门的人都得提心吊胆了吧？但突然之间，我想到了点别的什么，心里微微一颤。

我扭过头，看着自己挂在墙上的外衣。外衣上沾着一根奇怪的毛发，是棕色的。那个颜色我很熟，因为就在昨天，我刚刚到过动物园，亲眼见识了那头可怕的无尾熊。那时，围在周围观看的人们一个个都露出害怕的神色，看着无尾熊庞大的身躯在铁笼上不断撞击，发出哐哐的巨响，那一身棕色皮毛在铁杆间显得很醒目。

一

一切好像都是从伊集院丽家的圣诞之夜开始的。我们已经是三年级生，这将是毕业前的最后一次圣诞舞会，所以现场难免有一些依依惜别的气氛。不过除了伊集院丽这家伙始终那么傲慢无礼，以及伊集院家的管家神态有些奇怪，这一次的圣诞晚会并没有什么特异之处。大家绝口不提毕业的事情，脸上堆满欢笑。

“好好享受吧，对于你们穷人来说，这样的盛宴一年也就只有一回吧！”伊集院丽还是那么阴阳怪气，尖尖的嗓音让我一听就厌烦。而这句台词简直三年都没变过，更是让人觉得恼火。据说，他家腌泡菜用的都是金刚石，当然这一点我无缘得见，但上一个学期他被绑架的时候，伊集院家可是货真价实地出动了私人军队，真是让人大开眼界。听说当时绑匪吓得腿都软了，在坦克的威胁下乖乖投降。

伊集院丽带给人的不快并没有持续多久，因为我很快就见到了诗织。藤崎诗织和我青梅竹马一起长大，从我家的窗户就能看到她的窗台，她是我一直以来在心里倾慕的女孩。我们初中三年并没有同校，却幸运地在高中重逢了，没想到她已经变得那么漂亮，学习也那么好，这难免让我自惭形秽。这三年来，我努力学习，努力参加社团，一次次地约诗织出去，就是想要打动她的心。如今高中生涯进入最后一个年头，对于目标能否实现，我真是半点数都没有。

诗织似乎一点也不知道我内心的煎熬，很大方地邀请我跳舞。我看着她美丽的脸，心里有点迷糊：这会是我们最后一次跳舞吗？

一曲舞毕，我没有再邀请别的女孩跳舞，独自坐在椅子上发愣。这时有人拍我的肩膀。

“那么多漂亮的女孩子，你居然像木头一样坐着，未免太傻了吧？”说话的是早乙女好雄，我的好朋友，专业收集所有女孩子情报的探子，也是我最重要的情报来源。我叹了口气，没有回答，但我的目光所指，分明给了他答案。好雄对着我神秘一笑：“刚才你和她跳舞的时候，我可在旁边替你观察哟，藤崎同学好像有点紧张呢。”

有点紧张？为什么？难道她也对我有好感，所以才会紧张吗？一刹那，我觉得心里又燃起了希望。这时候，害羞的美树原爱一点点向我这边挪过来，想要开口又不好意思，我站了起来，主动请她跳舞。她很高兴，脸上泛起了红晕。

这之后大家交换了礼物。我很希望能拿到诗织的礼物，但拆开之后，里面是纽绪结奈自制的电击器，根据说明书我了解到，这种电击器可以让一头大象当场晕倒。可怕的科学少女啊！不愧是连美国国防卫星都有办法劫持的狂人。但这个电击器我拿到手能有什么用呢？防色狼吗？

“你的运气还算不错了，好歹拿到了一个女孩子的礼物。”好雄苦着脸对我说。我看着他手里的东西，哑然失笑，他真是好命，居然得到了自恋狂伊集院丽的自制写真集。

“拿回家垫桌脚吧。”我对他说。

回去的时候，下起了雪。我裹紧围巾，正在自责衣服穿得太单薄，却发现诗织也遇到了同样的烦恼。这种时候当然不能表现得太小气，我赶紧把外衣借给诗织，告诉她我正热得慌。诗织没有拒绝，这让我很高兴。

在吸溜着鼻涕走出伊集院家大门的时候，我们居然被人拦住了。那是伊集院家的管家，今天进门时他的表情就很奇怪，现在又找到我，想要做什么？

“那个……你……你好……”管家涨红了脸，结结巴巴地说，“你……我……我想……不知道你能不能……”

我一头雾水地站在那里，听着他这串不知所云的话。忽然管家“啊”了一声，转身快步走开了。我一扭头，发现原来是好雄跟了上来。

“照我看，纽绪送给你的防狼电击器，还是有点用的。”

好雄的笑容很奇怪，我看出他心里有事，情绪很低落。

“我刚才向美树原同学告白了，”好雄低声说，“她拒绝了我。”

美树原爱吗？那个和人说话都不敢抬头的女孩？好雄这家伙真是乱弹琴。没办法，我只好陪着他回家，安慰了他许久，夜深了才回去。

路上的积雪已经很深，白晃晃的，我深一脚浅一脚地踩在雪里，心里还在想着诗织。如果我去向诗织告白，也会像好雄那样被无情地拒绝吗？那时候我会是什么反应呢？我的心情从来没有像现在这么忧郁过，即将到来的毕业之日，忽然间变得那么令人恐慌。

二

晚上我睡得很不踏实，不停地做着各种各样的怪梦，可惜大多都不记得了。在最清晰的一个梦境里，我好像回到了很小很小的时候，还和诗织关系很亲密的时候。我们一起在附近的公园游玩，在一棵大树的树皮上刻下记号，比赛着身高。那真是让人缅怀不已的童年时光。

醒来时已经是中午了，幸好今天是周末，不必去学校。我伸了个懒腰，慢慢从床上坐起来，忽然发现挂在墙上的外衣上沾了点什么东西。那是好雄的外衣，因为我的外衣昨晚已经借给诗织了。我把外衣拿下来，仔细一看，不由愣住了。

那是一片树皮。

我回想着昨晚的行为，好像没有什么动作会让自己的衣服沾上一块树皮，而且脱衣睡觉的时候也并没有留意到。那么这块树皮是从哪儿来的？

我很纳闷，努力回想着昨夜的细节。可以肯定的是，一直到进入好雄家脱下外衣时，我身上都绝对没有这块树皮。这之后呢？我仔细想着，却发现记忆有些模糊，甚至连我到底是怎么从好雄家走回来的都有点记不清了。我唯一的印象就是在回去的路上我不断地想着诗织，想着我万一被拒绝该怎么办。

等等！万一这一段并不是真的呢？万一这一段也是我梦境的一部分呢？我发现我的头脑出现了一段空白。我甚至还记得进入早乙女家时，好雄的妹妹优美跑过来纠缠了我好一阵子，要我去看她收集的战斗人玩偶。可我本应抓紧时间安慰她失恋的哥哥，这个不知轻重的小女生！在圣诞晚会上时也是这样，优美不知为了什么事一直缠着好雄，当时好雄那张可怜的苦瓜脸哟……

之后呢？之后我好像真的记不起来了。到底发生了什么？

我决定给好雄打个电话，抬起手时我一下子浑身一震。我的手上也粘着一小块树皮，真是奇怪了，我到底干了些什么？我正在手足无措，电话铃响了，是好雄打来的。

“你怎么样？感觉好点了吗？”好雄问，“我一直都在为你担心呢。”

“什么好点了？”我不明白他在问什么，“你在担心些什么？”

“昨天晚上你不是被电击器电了一下吗？现在好点了吗？”好雄说。

电击器？电了一下？我扭过头，看了一下放在桌上的电击器，突然有点明白了。我深吸一口气，用很冷静的口吻含含糊糊地回答："还好吧。说实话，我现在脑子都还有点晕晕乎乎，你能把昨晚发生的事情再给我讲一遍吗？"

"昨天晚上在我家的时候，你正在摆弄纽绪同学的圣诞礼物，结果突然被电了一下，昏过去了。我和优美吓坏了，幸好马上发现电流很微弱，不像她宣称的可以电昏大象。那肯定是纽绪同学故意做的恶作剧，谁拿到她的礼物谁倒霉……不然以她的理科知识，绝对不可能意外漏电。"好雄说。

这么一说我真是想起来了，我的确有这个印象，在好雄家把玩那个电击器，似乎是优美对它很感兴趣，想要观赏一下。我苦笑一声："那后来呢？"

"后来你醒了。我看你还有点头晕，想送你回家，你不肯，非要自己走。你都忘了吗？"

"没有，我都想起来了，"我说，"只是确认一下，毕竟人并不经常有被电击的机会。"

放下电话，我松了口气。原来是被电击了，我还以为我得了奇怪的失忆症呢。如此说来，衣服和手腕上的那块树皮也很好解释了。我做梦梦到了和诗织一起在附近的公园玩，在树皮上刻画印记比赛身高，但实际上，可能是我被电之后晕晕乎乎地自己到公园里逛了一圈。这不是什么大不了的事情，休息休息就能好。

我在家里待了一天，哪儿也没去，感觉身体没有其他问题了。星期一上学一切如常，下午参加篮球社社团活动时，我故意加大了运动量，也没有觉得身体有什么不适。放学的时候，我在校门口遇到了美树原爱。

"那个……请问……可以和我一起……"美树原爱深深地低着头，说话声音像是蚊子在哼哼。我明白她的意思，是想和我同路回家。过去的几年里，我也曾好几次和她一起回家，但现在，美树原爱有了特殊的意义。

“我刚才向美树原同学告白了，她拒绝了我。”这是好雄说的话。我忘不了他说这话时忧伤的神情。虽然他被拒绝了，但我还是不希望伤害他的心，哪怕只是放学后和美树原一起回家。

“对不起，我刚刚想起来，我得去图书馆查几本书。”我说，“你先自己回去吧。”

美树原红润的脸色一下子变得惨白。她低声说了声“打扰了”，几乎一路小跑着离开了学校。我知道我的借口很生硬，但仓促间也想不出更好的了。不过谎话既然出口，我也只好装装样子，无可奈何地回到学校里。

我在校园里乱逛，肚子饿得咕咕直叫，偶然一抬头，才发现自己无意间来到了理科实验室。实验室里冒出一股刺鼻的化学药品的气味，不知道是谁那么晚了还在做实验。我正想着呢，门被拉开了，一个女生从里面走出来，那张脸我很熟悉，是全校公认的理科天才少女纽绪结奈。纽绪是个科学怪人，一直热衷于各种疯狂的科学实验，看到她出现在实验室倒是半点也不奇怪。

纽绪看了我一眼，用她惯有的阴沉嗓音说：“这里不是普通人来的地方，你应该珍惜你的生命。”

见鬼，这难道不是学校公用的实验室吗？可不是某个科学怪人制造毁灭地球的武器的私人场所。何况一说到“珍惜生命”，我就气不打一处来。

“我也想珍惜生命，但是偏偏抽到了你的圣诞礼物，真是……运气不错。”我一边说，一边牢牢地盯着她的脸，想从上面看出点什么来，但纽绪的表情始终没有变化，保持着她那令人不寒而栗的万年冷笑：“哦，原来最后是你做了实验品。可我记得实验手册上说得很明白，不要轻易对自身使用……”

这家伙越说越可恶了，难道拿到她礼物的人其实是被当作实验品吗？“我可没有对自身使用！”我很不高兴地说，“纽绪同学，这个东西会自己漏电，你为什么不写在……实验手册里？”

纽绪的口气活像一个创造世界的上帝：“主宰者赐给实验品一点彩蛋，也是合情合理的。你在什么地方被电的？”

“在早乙女好雄家里。”我闷闷地回答。

纽绪看了我一眼，转身回到实验室，关上了门。

几天之后，新年到了。我所熟识的女孩子们，藤崎诗织、虹野沙希、古式由加利……纷纷给我寄来了贺卡，美树原虽然可能有点伤心，但仍然寄来了卡。我正在考虑要不要邀诗织一起出去走走，优美却找上门来。这个小女孩总是那么主动，和她的哥哥一样热情过度。我不好拒绝，只能陪着她去神社。唉，这本来应该是个和诗织约会的好时间。

“你哥哥……最近怎么样了？”我旁敲侧击地问。

优美大口嚼着章鱼烧，过了好半天才回答我：“什么怎么样？还不是老样子，成天跟在女孩子屁股后面转，搜集各种情报。”

看来好雄的心情恢复得挺快，我想，倒是蛮符合他的性格。事实上过完新年，好雄就看上去完全如常，经常在社团训练时过来看我，给我带点饮料。但他并不知道，我内心的恐慌和忧郁远远大于他。那一次电击，好像给我带来了大麻烦。

三

麻烦的一开始就是新年的第二天早上，当我睡醒后，觉得右臂有点疼。抬起胳膊一看，上面有一块青肿，像是睡觉时在床上什么地方不小心碰了一下。但我左看右看，不觉得床上有什么东西能造成如此杀伤力，这张床我都睡了好多年了呀。

我也并不是太在意，背上书包出门上学，走到门外花坛时，发现去年刚种上的那棵小树的一根树枝被人折断了。“谁这么不像话！”我骂了一句，到花坛里查看，一靠近就愣住了——那根树枝的高度，刚好到我的胳膊。而且看断茬，断得很脆，像是被人撞断的。我伸出右臂，在断枝处比画了一下，一股寒意从脚底升起，一直凉到背心。

我低下头，看着树下一直延伸到花坛另一端的脚印，试着把自己的脚放到脚印上——严丝合缝！与此同时，我发现了鞋帮上沾着的泥土。从颜色和质地来判断，就是花坛里的土。

我猛地冲回家，给好雄打了个电话，告诉他我发烧了，让他替我请假。然后我靠在床上，拉过被子蒙住头，恐慌像潮水一样把我淹没。

我睡觉之后出过门吗？我究竟干过些什么？为什么我完全不知道呢？

我得出了一个可怕的结论：我梦游了。

梦游这种病，危害性可大可小。如果只是在自家门口窜来窜去，碰翻几个花盆，踩死几棵草，应该不算什么大事。但万一跑到街上被车撞了怎么办？万一拿起刀子……怎么办？

我跑到卫生间，用凉水冲在头上。一月份的水寒冷刺骨，让我稍微镇定了一点。首先要弄明白为什么梦游。我的身体一向比较健康，尤其是上了高中以来，为了获得诗织的青睐，我加入了她担当经理的篮球社，把体格锻炼得相当不错，几年来也只得过几次无关紧要的小感冒而已。

我忽然灵光一现：电击！就是圣诞之夜在好雄家里的那次电击！如果说最近在我身上发生了什么特异事件，就只有那一次电击了。被电之后，我甚至失去了当天夜里的记忆。

我突然想到了更可怕的事情：圣诞第二天早上，沾在衣服上的那块树皮也有了答案。并不是我回家路上到附近的公园里发疯，而是睡着后梦游了！我在梦里梦到和诗织一起游玩，但我的真人其实就是梦游到了公园，并且在衣服上沾上了树皮。然后我回到家里，倒头就睡，完全忘记了之前发生的事情。

我的第一反应是打电话告诉好雄，但犹豫了很久之后，我又把电话放下了。这件事不能传出去！三月一日的毕业典礼已经临近，在这种时候传出梦游症的消息，肯定会影响我的毕业成绩。我的目标在二年级时就已确定：进入本地一家一流企业工作，但一流企业会收容一个患有梦游症的员工吗？这个员工说不定会半夜梦游把公司的资料全都偷走吧……

最后我做出了决定，谁也不告诉，瞒着大家。但每天夜里睡觉的时候，我的不安情绪越来越浓，甚至一看到枕头就害怕，因为我不知道我睡着之后会干出些什么。每天早上起床后，我的第一件事就是检查全身上下、检查衣物，生怕再出现什么树皮、伤痕之类的。

但一个星期过去了，什么事情都没发生。说真的，这比梦游真的出现还要让我觉得难熬。在学校里，我总显神情郁郁，一星期都没有想到去约会诗织，以至于消息灵通人士好雄不得不跑过来提醒我:“喂，该约一下诗织出去了，不然她会开始冷淡你的！”

他看了看我的表情，把手里刚打开的饮料递给我：“你是不是有什么事瞒着我？怎么灰头土脸的？”

“没什么，大概是临近毕业，太紧张了吧。”我回答。

“不会有问题的，”好雄安慰我，“这三年来，为了得到诗织的青睐，你小子可是在很拼命地学习呢！”

我附和着点点头。再好的成绩也没办法改变梦游的事实呀！

这一天，我的心里沉甸甸的，爱情和前途的双重压力让我的脑子昏昏沉沉，吃完晚饭就无精打采地躺在床上，不停地唉声叹气，很早就不知不觉睡着了。这一夜又做了很多梦，但我半个都记不起来。

早上起床后按照惯例检查身体和衣物，好像并没有什么意外，但是等等！衣服上，尤其是衣袖和裤腿上，好像带了点异味，此外房间里隐隐有一点腐臭味。我的心猛然抽紧，吸溜着鼻子，顺着臭气，来到了书桌的抽屉旁。没错，臭味是从书桌里钻出来的。

里面会放着什么？一只断掌？一颗人头？我颤抖着，终于还是不得不拉开抽屉。我的眼睛紧闭着，直到那腐臭的气味几乎要熏得我呕吐起来，才睁开眼往抽屉里看。

抽屉里放着一个塑料袋，透过透明的袋身，可以看到里面包裹着毛茸茸、黑乎乎的一团东西。我仔细分辨，忽然看清了嘴、鼻子和爪子。

就像是又一次遭到了纽绪的电击，我看着这个塑料袋，不知所措。这是隔壁山田家的黑猫，昨天刚刚死去。山田老头瘫痪多年，脾气古怪，唯一的陪伴就是这只和他一样古怪的黑猫，让家人们很看不惯。终于盼到黑猫死去——我甚至怀疑是不是他们下了毒——家人迫不及待地把它裹进塑料袋，扔到了垃圾桶里，甚至都没想到挖个坑把它埋掉。昨晚放学时，我正好看到这一幕，还在嘀咕着死猫会不会传染细菌呢。

但现在，这只猫竟然出现在我的抽屉里。我扑到玄关处，抓起我的鞋，果然也带了点垃圾的臭气。

我几乎可以想象，昨天晚上，当我沉入梦乡后，是怎么样偷偷地溜出家门，在臭气熏天的垃圾堆里找出那只死猫，又把它带回房间，放进抽屉的。

这么算起来，截止到现在，我已经梦游过三次了。第一次，我跑到了附近的公园，蹭回来一块树皮；第二次，我在街边花坛里穿过，弄断了一根树枝；第三次，我从垃圾箱里捡回来一只死猫。

据说，梦游中的动作是人潜意识的反应。那么，这三桩莫名其妙的举动，代表了我怎么样的潜意识呢？

我努力地分析着。第一件事，大概是因为我梦到了和诗织的童年。第二件、第三件，也会和诗织有关吗？

我好像的确曾经带着诗织偷偷地摘花，结果被大人发现了，害得两个人一起被责骂。诗织也好像真的偷偷收养过一只流浪的小猫，后来被强迫扔掉了。那一次她的眼睛都哭肿了。

我做的这些，都是为了怀念和诗织在一起的无忧无虑的童年吗？

四

这一天之后，我越来越恐惧，越来越不敢睡觉，好多晚上都要等到实在熬不住的时候才能入睡，有时候又会突如其来地特别困，连功课都顾不上做就睡了。而我的精力也变得很差，头脑总是晕乎乎的，上课时无精打采，甚至有几次趴在课桌上就开始打呼噜。

“瞧瞧你最近都干了些什么！”老师很恼火，“之前你向我进行毕业咨询的时候，我就告诉过你，只要你持续努力，进入一流企业工作是不会有任何问题的。但再看看你现在的样子，只怕三流企业都没希望！”

我低着头，像斗败的公鸡一样听着老师训斥。其实什么一流企业、一流大学之类的，都不是我现在思考的重点了。我早就陷进了深深的恐慌中，不知道这突如其来的梦游症会把我带到什么地方，不知道我在任何一天一觉醒来会身处何方，发现自己干下了什么荒唐的事情。

但你越害怕什么，就越会发生什么。一月下旬刚刚到来，一次更为糟糕的梦游发生了。

那一天早上刚醒，我就发现自己身上黏糊糊的，好像是睡觉的时候出了一身大汗。起身之后，再摸摸昨晚脱下的衣服，发现也是潮湿的。我明白，我又梦游了。然而除了汗水，我并不能找到其他任何特殊的东西，所以暂时无法辨别我究竟干了些什么。

这种感觉真让人不愉快，就好像背上有什么地方发痒，却怎么也找不到具体痒处一样，简直恨不能把整个背上的皮都抓破。这一天上课的时候，我一直在琢磨着昨晚到底发生了什么，但始终不得要领。就这样一直到了下午参加篮球社社团活动时，答案才浮出水面。

刚到篮球馆门口，我就听到里面闹闹嚷嚷的，好像不良少年在打群架。进去后一看，不过是队长在训斥一年级新队员。队长嗓门嘹亮，一个人开口训话就好像有几十只鸭子在聒噪。

“我说过无数遍了，每天训练完之后，所有篮球都要擦干净收好，地板要擦亮。你们的耳朵都长到鼻子上去了吗？”队长怒吼着。

我进去一看，也不禁皱起眉头。球车被拉到了场地中央，篮球散落得到处都是，地板上处处是脚印，难怪队长要生气。他可是个非常注重细节的人，尤其是在诗织担任经理后，这种要求的程度增加了不止一倍，很多新队员都被他训得整晚整晚做恶梦。

“可是……可是昨天训练结束后，我们明明把所有东西都收拾好了。”一名新生小声辩解道。话音未落，就被队长重重一拳砸到头顶上。

“胡说，我的眼睛是瞎的吗？”队长的声音快要把球馆的房顶掀起来了，“要不然就是这些球会走路，还长出脚穿上了球鞋在地板上乱踩，对吗？”

这之后他说了什么话我就没注意听了。那句话提醒了我，球肯定不会走路，更加不会长脚，它们之所以被扔得乱七八糟，肯定是有人在训练结束后趁着大家都离开又溜了进来，弄成现在这样。而这个可恶的罪犯……多半就是我吧。我想起了早上起床时自己身上的汗水，现在有答案了。

训练的时候我状态很差，分组对抗更是一塌糊涂，运球运到脚脖子上，近在咫尺的上篮都能弹筐而出，我想站在场外观战的诗织一定很失望。看在我是老队员，队长不好当众训斥我，只是让我先回去休息。我灰溜溜地离去，满脑子都在想着这一次的梦游。

这是我的第四次梦游了，距离远远超过了之前的那三次。我居然在睡梦中一个人跑到学校的篮球馆，一个人练起了球，这真是太匪夷所思了。仅仅是因为昨天训练时，诗织看着我不佳的状态皱了一下眉头吗？为了这个，我就在潜意识的驱使下跑到篮球馆加练吗？

我开始意识到，我的梦游症越来越重了。我梦游的时间越来越长，路程变远了，做的事情也更加复杂，居然能走那么远的路来练习篮球。以后呢？还会有更复杂、后果更严重的事情发生吗？

我需要找人帮助，这是我想了许久之后得出的结论。但问题在于，应该找谁帮助呢？如果去医院，我得了梦游症的消息就会传开，警察说不定反而会怀疑到我头上；如果去找好雄……就算好雄够朋友不会出卖我，他能帮到我什么呢？这个除了收集女孩子情报一无所长的家伙……

我想来想去，都没能想到什么办法，不知不觉天色已经很晚。明天还要上学呢，我叹了口气，开始准备明天要用的书。这时候一个小东西从书架上滚落下来，我捡起来一看，是纽绪结奈的圣诞礼物，那个可恶的电击器。这个电击器我记得我扔在了书柜的死角里，或许是梦游时挪动了位置，所以掉下来了。就是这个电击器害得我开始梦游，并且一次比一次严重，直到半夜去进行社团活动。然而……纽绪毕竟也是无意的，何况我也没有证据能证明，我的梦游就是因为这个电击器而起。

我突然冒出了一个大胆的念头：我可以去找纽绪帮忙吗？她是一个无视常规的疯子，但正因如此，她并不会在意我的梦游会给外界造成什么麻烦，也就是说，她不会向外泄露。另一方面，这个疯狂的科学怪人，也许真的有办法制止我越来越重的梦游症。

这个念头让我高兴了一下下，但很快我又冷静下来。不能找纽绪！并不是因为担心她治不好，也不是害怕她可能会把我的毛病越弄越糟糕，而是因为，纽绪绝不会不索取任何代价白白帮我。她的脑子里永远充满各种怪诞的念头，但一直苦于找不到“足够的”实验品，确切地说，是没有实验品。毕竟没有人敢拿自己的生命去开玩笑，让纽绪执行那些让人头皮发麻的恶魔实验。如果我去求她帮忙，那简直是羊入虎口。我宁可梦游，也不想看着自己的身体被切成两半，左手接到右腿上，额头上多出一只眼睛什么的。

转眼到了二月，我的高校生活还剩下最后的一个月，而且是一年中最短的一个月，难免让人有些忧伤。情人节也快要到了，可我不知道到时候能收到多少巧克力。这一个月来，因为不停担忧着梦游的事情，我和女孩子们接触很少，她们主动约我出去，我也多半拒绝了。

还有更糟糕的事情。好雄告诉我，有一天中午在学校走廊上，性格活泼的朝日奈夕子主动跟我打招呼，想约我下午放学后一起喝点东西，但我当时魂不守舍，居然完全没有注意到她的存在。据说朝日奈回去后至少扎了三十多个草人，每个草人身上都贴着我的名字，胸口钉上了钉子，然后放进火里烧，真是听上去就让人不寒而栗。

我和诗织也始终没有进展。情人节的时候，她会不会只送给我一块友情巧克力呢？唉，在这方面，谁也比不过伊集院丽这家伙，每一年都是一卡车一卡车地往家里运巧克力。真不想在十四号那天看到伊集院得意扬扬的脸。

我的身边好像只剩下了好雄和优美这两兄妹。好雄还是老样子，虽然费力地收集着各种各样的女孩子们的情报，对自己身边的事物反应却很迟钝。我告诉他，我精神不振是因为天气变化着凉了，之后又告诉他我吃坏了肚子，再之后告诉他窗外总有野猫叫春，害得我睡不着觉，他居然照单全收，都相信了。

优美则有着比他哥哥更加迟钝的神经，连我的情绪变化都完全没有注意到，也正因如此，她是唯一一个从来没有疏远过我的女孩。她比我低一年级，毕业的压力还没有到来，所以明显心情很轻松。既然我和其他女孩子接触减少了，她就不客气地补了上来。我不得不经常在放学后和她一起去弹子房打弹子游戏，或者去看她最热爱的摔跤比赛。每到这种时候，我就好像变成了空气，她的视线里只有赛场中央的格斗者，嗓子几乎要喊哑了一般给他们加油。不知怎么的，一开始那种尖叫声让我简直要窒息，现在却渐渐有一点习惯了。我想，也许这说明我已经比较习惯和优美在一起了。

此外，我还做出了一个很重要的决定。我对好雄说："我要继续升学，不想先工作了。我打算以升入一流大学为我的目标。"

好雄很吃惊："开什么玩笑？伊集院家的企业不是你一直想要进入的吗？而以你的成绩，也完全足够啊！"

"伊集院丽那家伙，以后迟早会继承家族的产业，我可不想在他面前鞠躬说'老板好'，那样我会连早饭都吐出来的。"我神色如常地撒着谎。其实和伊集院半点关系也没有——反正那张自以为是的脸我早就看习惯了，他能给我发薪水的话，叫一声老板也没什么大不了的。真正的原因在于，如果我在大学里被发现梦游，还可以保留我的学籍进行治疗。如果在企业里被发现，就一定会被炒鱿鱼，因此比较起来，还是升学比较好。这是我经过很长时间的思考，最后想出的解决办法。我可不希望三年的努力化为泡影！

好雄劝了我很久，最后见我执意不听，也不再勉强，他自己还在为成绩不好，可能连二流大学都上不了而担忧呢。优美更无所谓了，她大概完全没有这个概念吧。我有时候模模糊糊地想，按照学校的传统，毕业之日在传说之树下向我告白的女孩，会是优美吗？可惜不是诗织……

以后的几天，我又遇上了一两次梦游，睡觉前把自己绑在床上也无济于事，不过运气还好，并没有干什么太出格的事情。正当我以为可以这样将就地迎来情人节，然后平静地度过毕业考试时，我遇上了一次前所未有的梦游。这一次梦游，是比之前深夜跑到篮球馆去发疯更加恶劣或者说恶劣十倍的事件——那就是杀人无尾熊的逃跑事件。

五

关于无尾熊逃跑事件，请各位读者翻到本文最开头的那一段，讲述了好雄通知我该起事件的具体过程，此处不再赘述。各位只需要知道，这是一个大麻烦，那就足够了。

我坐在书桌旁，一点一点梳理着记忆，回忆着前一天发生的事情。前一天是星期天，在好雄一次次的鼓励下，我终于成功约到了诗织去动物园，但两人之间的气氛很冷淡，只是默默地从一个笼子走向下一个笼子，很少说话。倒是看完无尾熊之后，诗织感叹了一句：“其实无尾熊真的很可怜，这里不是它的家呀，也难怪它脾气那么不好。”

当时我好像是随便说了个笑话，把诗织的伤感岔了过去，但显然这件事一直留在我的脑子里并没有过去。现在我该怎么办？一定是我梦游的时候放跑了无尾熊，这头无尾熊可能在附近造成大麻烦，甚至……杀人。如果真有人被无尾熊袭击了，那岂不都是我的错？我浑身发抖，抱着肩膀缩在床上，就像是个受了委屈的小女孩。

我觉得我应该把这件事告诉警察，但再一想，无尾熊已经跑了，告诉警察有什么用呢？难道无尾熊会躲在我家的壁橱里等着警察上门吗？

这件事给我带来的恐怖意义在于：我犯罪了。这已经不再像之前四次的梦游那样，只是做一些无意义的小事，即便是从垃圾堆里捡回一只死猫，除了恶心一点，也不会有什么危害。但这次不同，我放走了危险的杀人无尾熊，可能会变成一个间接杀人犯。这已经不只是失去诗织、失去进入一流企业机会的问题了。

这是我会不会被关进监狱的问题！那样的话，我的人生就彻底被毁了。

无法可想！我在惴惴不安中度过了几天，表面上看来还算平静。失踪的无尾熊在逃跑了三天之后被抓住了，抓住它的不是别人，正是我想要求助的纽绪结奈。原来那头无尾熊流窜了几天之后，不知怎么地居然在黄昏之后闯进了我所在的光辉高校。

幸好那时学校已经放学，所以校园内并没有其他学生，除了纽绪。她习惯性地在实验室里待到很晚，做着那些让旁人胆战心惊的实验。无尾熊在校园里逛啊逛啊，终于一不小心靠近了实验室，脚步声马上被纽绪听到了。

这里不得不说明一下，纽绪虽然是个科学怪人，但毕竟还是一个女高中生，见到无尾熊这样的野兽，难免会有点受惊，所以我们就不能过分苛责她对待无尾熊的手段了。事后根据兽医检验，无尾熊的屁股上被酸液烧秃了一大块皮毛，假如那里有尾巴的话，一定会连根消失；两只前爪被冷冻起来，大概是液氮之类的化学药品；脑袋上肿起了一个大包，鉴于纽绪所制造的古怪机械装置实在太多，谁也猜不到究竟是哪一样装置能打出类似五角星的形状；最后是……动物园的人赶到现场时，无尾熊就处于昏迷状态，足足四天后才醒过来，而且在这之后的半个月内都萎靡不堪，再也不复昔日威风。

“我早就说过，我的电击枪一下子就能电晕一头大象，”纽绪轻描淡写地说，“我可从来不会夸大其词。”

虽然很多人怀疑其实纽绪先使用了电击枪，剩下的步骤都完全是出于泄愤，乃至于用无尾熊来做实验，但纽绪坚决不承认。不管怎么样，无尾熊的危机总算暂时过去，铁笼被加固了，院长还增派了保安人员，人们的生活恢复了平静，又可以在动物园拍着手观看无尾熊了。可我的平静什么时候能到呢？

我终于开始认真思考之前的那个念头：可能我真的需要寻求纽绪的帮助了，纽绪虽然不是太好的选择，但总有成功的概率，而且她对我做的实验也未必就一定会有什么不好的结果，大不了像无尾熊那样被打昏……但如果我再继续梦游下去，结果一定是不可能好的！

六

有一天上午，我和诗织一起去了游乐园。游乐园并不是诗织太喜欢的地方——可我为什么要把她约到这儿来呢？脑子坏掉了吗？——所以当时的气氛更加冷淡。我好几次试图找个话题来聊聊，都是说了几句话就冷场。

可恶啊！我实在是应该多跟着爱读书的如月未绪背一点诗歌什么的，也许能派上用场。

后来我们逛到了摩天轮旁边。这种比较温和的娱乐设施，诗织倒是没什么意见，所以我去排队买票。就在这时候，我听到了几声很奇怪的声音。

咔吧，咔吧，咔吧，好像是金属弯折断裂的声音，所有游人都抬起头来，东张西望地找寻声音的来源。后来突然有人大叫起来："糟糕了！摩天轮！摩天轮！"

大家齐刷刷朝着摩天轮的方向看去，都惊呆了。不知怎么的，摩天轮那巨大的转盘竟然开始倾斜，一点点向着地面倒了下去。游人们尖叫着四处奔逃，摩天轮上的乘客更是齐声高呼救命。可是，谁能有本事阻止摩天轮倒下呢？

咔吧，咔吧，咔吧，我一边拉着诗织狂奔，一边扭过头，看着那可怕的一幕。摩天轮就像是神话中被击中脚踵的巨人，慢慢地、坚决地倒向了大地。一声震耳欲聋的巨响，地面也随之震颤了一下。呛人的烟尘中，哭喊声开始响起。

我活了这么大，还是第一次亲眼看见这样的惨剧，那种巨大的震惊简直难以用语言形容。但我还没有来得及说话，诗织突然惊叫起来："你的衣兜里……装的是什么？"

我一低头，才发现在刚才剧烈的奔跑过程中，衣兜里有什么东西慢慢滑出来，悬在袋口。我低头一看，马上觉得全身的血液都凝固了：那是几个巨大的螺钉！

从哪儿来的螺钉？怎么会在我的衣袋里？我的目光不由自

主地望向刚刚倒塌的摩天轮。警察和医生正乱纷纷地朝着那里跑去。

诗织看着我的眼神慢慢冷得像刀锋："是你干的！"

我大叫一声，从床上坐了起来，浑身都被汗水湿透了。这是个梦！幸好是个梦！

我看了看钟，才凌晨三点半，可我已经不敢睡觉了。我找遍了整个房间，没有发现什么多余的东西，可我还是不放心，骑上自行车飞快地冲到游乐园，然后翻墙进去了。我在摩天轮下面看了很久，没有发现任何有人靠近过的迹象，这才松了口气，瘫软在地上。

这次确实只是梦，没有发生什么。但再这样下去，也许有一天我真的会跑到游乐园里，把摩天轮或者云霄飞车的螺丝拧下来几颗——那太可怕了！我不敢想下去！

还是宁可变成纽绪的实验品吧！我在迷迷糊糊中想着。

情人节这一天，学校门口照例出现了伊集院家的两辆大卡车。伊集院丽的崇拜者围在卡车外面，排着队向他送巧克力。这是光辉高校每年一度的景观，简直比文化祭、体育祭还要热闹。我低着头，想贴着墙不受人注意地溜进教室，但还是被伊集院截住了。这家伙就像是有千里眼，我躲到哪儿都能看到我。

"哟，今年一定收获不错吧！"伊集院一脸坏笑地对我说，"不知道会有多少个没有眼光的女孩子会给你送巧克力呢？五六个？七八个？运气好的话，会收到超过十个吧。"

他的手往楼下一指，虽然没有明说，但意思很明白了。我怎么可能和伊集院财团的继承人去比赛人气呢？不过是自取其辱。

不过话说回来，我毕竟还是有一些巧克力可以收到的。课间休息的时候，我认识的女生都分别找到我，给我送上了巧克力，只是……这些巧克力似乎都是友情巧克力，这一点从她们落落大方的表情上就能看出来。

唯一的例外是优美。她的脸蛋红通通的，好像很不好意思，而且我很奇怪地发现她眼圈发黑。

“昨天晚上为了做这个巧克力，很晚才睡觉，可惜还是没有做好。”优美红着脸说。

这么说来，这个巧克力是她亲手做的了，而且做了足足一夜，我感到一阵温暖。这大概是今年收到的唯一一份有特别心意的巧克力吧。

优美离开后不久，纽绪结奈来了。和前两年一模一样，她还是那副懒洋洋的笑容,随手递给我一块巧克力:“吃下去之后，如果有什么反应的话，要及时向我报告啊！”真不知道她送的是情人节巧克力还是致命的毒药。

我接过巧克力，看着她的背影，咬了咬牙，追了上去。我们坐在实验室里，我把自己梦游的事告诉了她。纽绪安静地听我讲完，发出一声冷笑：“这么说来，你打算把自己的梦游怪罪到我头上来了？”

我赶紧摇头：“我可没那么说……只不过，这件事不能告诉别人，也许只有你能帮我的忙。”

我相信纽绪不会拒绝，我也相信她一定会提出条件。果然纽绪考虑了一阵子，慢吞吞地开了口：“哎呀，如果能做我忠实的奴仆的话，也不是不能考虑……”

这话太过分了！难道她真的沉迷于幻想中，以为自己已经是开动着杀人武器征服全世界的女王了？但我有求于人，只能继续低三下四地说："如果一定需要我为你的实验提供什么协助的话，我愿意帮忙。"

纽绪"咯咯咯"地笑了起来，那笑声更加让我脊背发凉。她笑完之后，阴沉地说："既然如此，就自豪地开始做我的实验品吧。距离二十三日的毕业考试还有九天的时间，我可以保证在这九天里，你不会再干出梦游出门的事情。"

这话我越听越不是滋味："等等！你不会是想用绳子把我捆上，让我晚上出不了门吧？我可不要这样的馊主意！"

再说了，捆绳子这种事我也试过，但我不能完全捆成死结，否则早上起床自己就解不开了。可只要不是死结，我在梦游中也能解开，放跑无尾熊的那一天，我就是这样解开自己的绳子跑出去的。

纽绪笑得更加邪恶："我怎么可能用这么笨的方法呢？那是你们这些完全不懂科学的白痴才会用的。我会配置一种药，你只要在睡觉前喝下，就能保证不会犯梦游。"

她这话说得很肯定，但语气太轻松了，我难免半信半疑。然而事到如今，既然选择了求助于纽绪，就不能反悔了。

"睡觉之前，把这个装在床头，"纽绪递给我一个小摄像机模样的东西，"可以监控你究竟有没有梦游。"

"可是，万一我梦游起来，动手把它关掉或者拆掉呢？"我问。

"无可救药的笨蛋！"纽绪叹了口气，"你要是把它关掉或者拆掉，不是正好证明你梦游了吗？"

放学之后，纽绪果然给了我一瓶药水。好雄奇怪地看着我："我说，你这小子，原来说要追求诗织，最近却老是打优美的主意，现在怎么又和纽绪同学亲密起来了？我警告你，你可不许对不起优美……”

这都是什么跟什么啊！我头昏脑涨地摆脱掉喋喋不休的好雄，赶紧回了家。晚饭后，我坐在床边，看着手里的这瓶药，心里犹豫不定。真的要喝下去吗？会不会一道青烟过后，我就变成了什么奇形怪状的怪物呢？纽绪这个人可是什么都做得出来的。

最后我咬咬牙，不能再这么下去了。梦游已经让我痛苦不堪，我可不想在毕业之日变成一个疯人院里的病人。我打开瓶盖，咕嘟一口，把纽绪的药水喝了下去，然后我把摄像机放在床头，开始拍摄。

也真是奇怪啊，这一天晚上果真安然无事。录像显示我睡得很香，几乎都没怎么翻身。我们在实验室看完录像，我长出了一口气，讷讷地向纽绪表示谢意。纽绪意味深长地说：“别忘了，你还欠着我实验品的义务呢，我会随时要求实施我的权利的。”

我只能苦笑着点头，你爱说什么就是什么吧。

不管怎样，纽绪的药物确实效果很好。这之后一连好几天，我都没有再梦游。我的心情开始好起来，不但温习功课时自认为效率提高了，在女孩子面前也终于恢复了正常。有一天放学后，我在校门口遇见了诗织，诗织居然主动向我提议：“我们一起回家吧，反正离得那么近。”

我当然不会拒绝。我们走到附近公园的时候，诗织忽然问我：“还有几天就要毕业考试了，你的目标是什么呢？”

我想了想，答道：“我还是希望能够直接进入一流企业工作，我想要进入伊集院财团工作。”

如果梦游被治好，我当然会继续我的第一选择了。

“这么说来，你又改变主意了？”好雄说，“你可真是个奇怪的人。上个月才刚刚告诉我，你不想叫伊集院老板，所以不打算就业。”

“现在的想法和那时候又不同了嘛，”我自然不能告诉好雄真相，只好临时编着谎话，“其实伊集院……也没有那么讨厌，做一个全校男生的公敌，我觉得他的内心未必不是孤单的，他说不定也在渴望着友情呢。也许……也许我能和他成为朋友呢？”

好雄摇摇头：“你可真会开玩笑，和一个每年圣诞舞会都要羞辱你两句，一到情人节就炫耀收到的巧克力的家伙，也能成为朋友吗？”

好雄非常讨厌伊集院，这一点可以理解，谁叫伊集院那么受全校女孩子的喜欢呢？受女性青睐，也就意味着成为男性公敌。在好雄的情报收集册上，专门有伊集院的一页，上面写着长长的两排“讨厌讨厌讨厌讨厌……恶心恶心恶心恶心……”

“什么事都有可能嘛，只要肯努力。”我随口回答道。好雄的表情看起来很不以为然。

七

晚上继续服用纽绪的药水。虽然很难说是否有副作用，但是先把该死的梦游症治好再说吧。放学后，我又被优美拖着去打电玩、吃零食，实在把我折腾得够呛。喝下药水不久，我就睡着了，连摄像机都忘了开。

我又梦到了和诗织约会，而且是夏天，在海边。诗织穿着一件非常漂亮的比基尼，让我忍不住大声称赞。诗织又高兴又害羞，脸都红了起来。但就在此时，忽然天空响起了雷鸣声，大雨瓢泼而下，砸在我们身上，海面掀起一股巨浪，把我们卷了进去。

我猛然惊醒过来，却发现身前有一个人影！我大喊一声“小偷”，起身去找我的棒球棍，那个黑影受到惊吓，连忙从窗口跳了出去。我追到窗口，看见那个黑影飞快地向远处跑去，看背影……好像有点眼熟。

我回到床边坐下，松了口气。原来刚才梦见海浪，是这个小偷碰到我的床造成的；至于之前的雷鸣，多半是他开窗户的声音吧。还好没丢什么东西，小偷见我醒来，就匆忙逃离了，可惜在黑暗中，又是刚睁开的蒙眬睡眼，我实在没能看清他的样子。

只是那个背影……实在很眼熟。我越想越觉得在哪儿见过，心里有些不安，但一时间又想不起来究竟是谁。

明天就要迎来毕业考试了，这也是对高中生涯的总结。学校里弥漫着感伤的气氛，大家都在依依惜别，就连一向讨厌的伊集院今天也出人意料地没有挖苦我。当我们在走廊上狭路相逢时，他甚至对着我微笑了一下，我当时简直以为自己还在做梦。

“多么令人留恋的校园时光啊，不是吗？”他说。

“我说伊集院，你今天怎么那么不对劲？”我问。

他哈哈大笑两声，没有回答我，转身走了。接着我又碰到了美树原爱。最近一段时间，每次看到美树原我都觉得很内疚，那一天用拙劣的借口拒绝和她一起回家，应该很伤害她吧。其实好雄已经没有再惦记着她了，只是我还没有想好用何种方式去道歉。

美树原仍然低着头，用比蚊子叫还要细的声音对我说："那个……祝你好运，实现自己的理想。"

我有些感动，想了想，决定趁这个机会道歉："呃，那天下午放学的时候，我并不是故意不和你一起回家，而是因为……我不想让好雄看见。真是对不起！"

美树原有点发愣："早乙女同学吗？被他看见会怎么样？"

这是在装糊涂吗？我只好硬着头皮继续说下去："圣诞夜的时候，他不是向你告白，然后被你拒绝了吗？我担心他看到我和你一起回家会难过。你知道，好雄是我的好朋友……"

我还没说完，就被美树原打断了。她眨着眼睛，一脸惊奇地望着我："没有啊！早乙女同学从来没有向我告白过。"

我愣住了："不是吧？你是不是记错了？就在圣诞之夜啊，伊集院的家里。"

美树原坚决地摇摇头："没有！早乙女同学那天根本就没有和我说过一句话。事实上，我平时也几乎没和他说过话。"

我心里一沉。这么说来，那天好雄是在骗我！他根本没有向美树原表白，可当时他为什么那么说呢？

我仔细回想着当时的情景，忽然之间，另一件不相干的事情跃入脑海。背影！那天晚上潜入我家的小偷的背影！我之前一直在想，为什么那个背影看起来如此眼熟，现在终于想起来了。

那是好雄的背影，我的好朋友，早乙女好雄的背影。

我都忘了我是怎么和美树原告别的了。那一天剩下的时间我都在想着两件事：好雄为什么会半夜跑到我的房间里来？好雄为什么会骗我说，他向美树原告白然后被拒绝了？

我觉得我有必要从圣诞之夜开始重新回忆。一个人不会毫无理由地编谎话骗人，每一个谎话都是有目的的，在圣诞那天，好雄说谎的目的是什么？我回想着那时的细节，我的心情还算愉快，正准备回家，好雄却显得情绪低落，我顺理成章地安慰他。而在这之前，我得到了那样奇怪的圣诞礼物——纽绪的电击器。

我把这些碎片一点点连在一起，忽然开始止不住地发抖。我开始明白了好雄的意图。这么长一段时间以来，种种怪异的事件似乎也有了解答的可能。我的手心都是汗水，慢慢把所有的线索梳理干净，于是真相就浮出水面了。

我的梦游是假的！我根本就没有患上什么梦游症！一切都是好雄安排的阴谋。他一直都想要策划这样一起梦游事件，但始终没有找到机会，直到圣诞夜交换礼物之后。纽绪的电击器，给了他绝妙的借口。

他先是假装向美树原告白被拒绝，做出一副可怜兮兮的样子，知道我肯定会想办法安慰他，于是顺理成章地带着我回到他家。我们喝了一些茶，他一定是在茶里放了安眠药之类的东西，弄得我昏昏沉沉的，回到家之后就呼呼大睡，什么也记不起来。

然后好雄就跑到附近的公园，剥下两块树皮，翻窗进入我的房间，把树皮粘在我的衣服和手腕上。第二天我向他打电话询问的时候，他马上就把事先准备好的谎言说出来，告诉我，我被电击器电了一下。但事实上，这根本是一次子虚乌有的电击，真正起作用的，是好雄的安眠药。但我根据这个谎言进行推测，只能得出一个结论：我在梦游。

这么一想，我还真是发现了，每一次梦游的晚上，我都睡得特别早。出于对梦游的恐慌，我经常不敢睡觉，在床上发呆到半夜，但每到梦游的时候，则通常是放学回到家就开始发困，勉强撑着吃完晚饭，就早早地上床，一觉睡到第二天闹钟响起。那应该都是好雄事先策划好的。在决定让我梦游的前一天，他会找机会让我喝下掺了安眠药的饮料，然后趁着我半夜药性发作后睡得死死的，他可以任意地炮制我“梦游”的种种痕迹。比如，鞋上的泥土、花坛里的脚印、湿湿的衣服——其实只是自来水和篮球馆里散落一地的篮球。为了让我相信自己是在梦游，好雄只怕也累得够呛。难怪我也经常觉得他精神不振呢。

可是等等！我的记忆不算差，有好几次“梦游”之前，整整一天我都没有碰到过好雄，即便碰到也是在上午或者中午的时候，难道好雄还有那么大的本事，能够控制安眠药恰到好处地在傍晚才发作？拜托，这只是好雄，而不是科学家纽绪结奈。他还没有那么大的本事。

另一个名字跳了出来，在我的眼前晃动：优美！我想起来了，那些没有碰到好雄但仍然发生“梦游”的日子，我在放学后好像都是陪着优美在玩，我们打电玩，吃一些零食，当然也要喝点东西。好雄这个可恶的家伙，为了达到目的，竟然连自己的妹妹都要利用。

但是好雄为什么要这么做呢？一切犯罪活动，总应该有动机才对吧？圣诞舞会上所发生的，只有我获得电击器那么一件事吗？在此之前呢？应该还有些什么。于是我想到了好雄一句意味深长的话。

“刚才你和她跳舞的时候，我可在旁边替你观察哟，藤崎同学好像有点紧张呢。”那是我刚和诗织跳完舞后，好雄说的话。他真的是在替我观察吗？恐怕还是替他自己观察比较多一点。

而这之后，诗织竟然披上了我的外衣，想必这更加令好雄感到恼火。

我长长地出了口气，弄明白了原因：好雄也喜欢诗织！他所做的这一切，都是为了让我陷入恐慌，然后渐渐被诗织疏远。他差一点就成功了，我确实魂不守舍，渐渐失去了女孩子们的好感。所以最近一段时间，他并没有打算安排我“梦游”，可能是觉得没那个必要了。

但他没有想到的是，放跑杀人无尾熊这件事，做得太过火了。我不想让自己成为一个罪犯，于是去求助了纽绪。纽绪给我吃的药，虽然我不知道成分是什么，但恰好可以中和安眠药的药性，让我不至于睡死。我并不知道这一点，也并不知道其实我的梦游不是被治好了，只是好雄没有再下药而已。但我的确心情又好了起来，而且又开始和诗织一起亲密地回家了。好雄无疑感受到了这种威胁，于是打算再次制造梦游事件。

但他没有料到，纽绪的药令安眠药失去了效力。当他翻窗进来时，一碰到床，我就惊醒了，于是他仓皇逃窜，但背影还是被我看到了。

以上就是我做出的推断。我很愤怒，也很伤心，因为好雄毕竟是我最好的朋友。这三年来，他给我提供了那么多女孩子的情报，有好几次在暑假时约上几个女孩，叫我一起出去玩。现在回想起来，这些事都是为了让我分心，不要和诗织走得太近吗？

而接下来，我又应该怎么去面对好雄呢？

八

毕业考试还算顺利，我自我感觉发挥得不错，进入伊集院财团应该没什么问题。好雄这几天也忙于考试，我没能见到他，而优美也不再出现在我眼前了，也许是好雄猜到自己的阴谋被识破，不好意思让她再来找我。

考完最后一科的那天，是二月二十八号，第二天就是毕业典礼。我收拾好东西，准备离开学校，但突然想起，梦游症的问题总算是托纽绪的福解决了，让我顺利完成了考试，我应该去向纽绪表示感谢。虽然她不出意料地将会升入一流大学深造，但即便是中学生活的最后一天，她也不会放过机会在实验室里做她那些可怕的研究。

刚来到实验室门口，我忽然听到里面有人说话，居然是好雄的声音。我连忙躲在一旁，听着他和纽绪的对话。他来找纽绪干什么呢？

“求求你，你总能想到办法的吧？”好雄哀求着，“难道你没有办法绑架他，然后给他洗脑什么的吗？”

我的血液都快要凝固了，好雄这个混蛋，脑子里在想什么呢？

“洗脑吗？那可很麻烦呀。”纽绪不紧不慢地回答。

“一定要让他忘掉藤崎同学啊！”好雄不顾一切地说，“只要你能办到，我愿意答应你的任何要求。”

可恶，为了追求诗织，竟然想要给好朋友洗脑，我这三年简直是瞎了眼！我这么想着，就想握拳冲进去，但好雄的下一句话吓了我一大跳：“如果他不能忘记藤崎，我回去怎么向优美交代啊？”

优美？我几乎不敢相信自己的耳朵。要我忘记诗织，不是为了他自己去追求，而是为了给优美扫清障碍？这么说来，这起梦游事件，一开始就是优美策划的，目的就是让我离开诗织？

突然之间，很多细节像录像一样在我脑海里浮现出来：圣诞舞会上，优美一直纠缠着好雄，好雄显得很为难的样子；在好雄家里，优美对那个电击器非常好奇，一定要我拿出来给她看看；在我因为“梦游”而神神道道情绪低落的时候，优美是唯一一个始终陪在我身边的女孩，那时候我觉得优美真是可爱呢……

原来都是优美的阴谋，而好雄只是帮凶。我忽然有一点点原谅了好雄，而想到优美的动机，又觉得她也很可怜。那一刹那，我心里转过了很多复杂的想法，最后却只是推开实验室的门，走了进去。

好雄看到我，脸色一下子变得苍白。他的头深深地垂了下去，一言不发，我看到有两滴泪水滴在他的鞋尖上。

“你真的要给我洗脑吗，好雄？”我轻声问。好雄不敢回答，发出低低的啜泣声。

“哟，还真是感人的一幕呢，”纽绪阴阳怪气地说，“不过这种凡人之间的事情，不要拿来打扰我。说起来，毕业考试结束了，你可以履行你的诺言了吗？”

我点点头：“我一定会说话算话的。你要做什么实验，换头也好，挖心也好，复制人体也好，都随便你。”

纽绪的嘴角浮现出一丝神秘的微笑：“那就好。既然如此，明天毕业典礼之后，就开始我们的实验吧。明天你会收到一封信，只要按照信里的要求去做，就可以了。现在你们都出去吧，不要再浪费我宝贵的时间了。”

我莫名其妙地退了出去，好雄跟在我身后，却又不敢靠近。我们就这样默默地走着，一直出了校门。我终于忍不住了，回头对好雄说：“忘记这件事吧。你也是为了优美，不管怎么说，即便你不是一个好朋友，总算……总算是个好哥哥。”

好雄终于忍不住痛哭起来。他一边哭，一边抽抽噎噎地说："不，不能都怪到优美头上，这也是我的错。我本来一直不同意帮助优美的，可是圣诞舞会那天晚上，我没能忍住我的嫉妒，一冲动，就答应了。"

"嫉妒？真的是为了诗织吗？"我叹口气，"你从来没有告诉过我你喜欢诗织呀。"

好雄的回答大大出乎了我的意料："不，不是为了藤崎同学。我对自己很有自知之明，从来没有想过有朝一日能亲近藤崎同学这样的女孩。"

不是为了诗织，那是为了谁？我再度开始回忆那天晚上的情景，当好雄向我编造谎言说他被美树原拒绝时，我毫不犹豫地相信了他，因为那时候他的表情确实很失落，不像是伪装出来的。按他刚才说的，那是出于对我的嫉妒，可除了诗织和美树原爱，我并没有接近其他任何一个女孩呀。

这时候我的脑子里像有一道闪电划过，我一下子明白了好雄所谓的"嫉妒"指向何处："是……是……是他！是伊集院家的那个管家！是他！"

天哪，我想起来了，在我离开伊集院家时，那个管家确实追上了我，向我说了些奇怪的话，没等他说完，好雄就出现了，管家立刻逃走了。

"他叫外井雪之丞，"好雄有气无力地说，"从那一刻起，我就决定帮助优美，因为那也是帮助我自己。我想，你如果患了梦游症，就没法去伊集院财团工作了，也就没有机会再见到他了。伊集院家每年会有两次邀请优秀员工到家里参加宴会，我怕你们再见面……"

"所以当我告诉你我准备改变志愿，继续升学之后，你就没有再给我吃安眠药了。可当我改变主意，回到之前的志愿后，你也改变了主意，是吗？”我悲哀地问。

好雄点了点头，我忽然一阵怒火上涌：“可你为什么会干出放走无尾熊这么危险的事情！你知道吗？我差一点就去警察局自首了！”

好雄大为吃惊：“没有啊？我虽然伪造了很多次梦游，但无尾熊不是我放跑的呀。动物园的铁笼那么坚硬，我怎么可能打得开？”

我狠狠地盯着好雄的脸，但我能看出，这次他说的是实话。这么说来，无尾熊事件是别人安排的。那会是谁呢？谁能有那么大的本事打开动物园的铁笼呢？

除了纽绪结奈，我想不出第二个人。这么说来，她早就知道了好雄策划的梦游诡计，却偏偏不点破，反而利用了它。她知道，普通的梦游不足以给我足够的压力，于是制造了无尾熊事件，逼得我在走投无路的情况下，只能向她求助。这样的话，我就不得不乖乖答应做她的实验品。

可是会是什么实验呢？为什么一定要选在毕业之日？那时候，她已经没有实验室可以使用了呀。

我忽然产生了一个很荒谬的想法：纽绪也喜欢上我了吗？她利用梦游事件，其实并不是想用我来做实验，而是想要……在传说之树下向我告白？在毕业之日的时候，在传说之树下告白，一向是光辉高校由来已久的传说。据说那样的话，就能得到传说之树的庇佑，让这份爱情恒久地保持下去。

不是诗织，也不是优美，而是纽绪吗？我忽然觉得很滑稽。

九

毕业典礼的冗长乏味超乎想象，校长能坚持到发表完致辞而不晕倒，真是让我佩服。典礼结束后，我回到教室，发现抽屉里果然有一封信。

“我在传说之树下等你。”信写得很简单，就这么几个字。

我犹豫了很久，还是跑向了传说之树。虽然我还是没想明白到底该怎么答复纽绪，但无论如何，见了面再说吧。

我气喘吁吁地来到传说之树下，从树后走出来一个女孩，我强抑住激动的心情，抬起头来，发现竟是……

一个陌生人。

虽然是一个很美丽的女孩，但我并不认识她，甚至从来没见过，那她约我出来干什么呢？不过等等！这张脸……好面熟啊，好像带着我一个熟人的影子。

“我……我是伊集院。”女孩羞涩地开口说。

“哦，是伊集院丽的妹妹吗？”我问。

“不，我就是伊集院丽本人呀。”她说，“我一直都打扮成男孩的样子，那只是伊集院家的规矩，但从毕业之日开始，我就不用再假扮了。”

我找不到任何言语去描述此时的心情，花了好长时间才想明白。但是，伊集院为什么会喜欢上我呢？是因为我嘴太笨了，每次被“他”挖苦的时候都没办法还嘴吗？

我忽然想起来了。我曾经以“不愿做伊集院的下属”为理由，告诉好雄我更改志愿的事情，到后来改回来的时候，为了圆谎，我只好说了伊集院一大堆好话。

我那时好像是这么跟好雄说的："其实伊集院也没有那么讨厌，做一个全校男生的公敌，我觉得他的内心未必不是孤单的，他说不定也在渴望着友情呢，也许我能和他成为朋友呢。"

让一个生活在孤单中的人听到这句话，也许真的能带来深深的感动吧。要知道，虽然打扮成男生时惹人讨厌，但诚实地说，无论容貌还是才学，伊集院可半点也不比诗织差。

但是还有一个问题："可是，纽绪又是怎么回事儿？这封信是她告诉我的呀。"

"那是一个交易，我和她之间的交易。"伊集院笑得很明媚，"你第一次为了电击器的事情去找纽绪时，她就猜出了早乙女好雄在算计你，因为纽绪结奈制作的东西，是绝对不可能发生漏电这种低级事故的。她悄悄调查，弄明白了早乙女兄妹的企图，于是她灵机一动，打算把你逼入圈套，成为她的实验品。

"她差一点就成功了，但是最后，她发现了我对你的……所以她找到我，和我做了交易，以换取更多的东西。她主动放弃对你进行实验的权利，而我会出资给她建一所私人实验室。所以纽绪已经放弃了升学的念头，她觉得即便大学教授也不能教会她更多，上学本来也只是因为自己没钱盖实验室的无可奈何的选择而已。现在纽绪大概正在幸福地进行实验室的图纸设计吧。"

这个纽绪……果然是无可救药的怪物呀！但不管怎样，难题都解决了，我的三年高中生活也没有什么遗憾了。我看着伊集院美丽的笑脸，心情忽然间一阵轻松。虽然这是个意想不到的结局，但总算也是个可以接受的喜剧结局吧。

图书在版编目（CIP）数据

不朽之城：唐缺幻想小说集 / 唐缺著. -- 北京：中国广播影视出版社，2022.10
ISBN 978-7-5043-8890-2

Ⅰ. ①不… Ⅱ. ①唐… Ⅲ. ①幻想小说－小说集－中国－当代 Ⅳ. ① I247.7

中国版本图书馆 CIP 数据核字 (2022) 第 135185 号

不朽之城：唐缺幻想小说集

唐缺 著

责任编辑 宋蕾佳
责任校对 龚 晨
装帧设计 李宗男

出版发行 中国广播影视出版社
电　　话 010-86093580 010-86093583
社　　址 北京市西城区真武庙二条 9 号
邮　　编 100045
网　　址 www.crtp.com.cn
电子信箱 crtp8@sina.com

经　　销 全国各地新华书店
印　　刷 北京盛通印刷股份有限公司

开　　本 880 毫米 ×1230 毫米 1/32
字　　数 205 千字
印　　张 10.25
版　　次 2022 年 10 月第 1 版 2022 年 10 月第 1 次印刷

书　　号 ISBN 978-7-5043-8890-2
定　　价 42.00 元
